Gert Nygårdshaug

Der Fliegenfischer

Gert Nygårdshaug

Der Fliegenfischer

Kriminalroman

Aus dem Norwegischen von
Andrea Dobrowolski

Piper Nordiska

Mehr über unsere Autoren und Bücher:
www. piper.de

Die Originalausgabe erschien unter dem Titel
»Jegerdukken« im J. W. Cappelens Forlag A/S, Oslo.

Die Übersetzung wurde von NORLA
Norwegian Literature Abroad, Oslo, gefördert.

Von Gert Nygårdshaug liegen im Piper Verlag vor:
Der Honigkrug
Der Fliegenfischer

FSC
Mix
Produktgruppe aus vorbildlich bewirtschafteten Wäldern und anderen kontrollierten Herkünften
www.fsc.org Zert.-Nr. GFA-COC-1262
© 1996 Forest Stewardship Council

ISBN 978-3-492-05218-4

Satz: Satz für Satz. Barbara Reischmann, Leutkirch
Druck und Bindung: Pustet, Regensburg
Printed in Germany

1

Fredric Drum begegnet dem Frühling, völlig durchnässt, aber erfüllt von Optimismus und Vorfreude

Die Frühlingssonne war kräftig und warm. Fredric Drum spürte, wie sie seine Nase reizte. Er blinzelte zu ihr hoch und nieste dreimal heftig.

Sein Niesanfall erregte keine besondere Aufmerksamkeit. Er war einer der wenigen, die am Ufer saßen und auf die Fähre zur Hovedøya, der weitgehend naturbelassenen Fjordinsel in der Nähe des Zentrums von Oslo, warteten, und da es schon auf den späten Nachmittag zuging, bewegte sich der größte Teil des Passagierstroms in die entgegengesetzte Richtung.

Es war zehn vor fünf, und außer ihm wollten noch drei weitere Personen mit dem Schiff fahren.

Eine Möwe klatschte ihre Visitenkarte auf die groben Planken des Landungsstegs, einige Zentimeter von seinem rechten Hosenbein entfernt. Ein paar Spritzer zeichneten sich auf dem hellen Stoff ab, aber er machte sich nicht die Mühe, sie wegzureiben. Es war Frühling, und die Natur war großzügig und vielfältig. Die Luft war klar, der Himmel blau und mild, und es würde noch viele Stunden dauern, bis die Sonne hinter den Hügeln von Bygdøy versank.

Die Helligkeit der Sonnenstrahlen wurde von den kleinen Kräuselungen des grauen Fjordwassers zurückgeworfen. Wenn er die Augen zusammenkniff, wurden sie zu weißen

Vögeln, die von der Meeresoberfläche aufstiegen und lautlos an ihm vorbeiflatterten.

Die Sonnenstrahlen konnten so vieles bedeuten.

Er zog einen Gegenstand aus der Hosentasche. Es war ein Kristall, der wie ein perfekter fünfzackiger Stern geformt war, so groß wie ein Fünfkronenstück, aber viel dicker, etwa einen Zentimeter. Diesen Kristall trug Fredric Drum stets bei sich. Der Stern lag immer tief in seiner Hosentasche und wärmte ihn. Jetzt hielt er ihn vor die Sonne, und schöne Farben funkelten auf seiner Netzhaut. Er nieste wieder und steckte den Kristallstern schnell an seinen Platz in der Tasche zurück.

Die Fähre war auf dem Weg zum Landungssteg, voll beladen mit Osloern, die an diesem Tag auf der Hovedøya den Frühling genossen hatten.

Er war gut gelaunt. Soweit er sich erinnern konnte, war er schon lange nicht mehr in so einer Hochstimmung gewesen. Das lag nicht nur an dem wunderbaren Frühlingstag. In der Tasche hatte er eine Einladung von einem französischen Weinimporteur, der gemeinsam mit einem bekannten Restaurant aus Oslo eine *dégustation,* eine Weinprobe mit diversen Weinen aus dem Anbaugebiet St. Julien, veranstalten wollte. Sie würde heute, am Mittwoch, dem fünften Mai, stattfinden. Es sollte um halb sechs losgehen, und zwar auf der Hovedøya, genauer gesagt: im Café der Insel, das für diese besondere Gelegenheit reserviert worden war. Die Einladung war auf schönem Papier gedruckt, mit dem farbigen Emblem der Firma in der oberen linken Ecke.

Ein bekanntes Restaurant aus Oslo? Es stand kein Name dabei, aber Fredric hatte den starken Verdacht, dass es sich um das »D'Artagnan« handeln musste. Er war mit dem netten dänischen Gourmet und Weinliebhaber, der es führte, persönlich befreundet. Ja, es musste das »D'Artagnan« sein, dachte

Fredric. Es gab nicht viele Restaurants in Oslo, die die nötige Phantasie für so etwas gehabt hätten.

Die Fähre hatte angelegt, und die Passagiere strömten an Land. Bald konnten er und die anderen drei an Bord gehen.

Merkwürdig. Auf dieser Fähre schienen sich keine weiteren Weinverkoster zu befinden. Die beiden Frauen mit Thermotasche und zusammenfaltbarer Unterlage wollten bestimmt die Natur und den hellen Frühlingsabend am Strand genießen. Sie nahmen hinten Platz. Der andere männliche Fahrgast blieb wie er auf dem Vorderdeck stehen. Er wirkte wie ein Tourist, so neugierig, wie er sich umschaute. Fredric beruhigte sich mit dem Gedanken, dass die anderen Gäste sicherlich die nächste Fähre nehmen würden, die näher am Termin fuhr. Er selbst war früh dran und hatte vor, erst ein bisschen auf der Insel herumzuspazieren. Er wollte dem Gesang der Vögel lauschen, sich am Strand Muscheln ansehen, den Duft der Vegetation einsaugen und seinen Kopf von den letzten Resten der Winterschlacke befreien.

Die Fähre setzte zurück und wendete den Bug in Richtung Hovedøya.

Er stand mit dem Rücken an das Steuerhaus gelehnt und dachte nach. Man sagte, dass sein etwas mageres, jungenhaftes Gesicht beinahe zu jugendlich wirke, um zu einem Mann von bald vierunddreißig Jahren zu passen. Wenn man ihn genauer betrachtete, konnten seine Augen, die zunächst treuherzig blau dreinzublicken schienen, einen harten, fast huskyartigen Zug annehmen, der Erfahrung und Tatkraft verriet. Aber hinter jedem Gesichtsausdruck konnte man bei ihm auch Witz und Humor erahnen. Sein Lachen war nämlich Fredric Drums wichtigste Waffe. Damit hatte er sich schon aus so mancher Klemme befreit. Und an bedrohlichen Situationen hatte in seinen fast vierunddreißig Lebensjahren kein Mangel geherrscht. Seine grenzenlose Neugierde hatte ihn in so manche erstaunliche und unwillkommene Situation geführt. Höhepunkt seiner bizarren Erlebnisse war die tragische Geschichte in Frankreich vor nun fast zwei Jahren gewesen. Objektiv völlig unschuldig, war er doch indirekt daran beteiligt gewesen, dass sieben Menschen einen schaurigen Tod erlitten hatten. Dieses Ereignis hatte den sonst eher fröhlichen und optimistischen Fredric Drum in monatelange Depressionen verfallen lassen. Jetzt war er endlich wieder auf dem Weg nach oben. Nach oben und zurück ins Licht. Es war Frühling, und er konnte sich auf Wein freuen. Auf *guten* Wein.

Die Fähre kam ordentlich voran und würde in wenigen Minuten an der Hovedøya, der geschützten Oase des Oslofjords, anlegen.

Petite dégustation. Die Worte hämmerten in seinem Kopf, aber er schob die unangenehmen Assoziationen über Bord. Mit Frankreich war er jetzt fertig. Die schemenhafte Gestalt einer schönen Frau, Geneviève, war fast ganz ausgelöscht. Fast.

Der andere Mann stand ganz vorn im Bug, zwischen seinen Beinen eine offene Tasche, und Fredric konnte sehen, dass darin zuoberst eine Fotoausrüstung lag. Der Mann schien die Aussicht und die nicht allzu kühle Seeluft zu genießen. Er spähte konzentriert nach vorn, aber hin und wieder blickte er auch verstohlen nach hinten zu Fredric.

Den »Pilger« hatte man Fredric genannt. Inzwischen war es allerdings lange her, dass ihn jemand so bezeichnet hatte. Aber jedes Mal, wenn er in irgendetwas verwickelt wurde, worüber die Zeitungen berichteten, tauchte dieser Spitzname wieder auf. Er hasste ihn. Der Name war vor mehreren Jahren bei einem unbedeutenden Gespräch mit einer prominenten Dame aufgekommen, mit der er später eine unglückliche Beziehung hatte. Sie hatte zu einem Raubtier von Journalisten, der für eine Wochenzeitschrift schrieb, gesagt: »Ich habe meinen Pilger gefunden!« Dieser »Fund« erwies sich schon bald als völlig uninteressant für sie. Ihn hatte die Angelegenheit allerdings verletzt. Später war ihm eine noch schlimmere Wunde zugefügt worden, die nach wie vor schmerzte. Er hasste den »Pilger«. Manchmal hasste er auch Fredric Drum, aber dabei handelte es sich womöglich nur um eine oberflächliche Abneigung.

Plötzlich fiel ihm auf, dass ihm der andere Mann vom Bug des Schiffes aus zuwinkte. Er wollte, dass er zu ihm nach vorn kam. Fredric ging zögernd auf den Mann zu. Sie hatten inzwischen die Hälfte der kurzen Strecke zurückgelegt, und die Festung Akershus lag bereits hinter ihnen.

»Entschuldigen Sie bitte, aber ich möchte Sie etwas fragen«, sagte der Mann, der so um die fünfzig zu sein schien und einem früheren norwegischen Kultusminister nicht unähnlich sah. Seine Augenlider waren nämlich schwer, sehr schwer. »Entschuldigen Sie, aber haben Sie eine Ahnung, ob die Kanonen da oben auf der Festung Akershus jemals gegen eine feindliche Macht eingesetzt worden sind? Ich interessiere mich nämlich für Geschichte, wissen Sie, aber die Stadtgeschichte von Oslo kenne ich kaum.«

Der Mann redete schnell und eifrig und hatte keinen ausgeprägten Dialekt.

»Die Kanonen, ja«, antwortete Fredric und dachte nach. »Die Kanonen sind wohl nicht ...« Er hielt jäh inne und blickte nach links.

Ein großes Motorboot kam mit ungeheurer Geschwindigkeit direkt auf die Fähre zu, die nur noch hundert Meter vom Kai der Hovedøya entfernt war. Es war auf Kollisionskurs und schien nicht ausweichen zu wollen.

»Verdammt!«, brüllte Fredric und trat einen Schritt zurück, wurde aber von dem anderen festgehalten, der Fredrics Arm offenbar voller Panik ergriffen hatte.

Das Horn der Fähre tutete verzweifelt, erstarb aber bald wieder. Was dann geschah, spielte sich innerhalb von Sekunden ab. Trotzdem erschien es Fredric wie ein Film in Zeitlupe, unwirklich, nah und gewaltsam.

Direkt vor dem Zusammenstoß warf sich ein Mensch von dem Motorboot ins Meer hinaus, dann gab es einen gewaltigen Krach, und etwas zersplitterte. Die Vollbremsung führte dazu, dass Fredric rückwärts über die Reling stürzte, als sich der panische Griff des Fremden um seinen Arm löste. Während er fiel, registrierte er drei Dinge: Ein großer Splitter von irgendeinem Kunststoff ragte direkt unter dem Kinn aus dem Hals des Mannes, der ihn gerade nach den Kanonen von Akershus gefragt hatte. Die rechte Hand des Mannes öffnete sich, und eine Injektionsspritze mit bereits eingeschobener Metallkanüle fiel auf die graue Meeresoberfläche zu. Danach versank auch die Tasche mit der Fotoausrüstung und ihrem sonstigen Inhalt.

Diese drei Dinge konnte er noch wahrnehmen, bevor sich das kalte Fjordwasser über ihm schloss.

Er arbeitete sich an die Oberfläche hoch, hustete, räusperte sich und spuckte. Kalt, es war kalt! Seine Augen brannten, und er blinzelte, um wieder deutlich sehen zu können. Die Fähre und das Motorboot lagen jetzt ganz still und schaukelten vor ihm. Keines der Schiffe schien einen so großen Schaden erlitten zu haben, dass es zu sinken drohte. Er legte sich auf den Rücken und ließ sich treiben. Auf die Leinwand des Himmels projizierte er die dramatischen Sinneseindrücke der letzten Sekunden. Dann drehte er sich um und stieß mit dem Kopf gegen einen kleinen Gegenstand, der im Wasser trieb und wie eine Puppe aussah. Ohne lange darüber nachzudenken, ergriff er ihn, stopfte ihn unter sein Hemd und kraulte mit kräftigen Zügen die letzten Meter bis zur Hovedøya.

Dort empfing ihn eine große Menschenmenge. Leute, die auf dem Landungssteg auf die Fähre gewartet hatten. Sie wollten nach einem sonnenreichen Tag nach Hause.

»Das ist ja noch mal gut gegangen«, tröstete ihn einer.

»Verdammter Raser, der gehört sofort in den Knast«, meinte ein anderer.

»Der Raser ist an Bord der Fähre gezogen worden«, erklärte jemand.

»Gebt dem armen Kerl hier doch ein Handtuch«, rief eine Frau.

Bevor er auch nur fünf Schritte auf dem Strand gegangen war, hielt Fredric acht Handtücher in den Armen. Er grinste dämlich und dankte nach rechts und links. Dann zog er sich in den Wald zurück, wobei er mit Zeichen zu verstehen gab, dass er die triefenden und stinkenden Kleider ausziehen wolle. Bald war er ganz allein inmitten der frühlingsgrünen, üppigen Natur.

Er streifte schnell seine Sachen ab. Ein sonderbarer, zerlumpter Gegenstand fiel aus seinem Hemd und blieb halb vom Gras bedeckt liegen. Das musste so eine Art Puppe sein.

Fredric trocknete seinen nackten Körper gründlich mit allen acht Handtüchern ab. Dann nahm er sich viel Zeit, um seine Sachen gut auszuwringen. Anschließend vollführte er zunächst einen Tanz, der einem Faun alle Ehre gemacht hätte, aber dann bemerkte er zu seinem Erstaunen, dass er gar nicht fror. Die Luft war mild, daher konnte er ruhig stehen bleiben. Er schnüffelte argwöhnisch an seinen Kleidern. Das Bouquet war nicht wirklich gut. Er würde die ganze Weinprobe verderben, wenn er damit ankäme. Deshalb würde er wohl auf die *dégustation* verzichten müssen. Keinen guten Wein für Fredric Drum an diesem Abend. Kopfschüttelnd begann er, seine halb trockenen Sachen wieder anzuziehen.

Er blieb noch eine Weile zwischen den Blättern und Büschen. Es war so grün. So unfassbar grün. Es war grün in allen Abstufungen, von den dunkelgrünen Lanzettblättern der Waldrose bis hin zu den gelbgrünen Birkenkätzchen. Und es roch stark nach Frühlingserde. Ein früher Zitronenfalter kam angeflattert und setzte sich auf einen Zweig direkt vor seiner Nasenspitze. Dort saß er und schaukelte und sah genauso aus wie die Blätter auf dem Zweig. Die Tarnung war vollkommen. Über ihm, oben in den Baumkronen, veranstalteten die Drosseln ein kakofonisches Nachmittagstreffen.

Er setzte sich auf einen morschen Baumstumpf und ließ seine Kleidung ausdampfen. Er fühlte sich berauscht von einem optimistischen Staunen, das in seiner Brust kribbelte. Wie die Natur brodelte! Welch ein Überfluss an Leben! In was für einer Ganzheit er aufging.

Ganzheit.

Fredric richtete sich ruckartig auf. Der Mann musste durch den Kunststoffsplitter, der ihn in den Hals getroffen hatte, augenblicklich gestorben sein. Er selbst hingegen war nur über Bord gegangen. Da hatte er noch Glück gehabt. So war ihm der Anblick der Blutlache erspart geblieben.

Unten vom Landungssteg hörte er Rufe und ein lautes Spektakel. Er vernahm das Motorengeräusch mehrerer Boote, die sich näherten. Eine kräftige Stimme brüllte: »Wo ist der Passagier, der ins Wasser gefallen ist?«

»Der ist im Wald und wringt seine Kleider aus«, gab jemand zur Antwort.

Woher wollen die denn wissen, was ich hier auswringe, dachte Fredric und sah die Sonne durch das Laub funkeln. Sogar die Schatten waren grün. Er sammelte sieben der Handtücher ein. Das achte legte er über den puppenartigen Gegenstand und packte ihn darin ein. Dann nahm er den Pfad hinunter zum Landungssteg.

Neben der Fähre und dem Motorboot, die jetzt dort festgemacht hatten, sah er ein Polizei- und ein Ambulanzboot. Als er sich näherte, wurde eine Bahre mit einem weißen, alles bedeckenden Laken von der Fähre auf das Ambulanzboot hinübergehoben. Dieses fuhr dann in Richtung Rathaussteg los.

»Da ist er!«, rief eine Frau und zeigte auf Fredric.

Sofort richtete sich alle Aufmerksamkeit auf ihn, und er wurde mit tausend Fragen überschüttet. Anstatt zu antworten, begann er, Handtücher auszuteilen. Das, in das die Puppe gewickelt war, behielt er. Dann schüttelte er den Kopf und bahnte sich einen Weg zum Polizeiboot hinunter. Ein uniformierter Beamter winkte ihn an Bord.

»Sind Sie der Passagier?«, fragte er, nicht direkt unfreundlich.

Fredric nickte.

»Wir fahren bald zurück zum Rathaussteg, aber erst brauchen wir einige Informationen von Ihnen.« Der Polizist wies ihm den Weg in die Kabine unten im Boot.

Insgesamt waren vier Polizisten anwesend. Zwei davon waren offensichtlich gerade dabei, den Steuermann und den Decksjungen von der Fähre zu verhören, ein anderer stand dicht bei einem bleichen, pickeligen jungen Burschen, der in eine Wolldecke gewickelt in einer Ecke saß. Der Fahrer des Motorboots, dachte Fredric. Der vierte Polizist, der Fredric an Bord gewunken hatte, holte Block und Bleistift hervor.

»Name und Geburtsdatum«, verlangte er.

»Henning Haugerudsbråten, siebenundzwanzig null fünf zweiundfünfzig«, brach es aus Fredric hervor, als habe er es lange geübt.

Der Polizist notierte die Angaben und bat Fredric, zu berichten, was passiert war.

Während Fredric alles genau wiedergab, starrte ihn der

junge aknebehaftete Bursche mit großen Augen an. Es war kein freundlicher Blick, und Fredric fragte sich, ob der Bootsführer eine Gefängnisstrafe bekommen würde. Fahrlässige Tötung. Warum hatte er das Motorboot direkt auf die Fähre zugesteuert? Aus Unaufmerksamkeit? Aus Panik? Oder war es technisches Versagen gewesen? Er ertappte sich dabei, dass er Letzteres hoffte. Fredric wünschte niemandem eine Freiheitsstrafe.

»Dann fahren wir jetzt«, befahl der Anführer des Quartetts.

Fredric hatte einen falschen Namen angegeben. Die Angst davor, dass die »Pilger«-Geschichte in den Zeitungen wiederauferstehen könnte, hatte ihn dazu getrieben. Die Skandalblätter hatten die schlechte Angewohnheit, mit Vorliebe Dinge miteinander in Verbindung zu bringen, die nicht zusammengehörten. Sicherheitshalber gab er das Restaurant »Kasserolle« als Adresse an, sodass die Polizei ihn finden konnte, wenn sie weitere Informationen benötigen sollte.

Das Polizeiboot brauchte nur zwei, drei Minuten bis zum Honnørsteg. Während der Überfahrt fand ständig Funkverkehr statt, und mehrere Polizeiwagen sowie einige neugierige Schaulustige erwarteten sie schon. Fredric lehnte das Angebot, in einem Polizeiauto nach Hause gefahren zu werden, dankend ab.

Gerade als sie an Land gingen, riss sich der junge Bursche von dem Polizisten los, der ihn am Arm gehalten hatte.

»Das war ein Unfall, hört ihr! Ich hab das nicht gewollt!«, rief er.

Fredric drehte sich um und fing den verzweifelten Blick des Jungen auf. Warum diese Panik, dachte er. Wenn es ein Unglück war, hast du doch nichts zu befürchten. Dann ging er schnell den Landungssteg hoch und strebte eine Bank unterhalb der Südmauer des Rathauses an. Hier war es windgeschützt, und die Sonne wärmte immer noch. Es würde nicht mehr lange dauern, bis seine Kleidung trocken und der Gestank größtenteils verschwunden sein würde.

Ein Unfall, nichts als ein Unfall.

Ihm war ein gemütlicher Abend mit gutem Wein und netten Leuten durch die Lappen gegangen. Das war nichts, dem er lange nachtrauern musste. Neue Gelegenheiten würden sich bieten, und der Sommer stand vor der Tür. Der Weinkenner Fredric Drum musste sich nicht beklagen.

Er hatte sich, obwohl er noch ziemlich jung war, einen Namen als einer der besten Weinkenner der Stadt erarbeitet. Grund dafür waren die »Kasserolle« und der Ruf, den das Restaurant sich im Laufe der Zeit erworben hatte. Vor einigen Jahren hatten er und sein Freund Tob, Torbjørn Tinderdal, das kleinste und exklusivste Restaurant von Oslo eröffnet und es »Kasserolle« genannt. Es lag im Frognerveien und hatte nur sechs Tische. Wunderbare Gerichte wurden dort serviert. Das Beste aus der norwegischen Küchentradition wurde mit der Raffinesse der französischen Küche und eigenen Experimenten kombiniert. Auch die Weine waren erlesen. Sie wurden nach sorgsamer Verkostung durch Tob und ihn selbst direkt von den Châteaus importiert. Zu jedem Gericht gab es einen speziellen Wein, der die Mahlzeit zur Vollendung brachte. Bisher hatte noch kein Gast die »Kasserolle« unzufrieden verlassen. Wenn man das gastronomische Erlebnis wünschte, musste man den Tisch wochenlang vorher bestellen. Hier konnte man nicht einfach vorbeischauen und darauf vertrauen, dass man schon einen Platz bekommen würde. Die »Kasserolle« war das einzige Restaurant in Oslo, das zwei Sterne im Guide Michelin vorweisen konnte. Die Inneneinrichtung in dem kleinen, intimen Lokal war außerdem so gemütlich und behaglich, dass es auch in solchen Kreisen Aufmerksamkeit erregt hatte, die sich nicht nur für gutes Essen interessierten. Das Restaurant hatte im besten

Sinne des Wortes »Persönlichkeit«. Dass das gelungen war, war nicht zuletzt Tobs Verdienst, der einen ausgeprägten Sinn für Ästhetik und Lebensqualität hatte.

Tob hatte außerdem auch etwas von einem Philosophen. Seine Augen hinter der runden Apothekerbrille konnten vor Enthusiasmus leuchten, wenn sie beide sich in ruhigeren Arbeitsphasen an ihrem kleinen privaten Tisch in der Ecke niederließen und Themen anschnitten, die über das rein Alltägliche hinausgingen. Außerdem gelang es Tob immer wieder, eine zur jeweiligen Situation passende Weisheit zu formulieren, die nicht unbedingt in ihrer ganzen Tiefe ergründet werden konnte. Torbjørn Tinderdal war einfach großartig und der beste Kumpel und Kompagnon, den man sich wünschen konnte.

Als Hilfe und Entlastung im Restaurant hatten sie Lehrlinge aus der Kochschule eingestellt. Um die Lehrlingsstellen in der »Kasserolle« rissen sich alle, nicht nur wegen ihres Rufes, über die beste Küche der Stadt zu verfügen, sondern auch, weil es Tobs und Fredrics Prinzip war, den Gewinn des Restaurants, der nach Abzug der Ausgaben übrig blieb, zu gleichen Teilen unter denen aufzuteilen, die dort arbeiteten, ob sie Besitzer oder Lehrling waren. Und diese Gewinne waren in den letzten Jahren sehr ansehnlich gewesen.

Fredric Drum hatte keinen Grund zur Klage.

Bald würde die Sonne hinter den neuen, yuppiemäßigen Fassaden von Aker Brygge versinken. Es funkelte im Plastiktunnel, der die Menschen über das Verkehrschaos darunter hinweghob. Die »Tyrihans«, eines der Schiffe nach Nesodden, war gerade dabei, vom Kai abzulegen. Fredric saß da und betastete seinen Kristallstern, den er aus der Tasche gezogen hatte.

Wie ein Bombensplitter. Der Zusammenstoß musste eine große Spannung im Kunststoffrumpf freigesetzt haben, die ein Stück davon mit gewaltiger Geschwindigkeit auf den Mann neben ihm geschossen hatte. Den Mann, der sich verzweifelt an seinem Arm festgehalten und auf die Antwort auf die Frage gewartet hatte, ob die Kanonen auf Akershus jemals gegen eine feindliche Macht eingesetzt worden waren. Gerade so, als ob diese Frage auf keinen Fall hätte gestellt werden dürfen: Sekunden später war die Kehle des Mannes durchbohrt. Er würde niemals mehr in der Lage sein, Fragen zu stellen.

Die Strahlen der späten Nachmittagssonne wurden durch die exakten Prismen gebrochen, die die Zacken des Sterns bildeten, sodass ungewöhnliche Farbkombinationen entstanden. Fredric war immer wieder erstaunt. Mehrmals hatte er das unerklärliche Phänomen beobachtet, dass es eine Art Kommunikation zwischen dem Kristall und ihm gab, ebenso zwischen dem Kristall und der Umgebung. Dass der Kristall Dinge spürte, die er selbst nicht erfasste. Fredric war davon überzeugt, dass der Kristallstern ihm vor fast zwei Jahren da unten in Südfrankreichs bestem Weinanbaugebiet mindestens einmal das Leben gerettet hatte. Oder, wie Tob gesagt hatte: »Im Kristall wohnt die Antwort auf das Urrätsel des Menschen: der Ursprung. Schade, dass niemand in der Lage ist, die Sprache des Kristalls zu lesen.«

Die Farben waren heute ungewöhnlich, aber das hatte sicherlich seine Richtigkeit. Schließlich war er Zeuge eines schlimmen Unfalls gewesen, und das spiegelte sich möglicherweise in dem empfindlichen Kraftfeld zwischen ihm und dem Kristall wider. In diesem Feld gab es kein Subjekt oder Objekt, nur ein »Etwas«. Die Farben gehörten zu diesem »Etwas« und konnten niemals lügen.

Er war jetzt fast ganz trocken. Neben ihm auf der Bank lag als kleines Bündel das grün gesprenkelte Handtuch, in das er den zerzausten, puppenähnlichen Gegenstand gepackt hatte. Vorübergehend dachte er daran, das Ganze in einen Papierkorb zu werfen, aber er überlegte es sich anders. Warum sollte er das Ding nicht mit nach Hause nehmen und seinen »Fund« dort etwas genauer untersuchen? Er hatte ihn schließlich schon eine Weile mit sich herumgeschleppt, weshalb auch immer.

Er winkte ein Taxi heran.

Die Pension, in der er wohnte, hieß »Morgan« und lag im Parkveien. Still und ruhig, mit einem gewissen Standard. Jetzt lebte er schon seit fast einem Jahr dort, und das war so etwas wie sein persönlicher Rekord. Fredric Drum zog nämlich von einer Pension in die nächste. Er hatte noch nie eine eigene Wohnung gemietet oder besessen. Tob und seine anderen Freunde machten sich über diese merkwürdige Vorliebe ziemlich lustig. Sie meinten, dass er es auf diese Weise nie zu irgendeinem Privatleben bringen würde, zu einem »Zuhause«, in dem er Wurzeln schlagen und sich wohlfühlen könnte.

Wurzeln? Zuhause? Fredric hatte die Ansichten der anderen nie verstanden. Was sollte er mit einem »Zuhause«? Hatte er etwa keine Wurzeln? Er hatte sie genauso gut wie jeder andere. Unkompliziert und zufriedenstellend. Keine materiellen Verpflichtungen. Keine Haufen irdischer Güter. Da war höchstens sein allmählich ziemlich umfangreiches und gut sortiertes privates Weinlager, mit dem ihm die Umzüge immer schwerer fielen.

Vielleicht war das der Grund, warum er schon recht lange in der Pension »Morgan« wohnte. Sonst war er im Durchschnitt immer nach einem halben Jahr wieder umgezogen. Das Leben eines Pensionsbewohners schien nämlich einem unvermeidlichen Gesetz zu folgen: Nach einem relativ anonymen Aufenthalt von etwa einem halben Jahr begann eine Phase, in der Inhaber und Mitbewohner aufdringlich familiär zu werden drohten. Seine eigenen Gewohnheiten und Lebensrhythmen wurden von einer Routine eingeengt, die der Atmosphäre der Pension entsprach. Er spürte, wie er ein organischer Teil einer trostlosen Maschinerie wurde. Immer, wenn er an diesem Punkt angekommen war, beschloss Fredric Drum, umzuziehen.

Wurzeln? Zuhause? Vielleicht irgendwann einmal. Aber das konnte noch lange dauern. Er hatte einen unklaren Traum, ein flüchtiges Gefühl davon.

Er schloss die Tür zur Pension auf und ging den geräuschlosen Korridor bis zu seinem Zimmer entlang. Oder besser gesagt: seinen Zimmern. Er hatte ein kleines Wohn- und ein Schlafzimmer gemietet. Das Wohnzimmer enthielt gerade das Nötigste: einen großen hellen Schreibtisch mit Büchern und Papieren in säuberlichen Stapeln, ein Bücherregal, zwei bequeme Sessel und einen zeitlosen Salontisch ohne Tischdecke. An den Wänden entlang standen mehrere Weinregale voller Flaschen, genau dreihundertvierzig Flaschen, wie er seit der letzten Zählung wusste.

Er legte das Handtuchbündel mitten auf den Salontisch.

Vor sich hin pfeifend duschte er und zog sich danach saubere Sachen an. Er spürte ein angenehmes Kribbeln in der Brust und zog vor dem Spiegel für sich selbst lustige Grimassen. Lag das nur am Frühling? Nicht nur, denn bald, in einigen Wochen, wollte er zusammen mit einem guten Freund aus England auf eine spannende Expedition gehen. Er war voll Optimismus und Vorfreude.

Wein? Konnte er sich nicht einfach einen guten Wein aus seinem eigenen Lager gönnen? Er saß ja nun wirklich nicht auf dem Trockenen, nur weil er die Weinprobe auf der Hovedøya verpasst hatte. Jetzt waren sie wohl dort draußen versammelt und schnupperten, schlürften und spuckten. Obwohl bestimmt nur die wenigsten die guten Weine wieder ausspuckten. Höchstens vielleicht die Jungs vom staatlichen Weinmonopol, falls die eingeladen waren.

Er ging vor den Weinregalen auf und ab. Zog hier und dort eine Flasche heraus. Schließlich fiel seine Wahl auf einen Château du Tertre 1975, einen *cinquièmes-crus*-Wein aus dem Margaux-Anbaugebiet. Fredric war der Ansicht, dass dieses Château in der konservativen Médoc-Klassifizierung von 1855 zu niedrig eingestuft war. Das Château du Tertre sollte *deuxièmes crus* sein.

Er goss ein Kristallglas halb voll und setzte sich in einem der Sessel bequem zurecht.

Die Farbe war ein tiefes Braunrot. Der Duft erinnerte an überreife Kirschen und Mandeln sowie vielleicht an einen Hauch von Vanille? Er war rund, füllig und mild, aber er hatte immer noch seine Kraft. Dieser Wein würde sich noch viele Jahre lang halten. Er trank das Glas in kleinen Schlucken aus und schenkte sich ein neues ein.

Dann fiel sein Blick auf das nasse Handtuchbündel, das vor ihm auf dem Tisch lag. Er zog es zu sich heran und packte es vorsichtig aus. Der Rücken der Puppe kam zum Vorschein, denn sie lag auf dem Bauch. Sie wirkte alt und mitgenommen, und ihre Kleider schienen aus einem Zwischending zwischen Fell und Birkenrinde zu bestehen. Der Aufenthalt im Wasser schien sie nicht sehr durchweicht zu haben. Er drehte sie um und spürte, wie er erbleichte, wie sich seine Nackenhaare aufstellten und ihm die Stille, die um ihn herum herrschte, plötzlich die Luft abdrückte.

Diese Puppe hatte er vorher schon einmal gesehen! Nicht als Puppe, sondern als kleine Kindermumie, die in einigen archäologischen Zeitschriften abgebildet gewesen war. Ein kleines Eskimobaby aus dem fünfzehnten Jahrhundert, das vor fünfzehn Jahren von ein paar Jägern auf Grönland gefunden worden war.

Fredric rutschte in seinem Sessel ganz nach hinten und starrte das, was vor ihm auf dem Tisch lag, mit ungläubigen Augen an. Eine unheimliche Puppe. Eine groteske Kopie. Dass es tatsächlich eine Puppe war, begriff er allmählich, als seine Gedanken zu arbeiten begannen.

Sie war kaum dreißig Zentimeter lang und trug eine zerknautschte Strampelhose aus Fell. Darüber eine langhaarige Pelzjacke mit Kapuze. An die Stelle der leeren Augenhöhlen der grönländischen Babymumie hatte man gelbe, beängstigend lebendig wirkende, katzenartige Augen eingesetzt. Die Hände waren wie kleine Klauen, schwarz und eingeschrumpft. Wer auch immer diese Kopie hergestellt hatte, hatte seine Sache erschreckend gut gemacht. Die Gesichtshaut sah aus wie trockene, aufgesprungene Menschenhaut, und die Pelzkleidung hätte ohne weiteres Hunderte von Jahren alt sein können.

Ein lang gezogener Zischlaut drang über Fredrics Lippen.

Eine halbe, vielleicht auch eine ganze Stunde blieb er apathisch sitzen. Diese besondere Puppe, Kopie eines fünfhundert Jahre alten Eskimobabys, musste auf jeden, der sie sah, einen tiefen Eindruck machen. Er erinnerte sich an seine eigene Reaktion, als er zum ersten Mal ein Foto der Babymumie gesehen hatte. Das war nichts, was man einfach beiseiteschob und wieder vergaß. Das Bild war lange in seinem Bewusstsein geblieben und hatte dort immer noch seinen Platz. Allerdings war es jetzt durch den physischen Kontakt und die dreidimensionale Anwesenheit noch verstärkt worden. Auf dem Tisch vor ihm, mit Augen, die ihm Strahlen aus Eis entgegenwarfen. Wer konnte bloß so etwas herstellen?

Schließlich legte er die Puppe oben auf ein Bücherregal, immer noch mit dem grün gesprenkelten Handtuch darunter. Dann trank er den Rest des Weins und öffnete eine weitere Flasche. Diesmal einen ziemlich unbekannten, aber guten St. Emilion: Château la Grâce Dieu. Der sollte Erinnerungen wecken können, die die Gedanken an die gespenstische Puppe verdrängen würden. So war es auch.

Sein Körper war schwer, und sein Kopf fühlte sich an, als sei er mit Wolle ausgestopft, als Fredric beschloss, schlafen zu gehen. Der morgige Tag und die folgenden Tage würden Arbeitstage sein. Angenehme Arbeitstage in der »Kasserolle«. Abwechselnd Küche und Servieren. Sie teilten sich alle Arbeiten. Auf diese Weise gab es wenig Routine und viel Spontaneität. Und die Atmosphäre, die die Gäste so schätzten.

Bevor er ins Schlafzimmer ging, warf er noch einen Blick zum Bücherregal, auf dem die Puppe lag. Jetzt lag sie nicht mehr: Sie saß aufrecht da, gegen die Wand gelehnt.

2

Ein kleiner Eskimo verbeugt sich und verschwindet, und Fredric Drum sucht sich Jungle Cock, Black Gnat *und* Verre enn minken *aus*

Torbjørn Tinderdal putzte gründlich seine Brille, und sein freundliches Mondgesicht lauschte interessiert. Sie hatten noch eine Stunde bis zur Öffnung der »Kasserolle«, und die beiden Freunde saßen an ihrem privaten kleinen Tisch hinter den Weinregalen. In der Küche war der Kochlehrling Wackradaisan Wickramashingshe, ein Einwanderer aus Nordindien in der zweiten Generation, mit dem letzten Abschmecken einer ganz besonderen Estragonsauce beschäftigt.

»Sie trieb also im Wasser«, fuhr Fredric fort, »und ich kann dir sagen, Tob, sie ist eine *exakte* Kopie von der Eskimomumie, die du hier siehst. Ein Baby.«

Fredric Drum zeigte Tob ein Bild in einer archäologischen Zeitschrift.

»Hmmm«, sagte Tob und setzte seine Brille auf. »Ein kleiner Jäger, der nie zu einem Jäger wurde. Haben die Inuit ihre Toten im Eis bestattet?«

»Nein«, antwortete Fredric, »die Inuit, die Eskimos, haben Steingräber angelegt. Sie haben in der Regel über dem Toten Steine aufgehäuft und ihn mit verschiedenen praktischen Gegenständen ausgerüstet, die er im jenseitigen Leben gebrauchen könnte. Diese Babymumie wurde 1973 von einem Schneehuhnjäger gefunden, der zufällig unter einer Klippe ein paar merkwürdige Steinformationen bemerkte. Nachdem er einige flache Steinplatten entfernt hatte, blickte er direkt auf die außergewöhnlich gut erhaltene Mumie einer Frau hinunter. Im Laufe der weiteren Untersuchungen stellte man fest, dass das Grab noch mehr Leichen enthielt, darunter dieses kleine Baby. Die C14-Datierung hat ergeben, dass die Leichen um das Jahr 1470 bestattet worden sein müssen.«

Tob blieb mit dem Bild der Mumie in der Hand sitzen und betrachtete es genau.

»Schön«, sagte er, »in den Zügen dieses jungen Gesichts hat sich eine elegante Selbstsicherheit erhalten. Selbstsicherheit und Trotz. Als ob der Tod keine Rolle gespielt habe, als ob die blinden Augenhöhlen die innerste Wahrheit und tiefste Bedeutung des Universums enthielten. Das vollkommene Verständnis eines Jägers von der Natur, in der er jagen will. Niemand kann diese Mumie anschauen, ohne in tiefes Nachdenken über ein ungelöstes Rätsel zu verfallen.«

»Ein ungelöstes Rätsel«, wiederholte Fredric. »Auf jeden Fall ist es ein ungelöstes Rätsel, warum eine solche Puppe im Inneren Oslofjord treibt. Und die Augen, Tob, du hättest die Augen sehen müssen: In die leeren Augenhöhlen sind gelbe Katzenaugen eingesetzt, die intensiv glühen.«

»Der Jäger verschmolz mit seiner Beute«, sagte Tob kryptisch.

Fredric war mit seinen Gedanken an einem ganz anderen Ort. Die schockierende Begegnung mit der Puppe hatte drei Phasen gehabt: das tragische Unglück, das dazu geführt hatte, dass er sie gefunden hatte, der Eindruck, den sie auf ihn gemacht hatte, als er sie aus dem Handtuch gewickelt und begriffen hatte, um was es sich handelte, und last but not least, die Entdeckung, dass sich die Puppe oben auf dem Bücherregal in eine sitzende Position erhoben hatte. Es hatte eine Weile gedauert, bis er in seinem leichten Rotweinrausch begriffen hatte, dass es dafür eine völlig natürliche Erklärung gab: Die Wärme, die von der Heizung hinter dem Regal aufgestiegen war, hatte die nassen Ledersachen, in die die Puppe gekleidet war, sehr rasch getrocknet. Diese hatten sich ein bisschen zusammengezogen, genug, um die Stellung der Puppe so zu verändern, dass es wirkte, als ob sie sich gegen die Wand aufgesetzt hätte. Aber ihre Augen hatten noch lebendiger gewirkt, als sie so dasaß. Sie hatten ihn bis weit in den Schlaf verfolgt.

Tob erhob sich, als Wack aus der Küche rief.

Fredric begann, in einem Stapel Papiere zu kramen, der auf einem Regal hinter dem Tisch lag. Ihm war plötzlich etwas eingefallen, etwas, woran er vor mehr als drei Jahren gearbeitet und wofür er einige Anerkennung bekommen hatte. Dabei handelte es sich um die Deutung einer alten Runeninschrift, die damals gerade auf Grönland gefunden worden war.

Ursprünglich war Fredric ein vom Militär ausgebildeter Entschlüsselungsexperte. Schon seit der Grundschule hatte er sich leidenschaftlich für Geheimschriften und das Entziffern von Codes interessiert. Bei der Armee hatte er eine gründliche Ausbildung erhalten, es aber allmählich immer langweiliger gefunden, militärische Codes zu knacken. Es erschien ihm ziemlich sinnlos. Er sehnte sich nach anderen Aufgaben, die ihm größere Herausforderungen bieten würden. Nach mehrjährigen Sprachstudien an der Universität glaubte er, für eine besondere Arbeit gerüstet zu sein: Er nahm sich vor, bisher nicht entschlüsselte Ursprachen zu deuten.

Angefangen hatte er mit der subtilen Bilderschrift der Maya, aber bei diesem Projekt musste er sich geschlagen geben. Vorläufig. Es gab zwar seriöse Gerüchte, dass es den Forschern nun endlich gelungen sei, die Maya-Schrift zu entschlüsseln, aber Fredric war skeptisch. Die Auszüge, die ihm zugeschickt worden waren, wirkten nicht überzeugend. Als Nächstes hatte er mit einer neuen Deutung der *Linear B,* der merkwürdigen Schrift der kretischen Minos-Kultur, begonnen. Hier hatte er einen wichtigen Durchbruch erreicht, was dazu geführt hatte, dass er jetzt in kryptologischen und piktologischen Kreisen als eine gewisse Autorität betrachtet wurde, wenn auch seine abschließende Arbeit über die *Linear B* immer noch nicht offiziell abgesegnet war. Das zog sich hin. Es dauerte Jahre, das träge und konservative Milieu zu durchdringen, das die klassische Archäologie prägte. Aber Fredric hatte Zeit, jede Menge Zeit, und es machte ihm Spaß. Er betrachtete seine Beschäftigung mit diesen Dingen als ein anregendes Hobby, das sein Gehirn auf Trab hielt und ihm größtmögliche Entspannung ermöglichte. Neben der Arbeit in der »Kasserolle« und seiner Leidenschaft für gute Weine war dieses Hobby gerade richtig. Es rundete die Ganzheit seiner Existenz ab.

Fredric stieß auf die Runeninschriften, an denen er vor einigen Jahren gearbeitet hatte. Auf dem höchsten Gipfel der Insel Kingittorsuaq auf Grönland hatte man einen kleinen Stein gefunden. Der hatte zwischen drei Steinpyramiden gelegen. Den Forschern war es gelungen, das Folgende zu entschlüsseln: »Erling Sigvatson und Bjarne Thordson und Enride Odson errichteten am Samstag vor dem Prozessionstag diese Steinpyramiden und ...« Den letzten Teil der Inschrift konnten die Forscher nicht deuten. Fredrics Interesse war erwacht. Was verbarg sich hinter dem letzten »und«? Das Entscheidende an der Runenbotschaft schien in dem zu liegen, was noch nicht entschlüsselt war.

Nach dreimonatigen intensiven Studien mit einer Neuanordnung des Runenalphabets hatte er ein eindeutiges Resultat vor sich liegen. Der Text lautete als Ganzes: »Erling Sigvatson und Bjarne Thordson und Enride Odson errichteten am Samstag vor dem Prozessionstag diese Steinpyramiden und erbaten Schutz vor dem in Leder gekleideten Jägergott der Skrælinge, der das Wild dorthin führte, wo die Skrælinge es wollten.« Der Runenstein war mit einiger Unsicherheit auf das dreizehnte Jahrhundert datiert worden.

Man hatte Fredrics Deutung akzeptiert. *Skræling* war der Name, den die Skandinavier den Eskimos gegeben hatten.

In der späteren Literatur konnte man sehen, dass dieser Jägergott der Eskimos, dessen Unterstützung sie bei der Jagd in Anspruch nahmen, von den Skandinaviern mit Furcht und Respekt beschrieben wurde. Als Papst Innozenz im Jahr 1492 den Benediktiner Martin Knudsen zum Bischof von Grönland ernannte, schickte dieser einige merkwürdige Berichte, die mit zierlicher Handschrift auf polierte lange Tafeln aus Walrossknochen geschrieben waren. Die Berichte enthielten ausführliche Beschreibungen dieses Jägergottes, der eine vollkommen unerklärliche heidnische Kraft und Magie zu besitzen schien und gegen den die Skandinavier nicht ankommen konnten. Wie der Bischof mitteilte, trug jeder Skræling, wenn er auf die Jagd ging, einen heimlichen Talisman bei sich, der im Kontakt mit diesem gefürchteten Jägergott stand.

Der Portugiese João Vaz Corte-Real, der zusammen mit Didrik Pinning und Hans Pothorst auf Wunsch von König Christian I. Ende des fünfzehnten Jahrhunderts eine Expedition nach Grönland unternahm, beschrieb den Jägergott noch konkreter, als er nach Hause berichtete: »Es gibt da eine starke Kraft, die die Beute zum Jäger treibt und sie von uns Weißen fortlockt. Diese Kraft trägt jeder Skræling an einer Schnur aus gewundenen Vogelfedern unter seinem Anorak. Es ist eine kleine Puppe in Lederkleidung mit gelben, leuchtenden Katzenaugen.« (Codex Reale, Lissabon 1507)

Eine kleine Puppe in Lederkleidung mit gelben, leuchtenden Katzenaugen. Fredric las seine alten Notizen durch und wurde immer neugieriger. Das war merkwürdig, wirklich sehr merkwürdig.

Wack und Tob kamen mit der Speisekarte zu ihm. Die »Kasserolle« sollte gleich öffnen, und alles war bereit.

»Weit entfernt, weit im Norden im Land der Jäger.« Tob stupste seinen Freund gutmütig in die Seite.

»Hör dir Wacks Poesie an, Fredric, ein neues großes Gedicht ist geschaffen worden!«

Sie lachten und hörten Wackradaisan beim Vorlesen zu: »Pâté aus Waldtaubenleber, gespickt mit in Likör eingelegten Rosinen, serviert in einer milden Moltebouillonsauce. Lamm à la Drum, mit Rosmarin und Mandeln gebraten, serviert mit frischen, mit Preiselbeeren verrührten Bohnensprossen und Pommes Lacoste. Eingesalzene Renkenfilets mit Estragonsauce spezial, Brennnesselkroketten und Mandelkartoffelbrei. Sorbets und Obstkuchen des Hauses. Mini-Crêpes norvégiennes, in Likör eingelegt und flambiert. Pariser Käsewagen. Empfohlene Weine: Château d'Yquem 1981, Château Montrose 1970, Château Haut Marbuzet 1975 und Erbacher Marcobrunn Riesling 1976.«

Fredric applaudierte, und die anderen beiden setzten sich zu ihm an den Tisch.

Der Erfolg der »Kasserolle« war zweifellos auf ihre wunderbar komponierten und originellen Gerichte zurückzuführen. Hinzu kam, dass man von den Portionen satt werden konnte. Sie hatten sich von der Marotte der *Nouvelle Cuisine* distanziert, verschwindend kleine Speisenanordnungen auf riesigen Tellern zu servieren, wo es passieren konnte, dass ein winziger Krebsschwanz in einer undefinierbaren Sauce mit Blumen an den Rändern schwamm. Ein siebengängiges Menü der *Nouvelle Cuisine* konnte man zu sich nehmen, ohne dass es den Gast davon abhielt, nach dem Restaurantbesuch zur nächsten Würstchenbude zu gehen, um seinen Hunger zu stillen. So war das in der »Kasserolle« nicht. Sie war etwas Neues. Etwas Besseres. Etwas Echtes und Originelles.

An diesem Abend prägte der Frühling das Restaurant. Tobs Freundin hatte den ganzen Tag an der Dekoration mit Wiesenblumen gearbeitet, raffinierte Arrangements, diskret, aber effektvoll. Und aus der Lautsprecheranlage erklangen die sanften Töne von Thijs van Leers Zauberflöten.

»Morgen«, sagte Tob, als die ersten Gäste kamen, »bringst du diese mystische Puppe mal mit hierher, sodass wir sie auch sehen können. Außerdem haben wir noch einen freien Platz da oben im Regal. Versprochen?«

»Versprochen«, lächelte Fredric.

Der letzte Gast des Abends verließ die »Kasserolle« um kurz vor elf. Tob hatte eine halbe Flasche Château Grand-Puy Ducasse 1978 geöffnet und schnüffelte zufrieden daran. Dann nahm er eine Zeitung, die einer der Gäste liegen gelassen hatte, und setzte sich an den kleinen, privaten Tisch. Sein Blick blieb an einem Artikel hängen, der die ganze Titelseite einnahm.

»Fredric«, rief er. »Hast du das gesehen?«

Fredric kam und setzte sich zu ihm.

»Fähre in Todeskollision«, las Tob und fuhr fort: »Ein schlimmer Unfall passierte gestern Nachmittag, als die Fähre zur Hovedøya mit einem Motorboot zusammenprallte. Ein Passagier wurde auf der Stelle von einem Plastiksplitter getötet, der bei der Kollision vom Rumpf des Motorboots abgerissen wurde. Der Splitter drang in den Hals des Mannes ein und durchschnitt die Hauptschlagader, die Speise- und die Luftröhre. Ein anderer Passagier fiel über Bord, schwamm aber unverletzt bis zur Hovedøya.«

Wack kam auch dazu und setzte sich. Er schüttelte den Kopf und lächelte Fredric an.

»Was für ein Glück, dass ich das nicht war«, sagte er, »ich kann nämlich nicht schwimmen. Ich wäre ertrunken.«

Tob las weiter: »Der zweiundfünfzigjährige Tarald Thomsen aus Hokksund, ledig, starb innerhalb von Sekunden nach dem heftigen Zusammenprall. Keines der beiden Boote wurde so stark beschädigt, dass es gesunken wäre. Der Junge, der das Motorboot fuhr, sagte aus, dass sich sowohl das Ruder als auch der Gashebel verklemmt hätten, als er versucht habe, das Boot anzuhalten. Die Polizei hat angeblich keinen Grund, an der Aussage des Jungen zu zweifeln. Sicherheitshalber wurde aber das Boot bis zur endgültigen technischen Bestätigung seiner Angaben beschlagnahmt. Nachdem der Steuermann und der Decksjunge verhört worden waren, konnte die Fähre nur leicht beschädigt den Linienverkehr zwischen Vippetangen und Hovedøya wieder aufnehmen.«

»Tarald Thomsen, aus Hokksund«, murmelte Fredric. »Er wollte wissen, ob die Kanonen auf Akershus jemals gegen einen Feind eingesetzt worden waren.«

Sie tranken einige Schluck Grand-Puy Ducasse.

»Aus Hokksund«, wiederholte Fredric.

Er saß in dem tiefen Sessel in seinem Wohnzimmer in der Pension. Seine Augen waren geschlossen. Es war schon nach Mitternacht, aber er fühlte sich nicht müde. Stattdessen rief er sich seine Sinneseindrücke von dem dramatischen Augenblick, als er über Bord gefallen war, in Erinnerung. Ein Plastiksplitter ragte aus dem Hals des Mannes. Die rechte Hand des Mannes öffnete sich, und eine Injektionsspritze mit bereits eingeschobener Metallkanüle fiel auf die graue Meeresoberfläche zu. Danach versank auch die Tasche mit der Fotoausrüstung.

Und wenn die Puppe oben in der Tasche gewesen war? Höchstwahrscheinlich. Dann gehörte die Puppe Tarald Thomsen aus Hokksund. Einem Touristen aus Hokksund.

Er öffnete die Augen und wurde von den gelben Katzenaugen der Puppe gefesselt. Dann stand er auf, ging zum Bücherregal und holte die Puppe vorsichtig herunter. Er roch an ihr. Sie roch nach Leder. Nach altem Leder. Er betrachtete forschend ihr Gesicht, das kleine Kindergesicht unter der Anorakkapuze. Er kam nicht dahinter, aus was für einem Material sie gemacht war. Es wirkte fast, als ob es sich tatsächlich um eine Mumie mit uralter, eingeschrumpfter Haut handelte. Er kratzte mit dem Fingernagel an ihrer Stirn und konnte ein kleines Fetzchen ablösen. Er schnupperte noch einmal. Es roch nach Harz, ein strenger, ranziger Harzgeruch. Die kleinen Hände waren schwarz und unförmig, fast klauenähnlich. Wenn er nicht gewusst hätte, dass die echte Mumie, von der er mehrere Bilder hatte, bedeutend größer war, fast doppelt so groß, hätte er angefangen zu zweifeln. Er hätte sich gefragt, ob dies nicht die Mumie *war*, gestohlen aus ihrer Vitrine im Landesmuseum von Grönland. Gestohlen und mit diesen teuflischen Augen ausgestattet.

Fredric Drum setzte die Puppe zurück an ihren Platz, atmete tief durch und versank wieder in seinem Sessel. Damit die Fantasie nicht völlig mit ihm durchging, drehte er den Sessel so um, dass er vom Bücherregal und der Puppe abgewandt stand.

Bald würde es Sommer sein. Fredric lächelte in sich hinein. Er freute sich auf ein aufregendes Erlebnis; eine Herausforderung lockte ihn. Diese Herausforderung befand sich mehr als dreihundert Kilometer nördlich in Norwegen, genauer gesagt, oben in einem kleinen abgelegenen Hochtal im Nord-Østerdalen, das Rødalen hieß. Hier hatte man spät im letzten Herbst einen sensationellen archäologischen Fund gemacht: Zwei *Moorleichen* waren freigelegt worden, ein rein zufälliger Glückstreffer im Zusammenhang mit irgendwelchen Wasserumleitungsarbeiten, die dort gerade durchgeführt wurden. Moorleichen dieses Typs waren in Norwegen nie zuvor gefunden worden.

Bei den Leichen hatte man auch einige Gegenstände gefunden. Ein paar davon trugen Inschriften, die an Bilderschrift erinnerten. Auch das war eine Sensation. Das Gebiet da oben im Rødalen wurde sofort abgesperrt, und da der Winter vor der Tür stand, wurde beschlossen, dass alles bis zum nächsten Sommer so liegen bleiben sollte, wie es war. Dann sollte die Grabungsstelle richtig erforscht werden, die Leichen würde man entfernen und für genaue Untersuchungen in Laboratorien bringen. Man hatte Fredric Drum angeschrieben und ihn eingeladen, die Gegenstände näher zu betrachten, um eventuell etwas von der Bilderschrift darauf zu deuten.

In einigen Wochen würde es so weit sein. Fredric hatte vor, seinen Urlaub dort oben zu verbringen. Er hatte einen englischen Freund, den Archäologen und leidenschaftlichen Angler Stephen Pratt, eingeladen mitzukommen. So konnte er zwei Fliegen mit einer Klappe schlagen. Er hatte gehört, dass die Fischgründe dort ausgezeichnet sein sollten. Stephen war von Fredrics Vorschlag höchst begeistert gewesen. Jetzt hatten sie ab dem ersten Juni Zimmer im Savalen-Fjellhotel bestellt.

Heller konnte der Sommer nicht strahlen, bevor er auch nur begonnen hatte, dachte Fredric, als er in sein Bett kroch.

Einem leichten Nieselregen folgte milder Sonnenschein. Fredric stand ungefähr in der Mitte des Stortorget und sah zur Turmspitze des Doms hinauf.

Er nieste.

Das besondere Gemüse, das er für das abendliche Menü in der »Kasserolle« eingekauft hatte, füllte drei Plastiktüten, die zwischen seinen Beinen standen. Die Turmspitze des Doms. Natürlich war dieser Gedanke die ganze Zeit da gewesen. Der Gedanke an die Spritze, die der Mann in seiner rechten Hand gehalten hatte.

Warum hatte er eine Spritze in seiner Hand verborgen gehalten? Es war klar, dass er sie die ganze Zeit dort gehabt haben musste. Fredric hätte es gesehen, wenn er sie aus der Tasche genommen und bereit gemacht hätte. Nach Akershus fragen mit einer vorbereiteten Spritze in der Hand? War der Mann drogensüchtig gewesen? Oder Diabetiker? Allergisch gegen das Meer und gegen Boote, sodass er sie für alle Fälle bereithalten musste? Oder was?

Fredric fehlte es nicht an Phantasie, deshalb ging er schnell alle Möglichkeiten durch. Keine davon erschien ihm besonders wahrscheinlich.

Er wandte sich von der Kirchturmspitze ab, sammelte seine Plastiktüten ein und ging schnell auf die Telefone hinter dem Zeitungskiosk zu. Ihm war etwas eingefallen.

Er blätterte im Telefonbuch des Bezirks Buskerud. Suchte die Stadt Drammen. Bald fand er die Telefonnummer des chinesischen Restaurants, die er brauchte. Yon Vuh. Fredric kannte den kleinen Chinesen, der in Drammen mit großem Erfolg chinesisches Essen verkaufte.

Eine chinesische Stimme meldete sich am anderen Ende, und Fredric bat darum, Yon Vuh an den Apparat zu holen.

»China-Fast-Food-Service-Tag-und-Nacht, bitte schön, womit kann ich dienen?«

Fredric musste ein Lachen unterdrücken, als er die eifrige und höfliche Stimme des Chinesen hörte.

»Hallo Vuh«, sagte er, »hier ist Fredric Drum. Gibt es inzwischen viele Chinesen in Drammen?«

»Nein, nein, ist das Fredric-Mann? Wenig Wein, ja, wenig Wein, aber wir stehen da drin, Tag und Nacht, Nudeln und Bambussprossen, verkaufen und verkaufen, die wissen, was gut Essen ist, diese Drammenleute. Kommst du bald und probierst? Pekingente warten speziell auf dich und mich, weißt du? Eine Ente, siebzehn Gerichte. Und Menge guter Wein. Chinesischer Wein.«

»Vielen Dank, Vuh, ich komme sicher irgendwann mal vorbei.« Fredric räusperte sich. »Ich habe eine Frage wegen etwas anderem. Du kennst doch so gut wie alle Einwohner von Hokksund, wo du da immerhin schon seit fast zwanzig Jahren wohnst. Du hast wohl nicht zufällig von einem Mann gehört, der Tarald Thomsen heißt? So in den Fünfzigern.«

»Ach ja, Tarald Thomsen«, erhielt er schnell zur Antwort. »Tarald Thomsen, armer Mann, ist tot jetzt, starb auf der Fähre in Oslo, zum Glück.«

»Zum Glück?« Fredrics Stimme wurde um einiges höher.

»Ach ja, ich sage zum Glück und meine zum Glück. Zum Glück für Tarald Thomsen. Er war kranker Mann. Sehr kranker Mann. Krebs. Krebs wachsen Tag für Tag. Ich sagte: Essen Menge Bambussprossen, frische Bambussprossen, du *vielleicht* wirst gesund, ich sagte vielleicht, nur vielleicht. Großvater Vuh aß Bambussprossen, bis er hundertsieben war, und nie Krebs ...«

Fredric unterbrach ihn.

»Ich war auf der gleichen Fähre wie Thomsen, Vuh. Deshalb habe ich gefragt. Du kennst ja meine Neugierde ...«

Kichern am anderen Ende. »Pilger, du Pilger. Du kriegst nie genug. Du wissen alles. Du schicken zurück Holztafel mit alten Zeichen, die du vor langer Zeit von mir bekommen, ich brauche sie selbst.«

»Die Deutung steht unmittelbar bevor, du alter Schurke. Mir ist schon klar, dass du derjenige warst, der die Zeichen erfunden hat. Ich habe dich schon lange entlarvt. Aber sag mir doch noch eins: Wer *war* Tarald Thomsen? Was hat er so gemacht?«

»Ach ja, Tarald Thomsen hatte, glaube ich, irgendein Versandhandel, private Firma, billige Uhren und Schmuck, vielleicht. Aber er sprach viel über Geschichte, erzählen mir komische Geschichten aus alte Tage im Dorf. Aber Armer, er hatte so viele Schmerzen, letztes Mal er stecken Spritze in Arm ganze Zeit und nicht hatte Kraft genug, über Geschichte reden.«

Fredric schwieg.

»Hallo, Fredric, du bist da, du gehört, was Vuh gesagt?«

»Ja, gut, Vuh. Ich habe genau das erfahren, was ich wissen musste. Herzlichen Dank für die Auskunft. Bis bald mal wieder.« Fredric legte den Hörer auf.

Er ging ein Stück und setzte sich auf den Rand des Brunnens hinter dem Dom. Es war so, wie er gehofft hatte. Der Taiwanese wusste über fast alles Bescheid, was in Hokksund passierte. Das Rätsel Tarald Thomsen war gelöst. Es steckte also nichts Geheimnisvolles dahinter, dass er eine Spritze in der Hand gehabt hatte.

Fredric musste grinsen. Er sah den eifrigen Yon Vuh vor sich, der Tag und Nacht chinesisches Essen verkaufte. Er besaß mehrere Restaurants im ganzen Land und verfügte, abgesehen von seinem Eifer, über einen hervorragenden Geschäftssinn. Aber die Qualität seiner Produkte war mittelmäßig; nicht alle Bambussprossen waren gleich grün. Und der taiwanesische Wein, den er servierte, schmeckte schlimmer als Schlangengift. Fredric schüttelte sich und dachte, dass er, wenn da nicht dieser trostlose Wein gewesen wäre, vielleicht ganz gerne einen Ausflug nach Drammen gemacht hätte, um eine Pekingente zu genießen, die in Form von siebzehn verschiedenen Gerichten serviert wurde. Aber jetzt musste er sich erst einmal um sein eigenes Restaurant kümmern. Er war heute an der Reihe mit der Komposition des Menüs, und er musste das abendliche kulinarische Angebot der »Kasserolle« vorbereiten.

Er setzte die Puppe auf das Regal, das Tob vorgeschlagen hatte. Dort passte sie gut hin. Es wirkte, als ob die gelben Augen alles überwachten, was im Restaurant passierte. Die Originalität der »Kasserolle« hatte eine neue Facette bekommen.

Als er gerade mitten in den Vorbereitungen zu einer recht komplizierten Gemüsepâté steckte, hörte er ein leichtes Klopfen an einer der Fensterscheiben, die auf den Frognerveien hinausging. Fredric trat ans Fenster, konnte aber nur einen diffusen Schatten durch das getönte Glas erahnen. Verwundert ging er zur Tür und sah hinaus. Eine junge Frau in einem dünnen, blauen Kleid lief mit entschlossenen Schritten die Straße hinunter. Sie drehte sich nicht um. Mit einem Kopfschütteln kehrte Fredric an die Arbeit zurück.

Eine halbe Stunde später hörte er plötzlich Geräusche aus dem Restaurant. Er erwartete weder Tob noch Wack so früh. Er legte das Küchenmesser weg. Da stand sie. Die Dame in Blau. Mitten im Raum, in der Nähe der Tür, und sah sich mit einem erstaunten Blick im Lokal um. Sie konnte nicht viel älter als zwanzig sein, war schlank und auf eine elegante, irgendwie klassische Weise schön. Fredric spürte eine leichte Aura von verwöhnter Überlegenheit und ärgerte sich über sich selbst, weil er vergessen hatte, die Außentür abzuschließen, nachdem er vor einer halben Stunde hinausgesehen hatte.

»Geschlossen. Hier ist geschlossen«, sagte er schroff.

Die Frau, oder das Mädchen, machte keine Anstalten zu reagieren. Sie wandte sich halb von ihm ab und schien sich für ein Gemälde von Hansen-Krone zu interessieren.

»Wir öffnen erst in drei Stunden«, sagte er und erhob die Stimme: »Außerdem muss man die Tische hier vorbestellen, und wir sind bis weit in den Juni ausgebucht.«

»So, so«, antwortete die Frau desinteressiert.

Fredric fiel auf die Schnelle nichts mehr ein. Er umkreiste ziellos einen Vierertisch und schnippte ein fiktives Staubkorn vom Tischtuch. Was ging hier vor? Konnte sie nicht machen, dass sie wieder rauskam, damit er die Tür abschließen konnte? Bald würde wohl der halbe Stadtteil Frogner hier hereinschneien, um Hansen-Krone zu bewundern. Er räusperte sich dreimal ärgerlich, ohne dass es im Geringsten geholfen hätte.

Dann drehte sie sich provozierend langsam zu ihm um und lächelte.

»Der Pilger«, sagte sie. »So, so, hier ist der Pilger also zu Hause.«

»Tja«, sagte Fredric und faltete eine Serviette zum zweiten Mal. Wo sollte das hinführen? Er war es nicht gewohnt, dass weibliche Bewunderer von der Straße hereinkamen und seine Inneneinrichtung begutachteten.

»Ich habe ein bisschen zu tun, aber wenn Sie irgendetwas wissen wollen, dann ...« Er unterbrach sich und wartete auf eine Reaktion.

»Mag sein«, sagte sie unbestimmt.

Fredric wurde allmählich verärgert. Erstens mochte er es nicht, wenn man ihn »den Pilger« nannte. Und zweitens und drittens und viertens sollte sie machen, dass sie rauskam, selbst wenn sie wunderschön war, wie sie da stand.

»Fassen Sie sich kurz, ich kann nicht ewig hier rumlungern! Meine Saucen können anbrennen.«

»Ihre Saucen können anbrennen«, sagte sie und lachte. »Können Sie dann nicht einfach in die Küche gehen und sie umrühren?« Sie machte mit einer Hand eine Rührbewegung.

Was für eine Frechheit, das war eine reine Unverschämtheit! Sollte er in die Küche gehen, während sie, ein wildfremder Mensch, hier allein stehen blieb? Hier gab es Kunst- und andere wertvolle Gegenstände. Er wollte gerade etwas Verletzendes sagen, als sie sich federleicht und elegant zurückzog und zur Tür hinaus war, bevor es ihm auch nur gelungen war, den Mund zu öffnen.

Verwirrt starrte er die Tür an und nahm den schwachen Duft eines Parfums wahr, das durch den Raum schwebte. Wütend trat er einige Schritte nach vorn und verriegelte die Tür.

So einen Unsinn hatte er noch nicht erlebt! Wenn sie wenigstens irgendetwas *gewollt* hätte. Aber sie hatte ja nach nichts gefragt. Nur festgestellt, dass hier der Ort war, wo der »Pilger« zu Hause war, und dass er gerne seine Saucen umrühren könne! *Sie* kannte sich wohl kaum mit Saucen aus.

Mit einem Anflug von aufgestauter Aggression bearbeitete Fredric ein größeres Rentierfilet, das seit fast einer Woche in einer besonderen Marinade gelegen hatte.

»Der Blick wendet sich genauso weit nach innen wie nach außen«, sagte Tob philosophisch.

Er und Wack saßen am Tisch und bewunderten die eigenartige Puppe.

»Tigeraugen«, sagte Wack, »aber nicht so groß.«

»Fredric, der Unmögliche, hat mal wieder eine Entdeckung gemacht«, sagte Tob. »Es ist schon bemerkenswert, in was für Angelegenheiten der Kerl so reingerät«, fügte er hinzu. »Wenn er in aller Unschuld die Fähre vom Vippetangen zur Hovedøya nimmt, kannst du dir sicher sein, dass sie einen Unfall hat. Nicht nur einen ganz normalen, prosaischen Zusammenstoß, sondern einen mystischen, einen, der eine einzigartige Puppe hervorzaubert. Diese Fähre haben die Leute seit Hunderten von Jahren genommen, und nichts Ungewöhnliches ist passiert, bis Fredric Drum an Bord geht. Man nennt das die Wahrscheinlichkeit der Zufälle.«

»Alt«, sagte Wack.

»Sieht alt aus«, präzisierte Tob. »Neue Lumpen können leicht zu einem alten Mantel werden. Kommt auf den Schneider an.«

Fredric zeigte ihnen das handgeschriebene Menü und las vor: »In Cognac gedämpfte Markknochen in einem Bett milder Sahnesauce mit Kümmel und Fenchel, serviert mit dünnen Graubrotscheiben. Gesalzene, in Essig eingelegte Kiwi mit Meereskrebsschwänzen in Andorra-Mayonnaise. Rentierhack à la Wack, also grob geschnittene Würfel eines spezialmarinierten Rentierfilets, serviert mit Gemüsepâté, süßer Cayennesauce und Kartoffelkroketten, mit blauem Käse bestreut. Makrelenklöße mit Safran, bedeckt mit dünnen weißweingedämpften Heilbuttscheiben und frischer Pfefferminze, serviert mit Sauce Kragerø und Glaskartoffeln. Sorbets und Obstkuchen. Weinempfehlung: Château Kirwan 1978, Château Petrus 1981, Coronas Black Label 1975 und Hochheimer Hölle Riesling 1978.«

Tob und Wackradaisan applaudierten.

»Hier wird an einem Tag Lamm à la Drum serviert, am nächsten Hack à la Wack, bald wird es wohl auch noch Gubb à la Tob geben«, lachte Tob.

»Gubb?« Wack verstand das Wort nicht.

»Gubb«, erklärte Fredric, »ist der ursprüngliche Name für eine käseartige Substanz aus dem Østerdalen, besser bekannt als *gomme.«*

Bald waren in der »Kasserolle« sechs Tische besetzt und sie mit Servieren beschäftigt.

Es ging auf halb zwölf zu, und die drei saßen in einer Atmosphäre bedrückten Schweigens um ihren Tisch herum. Im Laufe des Abends war etwas passiert, das keiner für möglich gehalten hätte. Trotzdem war es eine Tatsache.

Die Puppe war von dem Regal verschwunden.

Sie war direkt vor ihren Augen gestohlen worden. Einer oder mehrere der fünfzehn Gäste, die im Laufe des Abends da gewesen waren, waren zum Puppendieb geworden.

»Ich habe sie um Viertel vor zehn noch gesehen«, sagte Wack. »Ich erinnere mich ganz sicher daran, denn es wirkte so, als ob die Puppe mir zunickte. Sie senkte irgendwie den Kopf ein bisschen und hob ihn wieder.«

»Das alte Leder hat sich zusammengezogen«, meinte Tob.

»Um Viertel vor zehn«, überlegte Fredric. »Da war auf jeden Fall das englische Ehepaar schon gegangen. Bleiben noch dreizehn.«

Sie suchten die Liste mit den Tischbestellungen für diesen Abend heraus. Wackradaisan las vor und kommentierte: »Markgaard. Zwei Personen, ein Ehepaar, in den Fünfzigern. Geschäftsführer Wing: vier junge Yuppies. Strøsund. Eltern mit einer Tochter von etwa zehn Jahren, glaube ich. Hobson. Das englische Ehepaar, das so gegen halb zehn gegangen ist. Hartmann und Nordlie mit Freundinnen, vier Personen, haben viel Wein getrunken. Das war's.«

Fredric ging die Daten durch. Alle Tischbestellungen waren vor mehreren Wochen gemacht worden. Also war niemand extra zum Stehlen der Puppe hierher gekommen. Der Diebstahl musste spontan geschehen sein.

»Ja, ja«, sagte Tob, »ein kleiner Eskimo verbeugt sich und verschwindet. Da können wir nicht viel machen. Hoffentlich geht es ihm gut, da, wo er jetzt hinkommt.«

»Es kann auf dem Weg zur Toilette getan worden sein. Das Regal ist nicht sehr weit von der Toilettentür entfernt«, stellte Wack als Theorie auf.

»Möglich, möglich«, murmelte Fredric. »Aber trotzdem unerhört frech.«

Mehr wurde über die Sache nicht gesprochen. Es gab nichts mehr zu sagen.

Es war ein Freitag in der zweiten Maihälfte. Die Bürger von Oslo hatten den kollektiven Kater nach den Festen zum Nationalfeiertag überwunden. Die Badestrände um den Fjord herum waren dicht besetzt. Keiner konnte sich erinnern, schon einmal ein solches Frühsommerwetter erlebt zu haben. Ein unglaublicher Mai, der in die Geschichte der Meteorologie als ein einziges großes und stabiles Hochdruckgebiet eingehen sollte. Fredric Drum wünschte sich, dass es anhalten würde. In weniger als zwei Wochen würden er und Stephen Pratt oben im Nord-Østerdalen Urlaub machen.

Fredric hatte an diesem Tag frei, aber er ging in der »Kasserolle« vorbei, um einige Notizen durchzusehen, die er dort aufbewahrte. Dabei ging es um eine alte nordsibirische Kultur, die zweifellos eine Art Schriftsprache besessen hatte. Die Schrift erinnerte an Chinesisch oder Mongolisch. Fredric hatte vor, sich gründlich auf den bevorstehenden Urlaub vorzubereiten.

Er war an diesem Vormittag allein im Restaurant. Da war es gemütlich, in den kühlen Räumen zu sitzen und zu lesen.

Plötzlich klingelte das Telefon.

Fredric nahm den Anruf an und holte einen Stift.

»Guten Tag, ich rufe wegen einer Tischreservierung an«, hörte er eine männliche Stimme sagen.

»Ja gerne«, antwortete Fredric, »wir haben eine Abbestellung für Donnerstag, den neunundzwanzigsten Mai. Das ist der früheste Termin, den wir frei haben.«

»Na gut, dann nehmen wir den«, sagte der Mann, »meine Frau und ich sind so gespannt auf Ihr Restaurant, wissen Sie, und da wir neulich nicht ...«

»Wie viele Personen?«, unterbrach Fredric ihn, weil er so schnell wie möglich zu seinen Notizen zurückkehren wollte.

»Nur meine Frau und ich.«

»Der Name?«

»Markgaard«, war die Antwort.

Fredric schrieb mit, und man einigte sich auf sieben Uhr.

Markgaard. Fredric hielt auf dem Weg zu seinem Tisch plötzlich an. Kam ihm der nicht bekannt vor? An dem Tag, als die Puppe verschwand ... Er blätterte in dem Buch mit den Tischreservierungen zurück. Ja, verdammt noch mal! Ein

Ehepaar mit dem Namen Markgaard war gerade an diesem Abend hier gewesen. Und: Was hatte der Mann sagen wollen, als Fredric ihn unterbrochen hatte, »– da wir neulich nicht ...«? Er verfluchte sich selbst dafür, dass er den Mann nicht hatte ausreden lassen.

Schnell kritzelte er eine Nachricht für Tob auf einen Zettel. Danach sammelte er seine Notizen zusammen und legte sie zurück ins Regal. Schließlich verließ er das Restaurant.

Das war alles Quatsch. Er sollte keine Zeit mehr darauf vergeuden. Eine Puppe war eine Puppe, und ein einfacher Diebstahl war ein einfacher Diebstahl. Er hatte andere Dinge, auf die er sich freuen konnte.

Es war nur so, dass Fredric Drum von Natur aus neugierig war. Sehr neugierig.

Die Ausrüstung. Er wollte die Ausrüstung für die Reise kaufen. Eine richtige Angelausrüstung, hatte Stephen Pratt ihm eingeschärft. Fliegenrute mit Zubehör. Stephen war völlig verrückt, wenn es ums Angeln ging. Fredric selbst hatte kaum jemals einen Haken ins Wasser getaucht.

Er nahm die Straßenbahn und stieg am Nationaltheater aus, denn er wusste, dass es in der Stortingsgaten ein Sportgeschäft gab.

Der Verkäufer war freundlich und erwies sich als Kenner in Sachen Fliegenfischen. Bald hatte er eine Angelrute, eine Rolle und mehrere Leinentypen. Vorfächer und Dosen. Kescher und Wasserstiefel. Vor ihm auf dem Verkaufstresen begannen sich die Waren zu häufen. Unglaublich, was man alles brauchte, um mit Fliegen zu fischen!

»Das wär's«, sagte der Verkäufer. »Jetzt bleibt nur noch das Wichtigste.«

»Ach so«, sagte Fredric und blickte dumm drein. Er versuchte zu erraten, was *das* jetzt noch sein könnte, aber ihm fiel auf die Schnelle nichts ein.

»Oder binden Sie sie vielleicht selbst?«

»Was!?«, stieß Fredric hervor.

»Die Fliegen, meine ich, Sie binden die Fliegen vielleicht selbst?«

Die Fliegen. Natürlich die Fliegen. Fredric musste über seine eigene Dummheit lächeln. Er versicherte dem Verkäufer, dass er auf keinen Fall die Fliegen band und dass er eine gute Auswahl kaufen wolle.

»Nord-Østerdalen? Wollen Sie nicht ins Nord-Østerdalen? Dann lassen Sie uns mal sehen.« Der Verkäufer holte eine Reihe von Schachteln hervor und breitete die Fliegen auf der Theke aus. Fredric bewunderte die farbensprühenden kleinen Kunstwerke, die vor ihm lagen. Viele waren so klein, dass der Haken kaum sichtbar war. Erstaunlich, dass die Fische an so kleinen jämmerlichen Haken festhängen konnten.

Der Verkäufer ratterte eine Reihe merkwürdiger Namen herunter, die Fredric nicht viel sagten. Schließlich hatte er ein passendes Sortiment beisammen, von dem er meinte, dass Fredric es brauchen würde.

»Jungle Cock«, zeigte der Verkäufer, »die beste Allround-Fliege der Welt. Für den Forellenfang obligatorisch. *Black Gnat,* lockt die Forelle, wenn sie sonst nichts haben will. Und nicht zuletzt: *Verre enn minken.* Eine Fliege, die von dem berühmten Femundsmark-Fischer Erling Sand komponiert wurde. Hervorragend für die Gegend, in die Sie fahren wollen. Sie brauchen Hakengröße zwölf und vierzehn.«

Fredric nickte und war ganz bei der Sache. Er nahm fünf Stück von jeder Sorte, die der Mann hinter der Theke empfohlen hatte. Sowie einige andere mit schönen Farben. Die Forellen im Rødalen liebten bestimmt Farben.

Er hatte viel zu transportieren. Deshalb nahm er für den Rückweg zur Pension ein Taxi. Zu Hause stapelte er die Angelausrüstung säuberlich in einer freien Ecke auf. Danach setzte er sich gemütlich hin und las in einigen Büchern über die bekannten Funde von Moorleichen in ganz Europa.

Es war schon nach elf, als er meinte, es sei an der Zeit, in der »Kasserolle« anzurufen. Der Anruf wurde von einem Kochlehrling entgegengenommen, und Fredric bat darum, mit Tob sprechen zu können.

»Hast du meine Nachricht bekommen?«, fragte er.

Eine Zeit lang war es still am anderen Ende der Leitung. Dann sagte Tob: »Alte Erde wird nach oben gewälzt und wird neu. Neue Erde wird umgedreht und wird alt. So ist das Leben auf dem Acker des Bauern.«

»Genau«, antwortete Fredric, dem die Tiefe der Bemerkung deutlich wurde.

Dann erzählte Tob, dass er Herrn Markgaard angerufen hatte, um die Tischreservierung bestätigt zu bekommen. Da hatte es sich gezeigt, dass es derselbe Markgaard war, der den Tisch an dem Abend bestellt hatte, an dem die Puppe verschwunden war. Aber auf dem Weg zum Restaurant, sozusagen direkt vor der Tür, waren sie von einem anderen Ehepaar angehalten worden, die wohl Amerikaner gewesen waren. Sie hatten Markgaard fünfhundert Kronen angeboten, wenn sie seine Tischreservierung übernehmen dürften. Als Grund hatten sie angegeben, dass sie schon am nächsten Tag in die USA zurückfliegen würden und dass es ihnen sehr leid täte, wenn sie vorher keine Gelegenheit mehr dazu bekämen, das berühmte kleine Restaurant »Kasserolle« zu besuchen. Markgaard und seine Frau hatten den Amerikanern großzügig ihre Plätze angeboten, ohne Geld dafür zu nehmen. Sie wohnten schließlich in der Gegend und konnten die »Kasserolle« besuchen, so oft sie wollten. So war das also.

So war das also.

Nach diesem Telefonat ging Fredric Drum direkt ins Bad und schüttete drei Glas Wasser in sich hinein.

3

Er sieht einen Schatten in der Nacht, knackt einen privaten Code und trinkt einen erlesenen Wein

Die »Kasserolle« war samstags und sonntags geschlossen, und an diesem Samstag beschloss Fredric Drum, den Nachmittag in Frysja zu verbringen, einer von Oslos vielen Sommeridyllen. Hier nahm der Fluss Akerselva seinen Ausgangspunkt vom See Maridalsvannet und mäanderte die ersten hundert Meter in stillen Windungen zwischen grünen Wiesen dahin, bevor er sich in kleine Wasserfälle und Stromschnellen stürzte. Frysja war ein beliebtes Ausflugsziel.

Fredric nahm eine Wolldecke, Handtücher und einige gute Sorten Käse mit, außerdem etwas Obst und eine Flasche einfachen Wein. Und dann noch ein paar Bücher über die Inuit-Kulturen in Grönland und an der Küste von Labrador.

»Hack-à-la-Wack, Lamm-à-la-Drum, Gubb-à-la-Tob«, murmelte er gut gelaunt an der Bushaltestelle in der Storgaten vor sich hin, wo er auf den Bus Nummer achtzehn nach Frysja wartete. Dieser Spruch hatte sich in ihm festgesetzt. Er glitt so leicht über seine Zunge.

Das Hochdruckgebiet war immer noch stabil, und es gab Meldungen über einen frühen Sommer in ganz Norwegen.

Er hatte das Rätsel mit der Puppe entschlossen von sich geschoben. Auf eine merkwürdige Weise war sie aufgetaucht, und auf eine merkwürdige Weise war sie wieder verschwunden. Oder, wie Tob gesagt hatte: »Der Detailreichtum des Daseins wird mystisch, wenn die Neugierde die natürlichen

Grenzen aufhebt.« Was man als gehaltvolle Schlussbemerkung in dieser Angelegenheit betrachten konnte.

Als der Bus in Frysja hielt, schwitzte Fredric bereits ziemlich stark, und er sehnte sich nach einem erfrischenden Bad in kristallklarem Wasser. Einige Minuten später schwamm Fredric Drum in den stillen Ausbuchtungen des Akerselva herum.

Er hatte sich einen relativ unbeobachteten Platz unter einem Laubbaum oben an einem nach Süden ausgerichteten Grashang gesucht. Hier breitete er seine Decke aus und legte Käse, Obst und Wein in den Schatten. Er schlug eines seiner mitgebrachten Bücher auf und legte sich auf den Bauch.

Seine Gedanken wanderten allerdings zu ganz anderen Orten als zu den kalten Küsten von Grönland und Labrador. Sie wanderten nach Frankreich. Nach St. Emilion. Er hatte dort unten ein Mädchen getroffen, ein schönes und außergewöhnliches Mädchen. Geneviève. Auf tragische Weise war sie in das Drama verwickelt worden, das sich um seine Person entsponnen hatte. Ohne dass er davon wusste, ohne dass er etwas dafür konnte. Sie war vergiftet worden. Jetzt lag sie mit vielleicht unheilbaren Hirnschäden in einem Krankenhaus. Niemand wusste, ob sie wieder gesund werden würde. Vor etwas mehr als einem halben Jahr, im letzten November, hatte er ein Lebenszeichen von ihr bekommen. Eine schöne kleine Karte, auf der stand: »Ich erinnere mich an Dich, Fredric. Ich erinnere mich jetzt gut an Dich. G. B.« Vielleicht hatte sie das sogar selbst geschrieben. Vielleicht hatte man ihr dabei geholfen. Seitdem hatte er nichts mehr gehört.

Dann packte er den Käse aus und öffnete die Weinflasche. Er aß große Stücke Brie und spülte sie mit Wein hinunter. Wenn sie doch bloß jetzt hier wäre. Wenn sie doch neben ihm auf der Decke läge und lachte. Er würde Genevièves Lachen nie vergessen.

Fredric Drums Sentimentalität hielt allerdings nicht lange an. Nach einem weiteren Bad ließ er sich von einer Gruppe kleiner Jungen, die auf einer Wiese in der Nähe Fußball spielten, als Torwart anheuern. Jedes Mal, wenn den kleinen Kerlen ein Tor gelang, waren sie ganz begeistert.

Die Sonne stand schon ziemlich tief, und die Weinflasche war fast leer. Die Bücher waren gelesen und der Käse gegessen. Für heute Abend wollte er sich gerne etwas Lustiges vornehmen. Tob und seine Freundin waren nach Kragerø gefahren, und auf die Schnelle fiel ihm sonst niemand ein, mit dem er etwas hätte unternehmen können. Er musste also allein auf eine Idee kommen. Das machte ihm nichts aus, die Frage war nur, *was.*

»Hack-à-la-Wack, Lamm-à-la-Drum, Gubb-à-la-Tob«, dachte er im Bus runter in die Stadt und hatte plötzlich eine gute Idee: »Smuget«. Ja, er wollte heute Abend mal im »Smuget« vorbeischauen. Das war ein beliebtes In-Lokal für die erwachsene Jugend, soviel er gehört hatte. Vielleicht würde er sich sogar auf ein Tänzchen mit einer der Schönheiten der Stadt einlassen.

Er sang den Spiegel im Bad an, rasierte sich und rieb sich gründlich mit Aramis ein. Dann öffnete er eine Flasche Burgunder mittlerer Qualität und warf sich in seinen Sessel.

»Das Pensionsdasein, Drumjunge«, sagte er zu sich selbst, »ist das beste Sprungbrett für die sorglose Phantasie. Wenn eine Glühbirne kaputtgeht, ist sofort eine unsichtbare Hand zur Stelle, die sie auswechselt.«

Die Glühbirne über dem Schreibtisch erlosch plötzlich.

Sein Gesicht versteinerte. Er starrte misstrauisch die graue Glühbirne in der Leselampe an. Ach, so war das also.

Er schenkte sich Burgunder ein und saß lange grübelnd da. Manchmal hatte er das Gefühl, dass seine Gedanken stark waren. Gefährlich stark. Unbewusst hatte er den Kristallstern aus seiner Tasche gefischt und begonnen, ihn nachdenklich zu betasten. Dann hielt er ihn sich dicht vor ein Auge, wandte sich gegen das Fenster und ließ das Licht hindurchströmen.

Die Farben, die dabei erschienen, waren ungewöhnlich. Es handelte sich um ein Gelb mit einem eiskalten Blaustich. Und die blauen Strahlen vibrierten, nahmen an Intensität zu und wieder ab. Genau in diesem Moment wurde Fredric klar: Irgendein besonderes Ereignis stand in seiner unmittelbaren Umgebung bevor. Irgendetwas Unangenehmes.

Ganz ohne Grund erhob er sich von seinem Sessel und ging in die Mitte des Raumes. Ein Gedicht erschien plötzlich auf seiner Netzhaut; ein Gedicht, das ihm vor mehreren Jahren untergekommen war. Er zitierte laut:

»Wo das Eis liegt blau und kalt
und der Tag harrt des Jägers Signal,
dort treibt man ein Volk mit Qual und Gewalt
hinfort von dem fruchtbaren Tal.

Wo die Mutter ihr Kind gestillt im Tod,
dort schwor der kleine Jäger den Eid,
hinfort von Hunger und Not
die Rache schritt übers Gebirge weit.«

Das Gedicht war wahrscheinlich von einem unbekannten Eskimo verfasst worden. Es wurde von einem dänischen Ethnologen Ende des neunzehnten Jahrhunderts aufgeschrieben. Fredric hatte es in einem Buch über die Mythen der Urbevölkerung gelesen.

Verwirrt setzte er sich wieder in seinen Sessel. Er hatte kein außergewöhnlich gutes Gedächtnis, und es kam nicht oft vor, dass er Gedichte laut vortrug. An dieses Gedicht hatte er überhaupt nicht mehr gedacht, seit er es gelesen hatte.

Er trank einen großzügigen Schluck von dem Burgunder. »Das Unterbewusstsein«, sagte er zu sich selbst, »das Unterbewusstsein ist eine mächtige Kraft.« Und da war es eigentlich kein Wunder, dass es gerade jetzt mit irgendeinem vergessenen Eskimostoff aufwartete, nachdem er so viel Zeit für die Geschichte um diese Puppe und die Vorbereitung auf die Studien der altnordischen Kulturen geopfert hatte. Mit dem Unterbewusstsein musste man immer rechnen.

Aber die Glühbirne war tatsächlich erloschen, und der Kristall hatte ungewöhnliche Strahlen aus dem Licht gefiltert.

Vor dem Eingang des »Smuget« gab es eine lange Schlange. Eine Zeit lang überlegte Fredric, ob es der Mühe wert war, hier stehen zu bleiben. Aber die Schlange bewegte sich beständig weiter nach vorn, und bald befand er sich in der Garderobe.

Er suchte sich einen freien Tisch hinten in einer Ecke, denn er war ein Eckenhocker. In den hintersten Winkeln fühlte er sich immer am wohlsten. Er bestellte einen Beaujolais Thorin.

Als er die Flasche zur Hälfte leer getrunken hatte, bekam er Besuch an seinem Tisch. Ein freundlicher kleiner Kerl mit Brille und Bart näherte sich mit zwei Frauen und fragte, ob da noch Plätze frei seien. Fredric nickte.

»Fredric Drum«, stellte er sich vor. Er wusste, dass es an einem Ort wie diesem etwas altmodisch und formell wirken musste, sich anderen, mit denen man zufällig den Tisch teilte, vorzustellen, aber er wollte es so.

»Marie«, antwortete die eine Frau.

»Solvor heiße ich«, sagte die andere.

»Und ich bin Bjørn Lennart«, verbeugte sich der Bärtige.

In der nächsten Stunde wurde nicht viel geredet, aber Fredric stellte fest, dass sie dem Wein ganz ordentlich zusprachen. Aus irgendeinem Grund wurde Fredric allmählich in das Gespräch der drei anderen mit hineingezogen. Das lag vielleicht an der jovialen Art des Mannes und daran, dass er sich bei mehreren Gelegenheiten direkt an Fredric wandte. Und als Bjørn Lennart eine messerscharfe und witzige Analyse von einem der aktuell populärsten Schriftsteller zum Besten gab, lachten sie alle miteinander schallend, und Fredric hätte beinahe eine Flasche Rotwein auf den Schoß von Solvor umgestoßen, fing sie aber in letzter Sekunde noch auf, während es ihm gelang, sein Gelächter einigermaßen unter Kontrolle zu bringen.

So glitt der Abend allmählich auf die Nacht zu.

Er tanzte mehrmals mit Solvor, einem Mädchen aus Trøndelag, das im Anwaltsbüro Småland, Ravn und Lammedal arbeitete. Die Musik war extrem laut, und Fredric kam zu dem Schluss, dass es am besten war, in der Ecke, in der sie saßen, zu bleiben.

»Wollen wir morgen zur Hovedøya?«, fragte Solvor Marie.

Marie schüttelte den Kopf.

»Mir ist die Überfahrt mit der Fähre zu riskant. Bjørn Lennart hat übrigens diesen Mann gekannt, der da vor einigen Wochen umgekommen ist.«

Fredric spitzte die Ohren.

»Du hast ihn *gekannt?«*, fragte er Bjørn Lennart.

»Ja, stell dir vor. Ein ganz schöner Abenteurer. Ich könnte den ganzen Abend Geschichten über ihn erzählen. Aber das wäre jetzt irgendwie unpassend. Lasst uns anstoßen!«

Sie prosteten sich zu und tranken.

Um Viertel vor eins stand Fredric auf und dankte den anderen für ihre Gesellschaft. Er war nicht mehr ganz sicher auf den Beinen, aber es war ein großartiger Abend gewesen. Völlig entspannt war er und leer im Kopf.

Er ging durch den Schlosspark. Obwohl mitten in der Nacht, war es fast hell. Ein paar Möwen hatten eine Plastiktüte erbeutet, um die sie unten am Teich hinter dem Schloss furchtbar zankten und kämpften. Um diese Jahreszeit waren die Vögel wahrscheinlich die ganze Nacht aktiv.

Lange saß er auf einer Bank und versuchte, in der frischen und milden Luft den Kopf klar zu bekommen. Schon in wenigen Tagen würde er noch frischere und klarere Luft genießen. Dann würden er und Stephen Pratt im Savalen-Fjellhotel eingezogen sein.

Die Reste von etwas Rotem lagen vor ihm auf dem Boden. Gedankenverloren hob er den geplatzten Ballon auf und steckte einen Zeigefinger fest in das elastische Gummi.

Am Eingang der Pension nahm er gerade noch einen Schatten wahr, der hinter ein paar üppigen Fliederbüschen verschwand. Da er nicht wieder auftauchte, beruhigte sich Fredric damit, dass es sicherlich ein Schatten hinter einem der Fenster gewesen war, der in die helle Nacht hinausgeworfen worden war.

Er schloss die Eingangstür auf und ging den geräuschlosen Korridor entlang zu seiner eigenen Tür. Als er sie öffnete, nahm er einen merkwürdigen Geruch von Verbranntem wahr. Er sah sich um, konnte aber nichts Ungewöhnliches entdecken. Kein elektrisches Gerät war eingeschaltet. Das Fenster hatte halb offen gestanden. Also kam der unbekannte Geruch bestimmt von dort. Er ging zum Schreibtisch, gespannt, ob eine unsichtbare Hand, der allgegenwärtige Geist der Pension, wohl die Glühbirne ausgewechselt hatte.

Er drückte auf den Schalter. Eine blaue Funkenflut schlug ihm entgegen, und Fredric Drum ging mit gewaltigem Getöse zu Boden.

Als er zu sich kam, hatte er furchtbare Kopfschmerzen und spürte ein intensives Brennen in der rechten Hand. Er roch den Übelkeit erzeugenden Gestank von verbranntem Gummi und starrte mit großen Augen auf seinen Zeigefinger, der am stärksten schmerzte. Ein braun verkohlter Gummifetzen umhüllte seinen Finger, an dessen Spitze rote Blasen entstanden waren.

Der Ballon. Der geplatzte Ballon, mit dem er herumgespielt hatte. Er hatte gar nicht mehr daran gedacht, dass er seinen Zeigefinger hineingesteckt hatte. Denselben Zeigefinger, der auf den Lichtschalter gedrückt hatte. Sabotage. Das war Sabotage gewesen, mit dem Ziel zu töten.

Er rappelte sich mühsam hoch und wankte ins Bad. Dort nahm er vier Paralgin und trank drei Glas Wasser. Danach noch zwei weitere. Schließlich kam alles wie ein Wasserfall wieder heraus. Ein hellroter Strom von Flüssigkeiten ergoss sich in die Kloschüssel. Rotwein, Wasser und Galle. Er hustete, nieste, sabberte und übergab sich. Endlich war er leer. Er sank mit in die Hände gestütztem Kopf auf dem Klodeckel nieder.

Eine halbe Stunde lang saß er so da.

Dann stand er auf und nahm neue Paralgin-Tabletten und zwei Glas Wasser. Das wirkte. Danach kratzte er die Reste des Ballons von seiner Hand, schmierte den Finger mit Salbe ein und verband ihn, so gut er konnte. Es pochte und brannte, aber zum Glück hatten wenigstens die Kopfschmerzen aufgehört. Es war fast halb drei, als er sich in den Sessel setzte und so weit zu sich gekommen war, dass er anfangen konnte, den Raum näher zu untersuchen. Denn hier waren ungebetene Gäste am Werk gewesen.

Er hatte wieder einmal unverschämtes Glück gehabt: Wenn er den Ballon nicht aufgehoben und über seinen Finger gezogen hätte, wäre Fredric Drum jetzt ein toter Mann gewesen.

Davon war er überzeugt. Es war naheliegend, an eine beschützende und alles überblickende Macht zu glauben, die ihre Hand über Fredric hielt, wenn es nicht seine *Gewohnheit* gewesen wäre, geplatzte Ballons aufzuheben und seinen Finger in das verbliebene Gummistück zu bohren. Er konnte sich auf der Stelle an drei Fälle allein im letzten Monat erinnern. Die Stofflichkeit des weichen Gummis hatte etwas an sich, wozu er eine gewisse Verbundenheit empfand.

Fredric Drum wohnte im Erdgeschoss der Pension. Das Fenster auf den Garten hinaus war nur angelehnt gewesen. Mithilfe einer Kiste war es einfach, in sein Zimmer zu klettern. Er spähte nach draußen, konnte aber keine Anzeichen erkennen, die auf einen Einbruch hingedeutet hätten. Trotzdem war jemand da gewesen. Jemand, der sich gut mit Elektrizität auskannte.

Er selbst wusste nicht viel über elektrische Schaltungen und Stromstärken. Außer dass er sich, wie wohl die meisten Jungen, im Laufe der Jugendjahre bei der neugierigen Erforschung der mystischen Eigenschaften der Elektrizität eine Reihe von Stromstößen eingehandelt hatte. Ungefährliche Stöße. Stöße, die den Körper vibrieren, aber keine Funken schlagen ließen. War es wohl möglich, durch Lichtschalter und Steckkontakte einen tödlichen Stoß zu bekommen? Fredric bezweifelte das.

Ohne irgendetwas zu berühren, begann er, die Leselampe zu untersuchen. Da fiel es ihm plötzlich ins Auge: Ein dünnes Kabel war hinter der Lampe eingefädelt. Es verlief an der Wand entlang einer Leiste und dann weiter auf dem Fußboden bis zum Bücherregal. Dort verschwand es hinter seinem kleinen Reisefernseher. Fredric schob den Fernseher nach vorn und sah, dass die Leitung hinter der Rückseite des Gehäuses verschwand, die nur noch an losen Schrauben hing.

Das war es. Fredric Drum nickte.

Hatte er nicht schon mal gehört, dass die Spannung im Inneren eines Fernsehers sehr hoch sein sollte? Dass es für Laien lebensgefährlich sei, im Inneren eines Fernsehers herumzubasteln? Das Kabel verband also den Lichtschalter mit dem Fernsehapparat. Hier war kein Laie am Werk gewesen.

Fredric bemerkte sofort das Geniale an dieser Todesfalle. Wenn er von dem Stromstoß getötet worden wäre, hätte der Mörder mit Leichtigkeit nach ein paar Stunden, zum Beispiel jetzt, wieder durch das Fenster klettern, das Kabel entfernen und damit alle Spuren beseitigen können, die auf ein Verbrechen hindeuteten. Es war schon früher in der Geschichte vorgekommen, dass Menschen durch spontane Selbstentzündung umgekommen waren, dass sie sozusagen ohne Grund verbrannt waren. Fredric wäre insofern noch nicht mal ein Sonderfall gewesen.

Der Mörder hielt Wache. Genau in diesem Augenblick konnte er sich draußen im Garten aufhalten, neugierig zu sehen, wie es gelaufen war.

Der Mörder!

Er spürte, wie es ihm kalt den Rücken hinunterlief. Eine Angst, die er seit zwei Jahren nicht mehr gespürt hatte, erfasste ihn und wollte ihn nicht mehr loslassen. Absurd. Das war vollkommen absurd! »Nicht schon wieder, Fredric«, sagte er zu sich selbst.

Er war müde, unbeschreiblich müde. Seine Gedanken nahmen keine klare Gestalt mehr an. Er musste schlafen.

Er überprüfte zweimal, ob die Tür richtig abgeschlossen und die Fenster mit allen Riegeln gründlich gesichert waren. Danach nahm er sich sehr zusammen und putzte noch seine Zähne, bevor er sich unter seine Bettdecke fallen ließ.

Es klopfte an der Tür. Fredric rieb sich die Augen und sah auf die Uhr. Es war fast eins. Er rappelte sich mühsam hoch und schleppte sich zur Tür.

»Ja?«, sagte er mit rauer Stimme.

»Herr Drum, ich wollte nur wissen, ob Sie heute in der Pension am Sonntagsessen teilnehmen.« Das war die Wirtin. Die gleiche Frage jeden Sonntag.

»Nein«, antwortete Fredric.

»Vielen Dank«, kam die Antwort, und er hörte Schritte, die den Flur entlang zur nächsten Tür schlurften.

Er duschte und machte sich fertig, mied aber seinen eigenen Blick im Spiegel. Er hatte Angst davor, von sich selbst eine Antwort zu verlangen, die er nicht geben konnte. Dann aß er einen Apfel und eine Handvoll trockene Kekse und verließ die Pension.

Er ging aufs Geratewohl die Straßen nach Briskeby entlang. Dabei hielt er kurz an einer Kunstgalerie an, nahm aber kaum wahr, welcher Künstler dort ausgestellt war. Allmählich merkte er, dass er sich dem Frognerpark näherte, und bog in das Haupttor ein. Fredric ging geradeaus und hielt nicht an, bis er oben am Monolithen stand. Hier setzte er sich hin und lehnte seinen Rücken gegen die weichen Kurven eines Granitblocks.

Es gab vier Fragen, auf die er gerne eine Antwort gehabt hätte:

1. Wer hatte die Puppe aus der »Kasserolle« gestohlen?
2. Woher wussten diejenigen, die sie gestohlen hatten, überhaupt, dass er die Puppe besaß?
3. Warum wollte ihm jemand einen Stromstoß versetzen?
4. Gab es irgendeinen Zusammenhang zwischen den ersten beiden Fragen und der dritten?

Die Puppe hatte mit großer Wahrscheinlichkeit dem todkranken Tarald Thomsen gehört. Sie war aus seiner Tasche, die ins Meer gefallen war, nach oben getrieben worden. Er selbst war mit dem Kopf gegen sie gestoßen, hatte sie gepackt und sich unter das Hemd gesteckt. *Wer konnte das gesehen haben?* Womöglich der Fahrer des Motorboots, der auch im Wasser gelandet war und versuchte, sich oben zu halten. Möglicherweise auch der Decksjunge und der Steuermann auf der Fähre. Aber am wahrscheinlichsten war: Jemand aus der Menschenmenge, die auf dem Anleger gestanden und auf die Fähre gewartet hatte. Fredric war nicht mehr viele Meter vom Land entfernt gewesen, als er die Puppe an sich genommen hatte.

Falls es so war, dann musste das bedeuten, dass Tarald Thomsen Bekannte hatte, die er dort draußen treffen wollte. Was ja durchaus nicht unwahrscheinlich und nicht im Geringsten verdächtig war. Eine Person X hatte also gesehen, wie Fredric Drum die Puppe aus dem Meer gefischt und mitgenommen hatte. Diese Person musste außerdem gewusst haben, wer er war und wo er arbeitete. Im Polizeiboot hatte er als Adresse die »Kasserolle« angegeben. Das hatten der Steuermann, der Decksjunge, der Fahrer des Motorboots sowie vier Polizisten gehört. Aber genauso wahrscheinlich war es, dass sich die Person X auf dem Anlegesteg befunden und Fredric Drum wiedererkannt hatte. Sein Bild war schließlich immer mal wieder in der Zeitung zu sehen gewesen.

Damit hatte er eine zufriedenstellende Antwort auf Frage zwei gefunden.

Schwieriger war die erste Frage. Hier hatte er keine anderen Anhaltspunkte, als dass es das falsche Ehepaar Markgaard gewesen sein musste. Ein anonymes Paar in den Fünfzigern, also ungefähr so alt wie Tarald Thomsen. Sie sprachen Englisch mit amerikanischem Akzent, wie das wirkliche Ehepaar Markgaard berichtet hatte. Ansonsten konnten sich weder er noch Tob oder Wack besonders gut daran erinnern, wie sie ausgesehen hatten. Die Gäste blieben meistens in den hektischen Stunden der Öffnungszeit des Lokals ziemlich anonym. Die Konzentration richtete sich ganz auf das Essen, den Wein und das Servieren. Wenn Fredric das Paar gesehen hätte, wie es zum Beispiel gerade in diesem Augenblick direkt auf ihn zu spaziert wäre, hinauf zum Monolithen, hätte er es wohl kaum wiedererkannt. So war es leider.

Er war ja wirklich ein Idiot gewesen, dass er gestern Abend im »Smuget« nicht den netten Kerl, den er dort getroffen hatte, über Tarald Thomsen ausgefragt hatte. Dieser Bjørn Lennart hatte Tarald Thomsen gekannt. Ein ziemlicher Abenteurer, hatte er gesagt, ich könnte den ganzen Abend Geschichten über ihn erzählen. Fredric hätte jetzt viel darum gegeben, einige dieser Geschichten zu hören.

Hatte Bjørn Lennart seinen Nachnamen genannt? Fredric versuchte mit aller Kraft, sich zu erinnern, aber sein gestriger Aufenthalt im »Smuget« lag in dichten Nebel gehüllt. Was nicht zuletzt an allem lag, was danach passiert war.

Das Mädchen in Blau! Er hatte das Mädchen in Blau ganz vergessen! Dieses mystische Geschöpf, das im Restaurant aufgetaucht war, ihn mit dem Klopfen am Fenster dazu gebracht hatte, die Tür zu öffnen. Was hatte sie eigentlich *gewollt?* Sie hatte sich umgesehen und seinen Spitznamen erwähnt. Sie hatte lange ein Gemälde von Hansen-Krone angestarrt. Aber hatte sie die Puppe gesehen? War es ihre Absicht gewesen, die Puppe aufzuspüren? »Schon möglich, Fredric, schon möglich«, murmelte er vor sich hin.

Während er so dasaß und gründlich über alles nachdachte, spürte er, wie sich seine Stimmung besserte. Fredric Drum neigte nicht dazu, den Kopf hängen zu lassen. Auch dann nicht, wenn es um ihn herum brenzlig wurde.

Auf Frage eins gab es vorläufig keine Antwort.

Die dritte Frage hatte einen etwas anderen Charakter und

war, soweit er es beurteilen konnte, völlig sinnlos. Warum wollte ihn jemand töten? Denn es konnte keinen Zweifel daran geben, dass es sich hier um einen regelrechten Mordversuch handelte. Der Schatten, den er am Eingang zur Pension gesehen hatte, war der Schatten eines potenziellen Mörders gewesen.

Es war schon möglich, dass er sich im Laufe der Zeit einige Feinde gemacht hatte. Innerhalb des recht engstirnigen und traditionellen Kreises der Gastronomen in der Stadt war er mit ziemlich kontroversen Positionen aufgefallen. Und er hatte sehr ausgefallene Ansichten zum Thema Wein. Außerdem hatte er beinharte und streitbare Gegner in gewissen archäologischen Zirkeln. Aber je mehr Anerkennung seine soliden Entschlüsselungsarbeiten gefunden hatten, desto weiter mussten seine Gegner einlenken. Es gab natürlich sture Böcke, die auf ihrer Position bestanden und meinten, Fredric Drum sei ein Amateur und Scharlatan. Für sie war das Ganze nicht eine Frage der Beweise. Es war eine Glaubensfrage.

Feinde. Er konnte es nicht fassen, dass er Feinde haben sollte, die imstande wären, ihn zu ermorden.

Die »Kasserolle« war eine Goldgrube. Sein eigener Anteil an dieser Unternehmung war nicht gerade klein. Wenn er plötzlich und unerwartet zu Tode käme, wer würde ihn dann beerben? Fredric hatte keine Familie. Sein nächster Verwandter war ein Neffe, der zehn Jahre älter war als er selbst und irgendwo im Sørlandet, dem südlichsten Teil Norwegens, wohnte. Fredric hatte diesen Mann seit vielen Jahren nicht mehr gesehen. Außerdem war dieser Neffe religiös. Ein Laienprediger oder so etwas. Sieben Kinder hatte er wohl gezeugt. Torstein Drum war ein frommer Mann, der es als seine Lebensaufgabe betrachtete, diese Welt mit einer großen Anzahl von Mini-Drums zu bevölkern, die das Wort Gottes weitertragen konnten.

Es gab auch keine Antwort auf Frage drei.

Die letzte Frage konnte sich als die wichtigste erweisen: Gab es irgendeinen Zusammenhang zwischen seinem Interesse an der Puppe und dem Vorfall der vergangenen Nacht?

Eigentlich hätte er sofort mit »Nein« antworten können und die Frage damit überflüssig gemacht. Sie wirkte einfach zu unwahrscheinlich. Aber Fredric ließ sie stehen. Also verlangte sie weiterhin nach einer Antwort.

Wenn jemand versucht hätte, ihn umzubringen, während die Puppe noch in seinem Besitz war, hätte er das ja irgendwie verstehen können. Die Puppe konnte für den- oder diejenigen, denen sie gehörte, einen ganz besonderen Wert haben. Oder sie konnte eine Art »heiliger« Gegenstand sein, der nicht von seinen unbefugten Händen besudelt werden durfte. Es gab viele verrückte Menschen. Menschen, die in der Lage gewesen wären, für so etwas zu töten? Die Puppe war etwas Besonderes gewesen. Etwas ganz Besonderes. Aber was sollte es bringen, ihn zu ermorden, nachdem die Puppe wieder in Sicherheit bei ihren Eigentümern war?

»Wo die Mutter ihr Kind gestillt im Tod,
dort schwor der kleine Jäger den Eid,
hinfort von Hunger und Not
die Rache schritt übers Gebirge weit.«

Wieder tauchte dieses Gedicht in seinen Gedanken auf. »Die Rache schritt übers Gebirge weit.« Gab es jemanden, der sich an ihm rächen wollte? Aber wofür?

Frage vier konnte er mit »Ja« beantworten. Falls das bedeutete, dass Fredric Drums unerwartete Kenntnisnahme von dieser Puppe nicht erwünscht war. Dass die Puppe etwas symbolisierte oder auf etwas hindeutete, wovon Fredric Drum nichts wissen sollte.

Wieder schauderte ihn bei dem Gedanken an die unheimlichen Augen der Puppe.

Den Kopf hängen lassen. Nein, das war wirklich nicht typisch für Fredric Drum.

Er ging in Richtung Majorstuhuset hinauf und grinste über den Ausdruck »den Kopf hängen lassen« vor sich hin. In der Mythologie der Inuit, der Eskimos, gab es die Vorstellung von einem Totenreich, wo faule und kraftlose Jäger landeten. Der Ort wurde »das Tal der hängenden Köpfe« genannt, und hier waren sie dazu verdammt, im Schatten zu sitzen, den Kopf in alle Ewigkeit nach unten geneigt. Als Nahrung schnappten sie nach Schmetterlingen, die zufällig vorbeiflogen.

Schmetterlinge auf Grönland. Fredric musste lachen. Davon wurde man nicht gerade fett.

Zum Glück war das Café geöffnet. Fredric hatte Hunger. Er bestellte eine Frikadelle, ein Spiegelei und ein Hörnchen sowie eine Tasse Tee. Dann suchte er sich einen ruhigen Platz hinten in einer Ecke.

Während er aß, begann er allmählich, sich richtig fröhlich zu fühlen. Das lag nicht zuletzt daran, dass er einen Entschluss gefasst hatte: Er wollte umziehen. In eine andere Pension. Er wohnte schon viel zu lange in der Pension »Morgan«. Schon morgen würde er umziehen. Und am Tag darauf, am Dienstag, würde Stephen Pratt kommen. Dann ging es los, Richtung Norden. Der Mörder sollte es nicht leicht haben, ihn wiederzufinden.

Er traf noch eine Entscheidung: Er wollte Tob nicht erzählen, was ihm gestern Abend passiert war. Er wollte nicht, dass sich sein Freund mit seiner Neigung zu philosophischen Gedanken über seinen Töpfen in Grübeleien verstrickte, während er selbst seine Ferien genoss.

Er ging in die Pension zurück und informierte die Wirtin darüber, dass er am nächsten Tag ausziehen würde. Fredric sagte nicht, wohin, und es wurden auch keine Fragen gestellt. Danach machte er einen Anruf von der Telefonzelle draußen in der Eingangshalle. Er rief die Pension »Star« im Geitmyrsveien auf dem St. Hanshaugen an. Er war erfreut zu hören, dass sie zwei freie Räume mit Bad und Toilette hätten und dass er jederzeit willkommen sei. Auf seinen vielen Wanderungen durch die Stadt hatte Fredric die Angewohnheit, ständig nach Pensionen Ausschau zu halten. Die Pension »Star« auf dem St. Hanshaugen hatte er schon vor mehreren Wochen ausgeguckt. Jetzt war die Zeit dafür gekommen.

Nun musste er bloß noch die nächsten Stunden überstehen. Es waren nur mehr zwei Tage bis zum Urlaub. Er musste sich beschäftigen, sich davon ablenken, dass da wahrscheinlich jemand herumlief, der ihn gerne tot sehen würde. Fredric raffte daher nur schnell einen Stapel Papiere zusammen, eine alte Holztafel, in die einige Zeichen geritzt waren, und seine Schreibsachen. Dann verließ er die Pension wieder.

Es war schon fast vier Uhr nachmittags, als er in der Rezeption des Continental eintraf und um ein Zimmer bat. Nach den Formalitäten des Eincheckens bekam er die Schlüssel zur Nummer 404.

Fredric grinste breit, als er sich bequem am Schreibtisch zurechtsetzte und einige Nachschlagewerke um sich herum auf der Tischplatte ausbreitete. Vor sich hatte er das alte Holzstück mit den merkwürdigen Zeichen. »Bekommen von Großvater Vuh, der es wiederum von seinem Großvater bekommen hatte«, hatte Yon Vuh ihm erzählt. Ursprünglich sollte die Holztafel in einer Höhle in Nordchina gefunden worden sein.

Yon Vuh, der raffinierte Hund! Es war schon mehr als vier Jahre her, dass er dieses Kleinod von dem Taiwanesen bekommen hatte. »Wenn du deuten, du bekommst diesen wertvollen Fund«, hatte er gesagt. Fredric Drum hatte den starken Verdacht, dass dieses »Kleinod« von dem werten Yon Vuh selbst hergestellt worden war. Gerade deshalb hatte Fredric die Tafel einfach in seiner Schublade liegen gelassen. Yon Vuhs beste Seite war, dass er ein Witzbold war.

Jetzt würde er es ihm zeigen.

Zuerst nahm Fredric ein Skalpell und schnitt einen winzig kleinen Splitter von der einen Seite der Tafel ab. Helles Holz kam zum Vorschein, und Fredric nickte.

Die Zeichen wirkten bekannt, aber er konnte sie nicht in eine östliche Kultur einordnen. Er überprüfte das anhand einer Reihe von Nachschlagewerken, und plötzlich hatte er eine Spur. Fredrics Grinsen wurde immer breiter.

Das bedeutete Entspannung für ihn. Entspannung und Hirngymnastik. Ein intellektuelles Spiel, das Fredric mochte. Falls die Welt um ihn herum zusammengebrochen wäre, hätte er nichts davon gemerkt, wenn er gerade mitten in diesem Spiel steckte, in einer Phase, in der die mystischen Zeichen zu sprechen begannen. Das war faszinierend. Muster, visuelle Assoziationen, Syntax und Symbolik. Alles strömte in einer Ganzheit zusammen, die sich ihm plötzlich öffnen konnte. In solchen Augenblicken spürte Fredric Drum, dass er mit etwas Großem in Kontakt war, dass es die Ursprache des Universums selbst war, die er da ausdeutete, dass er mit einem Schöpfer kommunizierte. Das war die größte Annäherung, die er an eine Art von Religiosität erreichen konnte.

Dass Yon Vuh ein raffinierter Hund war, stand inzwischen außer Zweifel. Aber die Sache war tatsächlich geschickt gemacht: Indem er gewisse archetypische Symbole mit Wurzeln im Mittelmeerraum mit selbst entworfenen Piktogrammen mischte, waren ihm einige regelrecht geniale Zeichen gelungen. Aber gewisse etymologische Formen verrieten einen moderneren Ursprung. Trotzdem zweifelte er nicht daran, dass man hiermit selbst alte Hasen unter den Forschern hätte hereinlegen können. Natürlich hätte eine C14-Analyse des Holzes die Fälschung entlarvt, aber hätte Vuh andere Materialien wie zum Beispiel Stein verwendet, hätte er die Wissenschaftler durchaus hinters Licht führen können.

Die Stunden vergingen, und das Muster trat immer klarer hervor. Während er sich damit beschäftigte, dachte er, dass es viel mühsamer war, einen solchen Code zu knacken, als ihn zu erfinden. Der werte Vuh hatte nicht mehr gebraucht als ein paar Bilder mit alter Schrift, außerdem Phantasie und einiges an Geduld.

Endlich lag der entschlüsselte Text vor ihm. Er lautete ganz einfach: »PEKINGENTE VIEL BESSER ALS HAMMEL-KOHL-EINTOPF«.

Zufrieden mit seiner Arbeit, schrieb Fredric einen Zettel und schob diesen in einen Umschlag, der an Vuhs Restaurant in Drammen adressiert war. Auf dem Zettel stand: »Lieber Yon Vuh! Ich bin ganz Deiner Meinung. Pekingente ist viel besser als Hammel-Kohleintopf. Gruß Fredric Drum.«

Es war ein Spiel gewesen. Er hätte jetzt durchaus Lust auf weitere solcher Spiele gehabt. Stattdessen musste er sich etwas anderes überlegen.

Er blieb eine Zeit lang untätig sitzen. Kino? Nein, er hatte keine Lust auf Kino. Theater? Die Theater hatten sonntags zu. Es war erst halb neun, und es war noch zu früh, um schlafen zu gehen. Außerdem hatte er Hunger. Wie ein schwarzes Loch.

Da er selbst Restaurantbesitzer war, ging er nicht oft in andere Restaurants. Wenn er es doch ein seltenes Mal tat, dann, um insgeheim die Speise- und Weinkarten der anderen auszuspionieren. Um Ideen aufzugreifen. Jetzt wollte er gerne einfach nur in ein Restaurant gehen, um in ein Restaurant zu gehen. Und er wusste genau, in welches.

Das »D'Artagnan« lag in der Nedre Slottsgaten. Diskret und ohne prunkvolles Schild, genau wie die »Kasserolle«. Aber das »D'Artagnan« war älter als die »Kasserolle«. Und bevor es die »Kasserolle« gegeben hatte, war das »D'Artagnan« zweifellos das beste Restaurant Oslos gewesen. Den zweiten Platz hatte es immer noch. Fredric wusste, dass das »D'Artagnan« sonntags geöffnet hatte.

Er kannte Freddie Nielsen recht gut und betrachtete ihn als seinen Freund. Als Freddie das »D'Artagnan« als exklusives Lokal eröffnet hatte, war man ihm vonseiten der Kollegen mit Skepsis und Kopfschütteln begegnet. Aber Freddie hatte sich nicht unterkriegen lassen und gesagt, dass er lieber gutes Essen kochen und dabei arm sterben wolle, als mit einer Würstchenbude zum Millionär zu werden. Denn schließlich war er ein Künstler.

Keiner der Kellner kannte Fredric Drum. Er konnte ganz in Ruhe die Speise- und die Weinkarte studieren. Er wählte ein Gericht und einen Wein dazu. Es war ein wirklich guter Wein: ein *Deuxièmes-crus*-Médoc: Château Rauzan-Gassies 1979.

Bevor er mit dem Käse und dem Dessert begann, winkte er einen Kellner an seinen Tisch und fragte ihn, ob er mit dem *Maître de Cuisine,* Monsieur Nielsen, sprechen könne.

Freddie kam mit einer himmelhohen Kochmütze aus der Küche und lächelte Fredric breit an.

»Falls du glaubst, dass du durch eine gewaltige Kochmütze ein besserer Koch wirst, dann hast du dich geirrt«, neckte Fredric ihn.

Der Meisterkoch ließ sich auf einen Stuhl fallen und redete in rasend schnellem Dänisch. Fredric verstand nicht alles.

»Mein Urlaub steht vor der Tür, deshalb möchte ich mich heute Abend nur entspannen«, sagte Fredric.

»Ja, das passt mir ja ganz ausgezeichnet! Dann kannst du eine Woche lang bei mir als Gastkoch arbeiten.«

Sie scherzten und lachten eine Zeit lang über gemeinsame Probleme und Freuden, bis Freddie zu verstehen gab, dass er sich wieder hinter seine Töpfe zurückziehen wollte.

»Bist du übrigens jemals in Grönland gewesen, also dort, wo die Eskimos wohnen?«, fragte Fredric plötzlich.

»Ja sicher«, antwortete Freddie. Dann erzählte er, dass er ganze zwei Jahre lang auf einem Fischtrawler gefahren war, der vor Ostgrönland gefischt hatte. Das war gewesen, bevor er mit der Kochausbildung begonnen hatte.

Fredric nickte. Ihm war selbst nicht ganz klar, warum er diese Frage gestellt hatte. Er war zurzeit offenbar völlig auf Grönland fixiert.

Freddie erhob sich und wünschte ihm einen schönen Urlaub. Er war schon auf dem Weg zurück in die Küche, als Fredric plötzlich etwas einfiel.

»Wie war eigentlich die Weinprobe unter freiem Himmel draußen auf der Hovedøya?«

Freddie drehte sich um und sah Fredric fragend an.

»Weinprobe? Hovedøya?«

4

Fredric Drum erlebt einen architektonischen Albtraum, fängt einen zweifelhaften Fisch und sieht ein fremdes Gesicht im Wasserspiegel

Sie kamen auf dem Weg nordwärts durch das Østerdalen an Rena vorbei. Fredric saß am Steuer eines dieser modernen Jeeps, den sie gemietet hatten. Ein Toyota mit Allradantrieb.

Stephen Pratt war am Vorabend auf dem Flughafen Fornebu eingetroffen, voll beladen mit Wanderausrüstung und Angelruten. Ein langer, schlaksiger Engländer mit grünen Augen, struppigem, buttergelbem Haar und kreideweißen, großen Zähnen, die bei jedem Lachen zu sehen waren. Und das kam bei Stephen Pratt oft vor. Er und Fredric waren sich vor mehreren Jahren bei einem Projekt in Südamerika begegnet. Seitdem hatten sie den Kontakt aufrechterhalten. Jetzt war Stephen Pratt schon zum dritten Mal in Norwegen. Aber bisher war er noch nie dazu gekommen, hier seinem Lieblingshobby zu frönen: dem Angeln.

Stephen war Archäologe an der University of Cambridge. Sein Spezialgebiet war die Inka-Kultur. Er wusste ziemlich wenig, um nicht zu sagen gar nichts, über norwegische und altnordische Archäologie. Deshalb hatte er Fredric auch sofort zu verstehen gegeben, dass er sich weniger für diese Moorleichen interessierte, die oben in dem Tal gefunden worden waren, sondern viel mehr für die Bergforellen, die entlang verlockender Schilfufer schwammen.

Selbstverständlich. Fredric hatte auch nicht vor, seinen ganzen Urlaub mit Moorausgrabungen zu verbringen. Seine Aufgabe beschränkte sich darauf, einen Blick auf die Gegenstände zu werfen, die dort gefunden worden waren, besonders auf diejenigen, die mit einer Art Schrift verziert zu sein schienen.

»God damn«, sagte Stephen, *»lots of pinewood here.«*

Stephen hatte recht. Das ganze Østerdalen hinauf zog sich der Kiefernwald. Endlose Waldgebiete, nur dann und wann von einer Tankstelle unterbrochen. Eine eintönige Landschaft.

Als sie nach Koppang kamen, wies ein Schild darauf hin, dass es wegen Straßenarbeiten bei Atna in Richtung Rendalen eine Umleitung gab. Nach einem raschen Blick auf die Straßenkarte sahen sie, dass das keinen großen Umweg bedeutete; sie würden bei einer Ortschaft etwas nordöstlich des Savalensees herauskommen.

Der Toyota brummte, und Stephen nickte auf dem Beifahrersitz ein. Fredric war in bester Stimmung. In den letzten Tagen in Oslo war es nicht zu weiteren unangenehmen Erlebnissen gekommen, und der Umzug in die neue Pension war gut verlaufen. Er hatte ein Auto gemietet und den Umzug selbst gemacht. Er wollte nicht riskieren, die wertvolle Weinsammlung von Fremden transportieren zu lassen. Außerdem wollte er sichergehen, dass ihm niemand folgte und seine neue Unterkunft auskundschaftete. Deshalb war er erst weit nach Maridalen hochgefahren und hatte dort auf einem Parkplatz angehalten. Keine verdächtigen Autos waren hinter ihm hergekommen. Danach war er zum St. Hanshaugen hinuntergefahren. Und jetzt würde er also drei Wochen weg sein. In Oslo wussten nur Tob und Wack, wo er hinwollte. Außerdem ein paar Professoren am archäologischen Institut.

Oben an einem See namens Storsjøen in Rendalen machten sie Rast.

»Ein tiefer See«, meinte Stephen. »Bestimmt große, große Forellen.«

Fredric hatte keine Ahnung. Er kannte sich in dieser Gegend nicht gut aus. Soweit er sich erinnerte, war er bisher erst ein einziges Mal auf dieser Straße gefahren. Aber das war schon lange her.

Ein großes Gebirgsmassiv im Westen verdeckte die Sonne. Sie fuhren einige scharfe Kurven, und der Weg stieg stark an.

»Bald werden wir in diesem Ort ankommen, der um einen kleinen Bahnhof herum errichtet worden ist, und dann ist es nicht mehr weit bis zum Savalen«, sagte Fredric.

Der Savalen war ein ziemlich großer See, etwa siebenhundert Meter über dem Meer und ungefähr siebzig Kilometer südwestlich von Røros. Am Nordende des Sees lag das Savalen-Fjellhotel, wo Stephen und Fredric wohnen wollten. Nach allem, was Fredric gehört hatte, wurde diese Gegend von Touristen nicht gerade überrannt. Ins innere Rødalen, wo man diese Moorleichen gefunden hatte, kam fast nie jemand. Dorthin führte keine öffentliche Straße, sondern nur ein alter Almweg, auf dem zur Not ein Traktor fahren konnte. Mal sehen, wie sich der Toyota da macht, dachte Fredric.

Die Straße führte wieder abwärts, und sie konnten ein ausgedehntes Städtchen sehen, das vom blauen Band des Flusses Glomma durchzogen wurde.

»Schön«, nickte Stephen.

Tynset hieß der Ort, und sie beschlossen, sich ein Café zu suchen. Sie hatten Hunger und konnten nicht wissen, ob es im Hotel, wenn sie dort ankamen, gerade etwas zu essen geben würde.

Weder der Engländer noch Fredric sagten etwas, als sie langsam auf der Suche nach einer Gaststätte durch die Straßen fuhren. »Die Østerdalstua?« Fredric war skeptisch. Sie sah nicht gerade wie eine Østerdalsstube aus, aber es handelte sich jedenfalls um ein Café.

Sie stellten ihr Auto ab.

Beide aßen schweigend, während sie gelegentlich Blicke auf dieses eigenartige, um einen Bahnhof herum errichtete Städtchen warfen. Fredric wirkte wie versteinert. Er starrte auf ein enormes rostbraunes Gebäude, das mindestens zwölf Etagen hoch war.

»*You aren't sick?*«, fragte Stephen besorgt.

»Von einem solchen Anblick könnte ja wohl jeder krank werden«, murmelte Fredric. »Hast du schon mal so eine Architektur gesehen? Hohe Kästen, niedrige Kästen, flache Kästen, breite Kästen. Der Architekt dieser Gemeinde hat immerhin die elementarsten Formen der Geometrie erfasst: das Quadrat und den Würfel.«

Stephen lachte. »*Impossible in old England.* Dort gibt es strenge Gesetze zur Erhaltung des besonderen Charakters von kleinen Dörfern. *Impossible.*«

»Ich glaube, in ganz Europa gibt es nichts Vergleichbares. *Ich* habe jedenfalls bisher noch nichts Derartiges gesehen. Was sagen bloß die Menschen, die hier wohnen, dazu?«

»Vielleicht sind sie stolz darauf. Alles neu und modern, weißt du«, sagte Stephen.

Bevor sie weiterfuhren, gönnten sie sich eine kleine Rundfahrt durch den Ort. Überall dasselbe: eine architektonische Stillosigkeit, die jeglichen individuellen Charakter vermissen ließ. Fredric hatte nicht erwartet, dass es im nördlichen Østerdalen so aussehen könnte.

»Was für ein Rathaus«, sagte er und nickte dem rostbraunen Giganten zu. Danach nahmen sie die letzte Etappe in Angriff.

Sie bogen von der Hauptstraße ab und fuhren durch einen kleinen Weiler namens Fådalen hinauf. Den Savalen selbst sahen sie fürs Erste noch nicht. Das Hotel sollte ganz hinten in diesem Tal liegen.

Der Kiefernwald wurde von hellgrünem Birkenwald abgelöst. Sie kamen an einem idyllischen kleinen Weiher vorbei, und Stephen sah interessiert aus. Er erspähte Ringe im Wasser, die von auftauchenden Fischen stammten. Ferienhütten gab es hier kaum. Also schien es zu stimmen, was Fredric gehört hatte: Der Massentourismus hatte den Weg hierher noch nicht gefunden. An der Natur war jedenfalls nichts auszusetzen.

Kurz darauf bog der Toyota mit den beiden Freunden auf den breiten Platz vor dem Savalen-Fjellhotel ein. Direkt unterhalb davon sahen sie das blaue Leuchten eines großen Sees.

»Voilà«, sagte Fredric und sprang aus dem Wagen.

Beide blieben erst einmal stehen und atmeten tief die frische, milde Gebirgsluft ein. Sie ließen den Augenblick auf sich wirken und lauschten der überwältigenden Vogelpopulation auf den hellen, birkenbestandenen Hügeln, die das Hotel umgaben. Mindestens vier Kuckucke waren oben am Hang in Aktion. Nach Norden und Westen hin schimmerten die Berge blau. Keine spitzen, gezackten Gipfel, sondern runde, weiche Kuppen und sanfte Täler. Und in südlicher Richtung erstreckte sich spiegelglatt der große See. Es roch nach Erde und Heidekraut.

Plötzlich sahen sie einander an und lachten. Sie fingen an, in einem freundschaftlichen Boxkampf herumzutänzeln. Aus reiner Freude darüber, hier zu sein. Endlich. Sie waren wie kleine Jungs. Drei Wochen lang würden sie hier sein und spielen.

An der Rezeption wurden sie vom Hotelbesitzer empfangen, der ihnen die Hand schüttelte und sich als Parelius Hegtun vorstellte. Er hieß sie herzlich willkommen. Fredric fiel auf, dass mit seinen Augen irgendetwas nicht in Ordnung war.

Sie bekamen ihre Zimmer mit Seeblick zugewiesen und richteten sich dort ein. Danach bot ihnen der Hotelier in der Kaminstube einen Willkommensdrink und ein paar Leckereien an.

Fredric und Stephen prosteten ihm zu und aßen Schinken und Salami von einem Tablett, das für sie hingestellt worden war. Der Hotelier gab lebhaft Auskunft über die Geschichte des Savalensees und die Umgebung. Weiter südlich am Savalen hatte Ende des neunzehnten Jahrhunderts der Dichter Arne Garborg gelebt. Sein denkmalgeschütztes Haus sollten sie unbedingt besuchen, meinte Hegtun.

Fredric übersetzte seine Erklärungen ins Englische. Zwischendurch ließ er sich immer wieder von Hegtuns merkwürdigen Augen ablenken, die manchmal an eine bescheidenere Ausgabe der Augen des Komikers Marty Feldman erinnerten, im nächsten Moment aber wieder ganz normal aussahen. Hegtun war wohl um die fünfzig, bleich, leicht untersetzt, aber nicht ohne Charme. Er hatte etwas Vertrauenerweckendes und Solides an sich.

Irgendwann wurden sie sich selbst überlassen und konnten sich das Hotel genauer ansehen.

Hinter der Rezeption gab es eine Lobby, eine Kaminstube und einen großzügigen, hellen Speisesaal. Im Untergeschoss befanden sich ein Tanzsaal und eine Bar. Auf der anderen Seite der Rezeption, links von der Eingangstür, gab es einen wunderschönen Wintergarten, der etwas niedriger lag als der Eingangsbereich. In dessen Mitte befand sich ein kleines grünes Wasserbecken.

Das Hotel wirkte nicht ausgebucht. Nach dem Betrieb an der Rezeption und der Anzahl der Autos auf dem Parkplatz zu urteilen, schien es wenig Gäste zu haben. Stephen und

Fredric fanden das bedauerlich. Das Hotel hatte wirklich ein besseres Schicksal verdient, als halb leer zu stehen. Denn man musste lange suchen, um eine vergleichbare Lage in solcher Natur zu finden. Die Erklärung war sicherlich darin zu finden, dass der Savalen in Touristikkreisen immer noch *terra incognita* war.

Es war noch früh am Nachmittag, und keiner der beiden Freunde war von der Anreise besonders erschöpft. Stephen murmelte, dass er seine Angelrute zusammenbauen und auf dem Platz vor dem Hotel das Auswerfen des Hakens üben wolle. Er meinte, es sei wichtig, die Kraft des Handgelenks zu trainieren. Fredric schlenderte auf eigene Faust ein bisschen durch das Hotel, las in ein paar Broschüren und beobachtete die anderen Gäste. Ihm fiel auf, dass die meisten Schweden waren.

Er suchte sich einen Stuhl vor der Sonnenwand. Von dieser Aussicht konnte er einfach nicht genug bekommen. Als der Hotelier zufällig vorbeikam, rief Fredric ihn zu sich. Hegtun setzte sich auf den Stuhl neben Fredric.

»Sie haben doch bestimmt von den Ausgrabungen gehört, die im Rødalen beginnen sollen«, sagte er. »Kann man das Rødalen von hier aus sehen?«

Hegtun schielte zunächst, fokussierte seinen Blick dann jedoch, so gut es ging. Er schüttelte den Kopf.

»Nein«, sagte er und zeigte nach Norden, »aber dort liegt die Rødalshøa. Der höchste Berg hier in der Gegend. Dahinter befindet sich das Rødalen. Wenn Sie dorthin wollen, müssen Sie den Weg auf der anderen Seite des Savalen nehmen, bis nach Kolbotn ein paar Kilometer nach Süden fahren und dann nach rechts durch einige Almweiler. Da ist eine Mautstraße hinter einer Schranke. Wenn Sie zu der Alm Strålbergsetra kommen, ist die Straße zu Ende. Sie endet ungefähr dort, wo das Rødalen beginnt.«

Fredric nickte.

»Wollen Sie da hin?«, fragte der Hotelier und schielte schlimmer als je zuvor.

»Gut möglich«, antwortete Fredric, »durchaus.«

»Nehmen Sie sich vor den Grundbesitzern in Acht«, warnte Hegtun, »die sehen es nicht gerne, wenn Touristen einen Fuß in ihr heiliges Tal setzen.«

»Was?«, fragte Fredric erstaunt. »Darf sich in den norwegischen Bergen nicht jeder frei bewegen?«

Hegtun zuckte mit den Achseln und rieb sich die Augen.

»Doch, natürlich. Aber die Leute hier oben sind sonderbar. Und die Grundbesitzer im Rødalen sind von der misstrauischen Sorte: Sie verdächtigen jeden Touristen, heimlich ihre Schafe schlachten zu wollen. Besonders misstrauen sie Anglern. Wissen Sie, so eine Wurfrute mit einer festen Leine und einem kräftigen Haken kann man für so manches verwenden. In Schafwolle findet der Haken guten Halt.«

»Ach so«, sagte Fredric. Er bezweifelte, dass seine eigene dürre Angelrute sich zum Schafefangen eignen würde.

»Es ist schon vorgekommen«, fuhr der Hotelier, der sich jetzt warmgeredet hatte, fort. »Es ist schon vorgekommen, dass sie die Leute mit Schrotflinten beschossen haben. Ich hatte bereits mehrmals Gäste, die nach einem Ausflug ins Rødalen völlig verschreckt ins Hotel zurückgekommen sind.«

»Traurige Geschichte«, meinte Fredric.

»Es ist furchtbar«, sagte Hegtun, rieb sich die Augen und wechselte das Thema. »Jetzt bin ich wegen meiner Sehstörungen schon zweimal beim Augenarzt gewesen, ohne dass sie irgendetwas gefunden hätten. Die Blickrichtungen meiner Augen überkreuzen sich sozusagen, ich kann kaum lesen.«

»Oh je.«

»Stress, sagen sie. Ein verkrampfter Nacken, der auf die Nerven drückt. Es wird besser, wenn ich mich massieren lasse.

Es ist wirklich nicht leicht, hier oben ein Hotel zu betreiben, sage ich Ihnen.«

»Kann ich mir denken«, antwortete Fredric. Er war an dem Thema nicht besonders interessiert.

Hegtun stand auf und ging.

Merkwürdiger Typ, dachte Fredric. Es wirkte, als ob er Fredric vor einem Ausflug ins Rødalen warnen wollte.

Die Ausgrabungen sollten am Wochenende beginnen. Dann würde ein Team aus Archäologen und anderen Experten kommen. Er wusste, dass sie alle im Savalen-Fjellhotel wohnen würden. Einige von ihnen kannte er dem Namen nach, keinen hatte er bisher persönlich getroffen. Drei der Gegenstände, die er entschlüsseln sollte, waren im letzten Herbst von der Fundstelle entfernt worden. Sie waren zur Analyse in die Laboratorien von Norges Tekniske Høgskole nach Trondheim gebracht worden. Fredric war gespannt auf die Altersbestimmung. Mithilfe der C14-Methode war es möglich, das Alter organischer Stoffe mit großer Genauigkeit festzulegen. Bei Zeitabständen von tausend Jahren rechnete man mit einer Abweichung von plus/minus fünfzig Jahren. Die Wissenschaftler aus Trondheim würden also wichtige Informationen mitbringen sowie die Gegenstände selbst. Fredric hatte nämlich deutlich zu verstehen gegeben, dass er die Originale in Händen halten wollte, wenn er seinen Teil der Arbeit verrichtete.

»Switsch, switsch, switsch«, schwirrte es durch die Luft.

Eine Handvoll Zuschauer hatte sich um den langen, dürren Engländer versammelt, der eine Angelschnur in weiten, eleganten Bögen durch die Luft sausen ließ. Sie kam nie in die Nähe des Bodens, und jedes Mal, wenn er nach hinten ausholte, wurde ein längeres Stück der Angelschnur ausgerollt. Schließlich schoss die Leine mit einem letzten kräftigen

Schwung nach vorn und blieb als gerade Linie auf dem Boden liegen.

Jemand applaudierte, und Stephen verbeugte sich. Danach schritt er die ganze Länge der Schnur bis zum Ende ab.

Zwanzig Meter. Mindestens zwanzig Meter, tippte Fredric, der seinen eifrigen Freund lächelnd von der Hoteltreppe aus beobachtete. Diese Angelei auf dem Trockenen wirkte ziemlich komisch! Es sah nicht allzu schwierig aus, und er bekam Lust darauf, es selbst einmal zu versuchen.

Er holte die Ausrüstung aus seinem Zimmer und setzte sich auf die Treppe. Wie fügte man das alles zusammen? Er fingerte lange daran herum, und schließlich befand sich die Rolle an der Rute, und er zog ein Stück von der Leine heraus. Das Vorfach. Der Verkäufer in dem Sportgeschäft hatte gesagt, dass es am Ende der Schnur noch eine dünnere Leine gebe, und ganz am Ende machte man die Fliege fest. Nach einigem weiteren Gefummel war alles bereit. Das Vorfach war zwei Meter lang und fast unsichtbar, so dünn war dieser Teil der Leine. Die Fliege, die er angehängt hatte, war eine von den schwarzen, traurigen. *Black Gnat* hieß die wohl.

Er näherte sich dem Übungsplatz, den Stephen ausgewählt hatte. Der Freund sah ihn kommen und rollte seine eigene Leine ein. Mit einem vielsagenden Nicken überließ er Fredric den Platz.

Fredric dachte nach. Dann fing er an, etwas Schnur von der Rolle zu wickeln, genau wie er es bei Stephen gesehen hatte. Als er meinte, genug draußen zu haben, drehte er sich in Wurfrichtung. Die Rute war leicht, federleicht, und er bewegte die Spitze vorsichtig hin und her. Dann ging er aufs Ganze und warf die Leine mit aller Kraft.

Dieser gewaltige, plötzliche Schwung führte dazu, dass sich fast die gesamte Schnurlänge, die er von der Rolle gezogen hatte, vom Boden erhob, um sich dann in einem Knäuel um

Fredrics Kopf zu wickeln. Die Fliege verhakte sich in einem seiner Joggingschuhe, und das Vorfach riss einfach durch.

Gelächter und Applaus. Wie er hörte, lachte Stephen am lautesten von allen.

Wie war das passiert? Fredric befreite sich aus dem Leinenknäuel und kurbelte die Schnur wieder auf die Rolle. Merkwürdigerweise hatte sie sich nicht verknotet.

»Do you need some instruction?«, rief Stephen.

Fredric schüttelte bestimmt den Kopf. Das würde er doch wohl noch schaffen!

Es dauerte eine Weile, bis er für einen neuen Wurf bereit war. Diesmal war er vorsichtiger, bekam erst ein Gefühl für die Rutenspitze, bevor er mit der rechten Hand in einem weiten Bogen zu etwas ausholte, das ein Wurf werden sollte. Das Resultat war ungefähr dasselbe wie vorher. Aber diesmal kam es zu keiner Knäuelbildung, und die Fliege landete neben seinem Schuh.

Fünf weitere Versuche führten zu genau demselben Ergebnis. Die Fliege ging nie mehr als einen halben Meter vor ihm zu Boden. Er kapitulierte.

Jetzt folgte eine interessante Stunde für Fredric: Er bekam seine erste Lektion in der edlen, aber durchaus nicht einfachen Kunst der Fliegenfischerei. Stephen war ein guter und geduldiger Lehrer. Die Armstellung war das Wichtigste. Das Geheimnis lag in den Bewegungen des Handgelenks. Man schwang die Arme nicht einfach wie ein Diskuswerfer.

Als die Stunde um war, hatte Fredric mehrere Würfe hinbekommen, die man als gelungen bezeichnen konnte. Bei dem längsten hatte er es auf über zehn Meter gebracht. Aber das Schönste war, dass es ihm Spaß machte. Warte nur, hatte Stephen gesagt, das ist noch gar nichts im Vergleich zum *wirklichen* Fischen!

Sie saßen in der Bar und nippten jeder an seinem Drink. Dabei brachten sie sich gegenseitig zum Lachen und erzählten Geschichten. Sie hatten beide schon viel erlebt. Weit mehr als andere Männer in ihrem Alter normalerweise. Das hatte sie geprägt. Daher waren sie nicht auf Kalauer und billige Witzchen angewiesen.

An einem Tisch vor ihnen saßen vier Schweden, die alles andere als nüchtern waren. Ganz hinten in der Ecke, an einem Zweiertisch mit einem Schildchen »Privat«, saß der Hotelbesitzer Parelius Hegtun, völlig vertieft in ein leise geführtes Gespräch mit einer anderen Person. Einem breitschultrigen, kräftigen Mann irgendwo zwischen fünfzig und sechzig. Sie saßen zu weit von Stephen und Fredric entfernt, als dass diese hätten hören können, worüber sie sprachen.

»Die meisten Kulturen, die sich in den arktischen Regionen niedergelassen haben, gehören der mongolischen Rasse an«, sagte Stephen, »also sind sie vom Ursprung her Ostasiaten.«

»Genau«, nickte Fredric, »und deshalb sollte man erwarten, dass sie die Tradition hatten, eine Schriftsprache zu entwickeln.«

Sie waren zu fachlich fundierteren Themen vorgestoßen.

»Die hat man aber nicht gefunden«, stellte Stephen fest.

»Also lass uns mal annehmen, als gewagte Hypothese, dass *einige* dieser Kulturen, die heute verschwunden sind, eine Art Schriftsprache hatten, dass diese jedoch nicht weiterentwickelt und bekannt wurde, weil sich die klimatischen Verhältnisse verschlechterten, die Entfernungen groß waren und die ganze Gemeinschaft in einer extrem schwierigen Periode ausstarb.«

»Ja?«, wunderte sich Stephen. »Mir ist nicht ganz klar, worauf du hinauswillst.«

»Ist dir nie aufgefallen, wenn du die zackigen Symbole der Runenschrift studierst, dass sie den Mustern zum Beispiel in den Ornamenten der Kultur des Samenvolkes zum Verwechseln ähnlich sehen?«

»Wenn du meinst ...« Stephen zögerte etwas.

»Angenommen, dass diese Moorleichen, die jetzt da drüben im Rødalen gefunden worden sind«, ereiferte sich Fredric, »angenommen, dass die älter als zweitausend Jahre sind. Angenommen, dass diese Gegenstände, die ich mir ansehen soll, noch älter sind, dass es sich um heilige Symbole handelt, die von Generation zu Generation weitervererbt wurden.«

»Ja?« Stephen hörte interessiert zu.

»Dann kann die Schrift oder können die Zeichen, die in sie eingeritzt worden sind, ein entscheidender Beweis dafür sein, dass da tatsächlich ein Zusammenhang zwischen der Runenschrift und den arktischen mongolischen Volksgruppen besteht.«

»Was allerdings eine Sensation wäre«, sagte Stephen. »Die Eskimos waren ursprünglich in Skandinavien angesiedelt, aber sie wurden nach Osten und Norden, also nach Grönland und Alaska, verdrängt. *Well-well.*«

Die Theorie war äußerst gewagt. Und es würde mehr als bloßes Glück dazu gehören, damit die Grabstätten im Rødalen einen Beitrag zur Untermauerung dieser Theorie leisten konnten. Aber Fredric neigte dazu, das Unmögliche für möglich zu halten.

Hinten in der Ecke war es inzwischen zu einer lautstarken Diskussion zwischen dem Hotelier und der anderen Person gekommen. Plötzlich erhob sich Hegtun, offensichtlich erregt und mit Augen, die in einem unmöglichen Winkel zueinander standen. Demonstrativ verließ er den anderen, der allein sitzen blieb und den Kopf auf eine resigniert wirkende Weise schüttelte.

»Something is upsetting the boss«, stellte Stephen lakonisch fest und strich sich durch den struppigen Haarschopf.

Der Weg war durch eine große, rote Schranke versperrt. Auf einem Schild daneben stand: »Mautgebühr Kr. 15,–«. Sie hielten den Jeep an und kletterten hinaus. Unter dem Schild war mit Bleistift auf einen kleinen Zettel geschrieben worden: »Angelscheine für das Rødalen können auf der Gardviksalm gekauft werden.« Eine Almhütte lag einige hundert Meter weiter.

Fredric schrieb seinen Namen und die Nummer des Wagens auf einen Umschlag, der in einem Kästchen lag, steckte fünfzehn Kronen hinein und legte ihn in eine Metalldose mit einem Spalt im Deckel. Dann öffneten sie die Schranke und fuhren zur Alm hinauf.

Stephen blieb im Auto sitzen, während Fredric an die Tür klopfte, um den Angelschein zu lösen. Einige Kinder und eine ältere Frau waren dabei, in einem Schuppen mit irgendetwas herumzuklappern, schienen aber Fredric, der dort stand, nicht wahrzunehmen. Er lauschte und klopfte wieder an die Tür des Haupthauses.

Drinnen begann ein Köter fürchterlich zu kläffen, und Fredric hörte jemanden, der einen derben Fluch murmelte und den Hund aufforderte, das Maul zu halten. Dann wurde die Tür geöffnet, und ein Elchhund stürmte auf Fredric zu und schlug das Gebiss in sein Hosenbein.

»Ragg, komm her, zum Teufel!«, brüllte es in stärkstem Tynset-Dialekt aus der dunklen Veranda.

Fredric trat den Köter von seiner Wade weg. Zum Glück hatte er nicht durch das Leder gebissen, aber es tat weh. Endlich zog sich das Tier ins Dunkel zurück.

Eine wundersame Erscheinung tauchte auf, und Fredric trat zwei Schritte zurück. Ein Riese von einem Mann stand vor ihm. Er musste mindestens zwei Meter groß sein und war so breit wie die gesamte Türöffnung. Das war allerdings nicht der Grund, warum Fredric zurückwich, sondern die Tatsache, dass das Gesicht des Mannes von einer Unmenge von Warzen, Wucherungen und Haarbüscheln geradezu entstellt war. Ein Augenpaar war in asymmetrischer Anordnung unter und neben einer verfilzten Stirnlocke zu finden und wirkte nicht besonders freundlich. Das Alter des Mannes war nicht einzuschätzen, aber Fredric hätte nicht protestiert, wenn man ihm einhundertfünfzig genannt hätte. Der Großvater von Pest und Krankheiten der ganzen Welt, dachte er und trat noch ein paar Schritte zurück, als er den Geruch, der dem Greis folgte, wahrnahm.

»Was bist du denn für einer?«

Das war eine Frage, und Fredric sagte, er wolle zwei Saisonkarten für das Rødalen kaufen. Er gab dem Alten die Angelsteuerkarten, die Stephen und er gekauft hatten. Die verschwanden in zwei gewaltigen Fäusten, der Greis drehte sich um und ging ins Haus zurück. Fredric atmete erleichtert durch. Das waren offenbar wirklich finstere Grundbesitzer hier im Tal. Wenn dieser alte Kerl in einem Moor gefunden worden wäre, hätte man ihn leicht für einen archäologischen Fund halten können.

Eine lange Zeit verging, und Fredric begann, ungeduldig zu werden. Endlich kam der Alte wieder in der Türöffnung zum Vorschein, und Fredric sah voller Freude, dass er zwei Angelscheine in seiner Faust hielt.

»Das macht hundert Kronen für jeden.«

Fredric blätterte zwei Hunderter hin und streckte die Hand nach den Angelscheinen aus. Aber der Alte war nicht bereit, sie herzugeben. Er starrte Fredric feindselig an.

»Was anderes habt ihr also nicht vor, was?«

Fredric sah ihn fragend an.

»Ihr lasst die Schafe in Frieden!« Daraufhin gab er Fredric die Angelscheine.

Als er wieder sicher im Auto saß, erzählte Fredric Stephen

von dem bizarren Erlebnis, während er sich den Schweiß von der Stirn trocknete. Es war warm. Der Engländer lachte und gab einen kleinen fundierten Kommentar über norwegische Gebirgsbauern ab. Bevor Fredric weiterfuhr, studierte er die Schrift auf dem Angelschein. Ungelenke, schiefe Buchstaben, aber der Name dessen, der den Schein ausgestellt hatte, ließ sich erkennen: Stalg Stalgson.

Die Schotterstraße, auf der sie fuhren, wand sich an einem Bergrücken entlang nach oben.

Sie kamen an einem kleinen Höhenzug vorbei. Direkt danach gelangten sie zu einer stillgelegten Alm, und hier war der Schotterweg zu Ende. Strålbergsetra, so hieß die Alm auf der Karte. Etwas weiter rechts vor ihnen öffnete sich ein weites Tal, und sie konnten erkennen, dass Wasser darin glitzerte, ein kleiner See nach dem anderen, wie Perlen auf einer Schnur.

Das Rødalen.

Während der Jeep über eine Art Traktorweg ein Stück weiter ins Tal hineinholperte, wurden sie von der Landschaft geradezu überwältigt. Es war schon um den Savalen herum schön gewesen, aber das war nichts im Vergleich: Dieses Tal war eine Offenbarung. Weit, grün, mit sanft geneigten Birkenhängen. Hier gab es eine Üppigkeit der Vegetation, die sie so hoch im Gebirge nicht für möglich gehalten hätten. Keine Wege, keine Hütte, kein Mensch. Eine verlassene Alm oben am Bergrücken links von ihnen war die einzige Spur der Zivilisation, die sie vorläufig sehen konnten. Ein abgeschirmtes Paradies im Gebirge, eine unentdeckte Oase. Die zahllosen blauen Miniseen am Talgrund, durch rieselnde Flüsschen und Bäche verbunden, vervollkommneten das Ganze.

Sie stellten ihr Auto ab und stiegen aus.

»Der Tourismusmanager, der *dieses* Tal kauft, kann steinreich werden«, sagte Stephen und beschattete seine Augen mit der Hand, um sich umzusehen.

Fredric zerklatschte eine Mücke und nickte. »Zurzeit sind die Schafe diejenigen, die den Reichtum genießen«, sagte er und zeigte auf eine Herde, die auf einer Wiese oben am Hang weidete.

Sie blieben stehen und lauschten. Man hörte den Klang von Glöckchen und ein munteres Rieseln vom Gebirgsbach. Der Kuckuck rief in den Birkenhängen, ein Bachstelzenpaar trippelte auf einer Lichtung auf eine kleine Wasserpfütze zu. Und die Mücken summten.

Stephen holte das Mückenöl hervor und schmierte sich gründlich damit ein.

»Euer Land ist das schönste auf der ganzen Welt«, sagte er und reichte Fredric den Insektenschutz. Dann setzten sie sich auf einen Stein und tranken mitgebrachten Tee aus einer Thermoskanne.

Fredric studierte die Karte. Eine Stelle zwischen zwei Seen, die sich ein Stück weiter innen im Tal befanden, hatte er mit einem Kreuz markiert. Hier hatte man die Funde gemacht. Heute wollten sie noch nicht dorthin. Sie wollten sich eins nach dem anderen vornehmen und dieses Tal in gemächlichem Tempo kennen- und genießen lernen. Außerdem gab es für sie dort oben nichts zu tun, bis die anderen Wissenschaftler kamen. Das Gelände war abgesperrt, und es war für sie genauso wie für andere verboten, sich innerhalb dieses Gebietes zu bewegen.

Stephen hatte seinen Blick auf den kleinen Weiher direkt unterhalb von ihnen gerichtet. Von Zeit zu Zeit riss er die Augen weit auf und nickte vor sich hin. Dort unten schien das Wasser vor lauter Fischen förmlich zu kochen. Ständig kamen sie von unten an die Wasseroberfläche. Und mehrmals hörten die beiden ein schwaches Ploppgeräusch, wenn ein großes Exemplar den Wasserspiegel durchbrach, um Nahrung zu sich zu nehmen.

Stephens Teetasse leerte sich ungewöhnlich schnell. Fredric konnte sich nicht erinnern, jemals gesehen zu haben, dass sein Freund seinen Tee in einem solchen Tempo getrunken hatte. Normalerweise behielt er ihn immer eine Zeit lang im Mund, bevor er schluckte. Etwa so, wie wenn er selbst guten Wein trank. Jetzt folgte Schluck auf Schluck, ohne Pause. Fredric lachte innerlich, er konnte den rastlosen Eifer des Freundes gut verstehen.

Sie bauten die Angelruten zusammen und machten alles bereit. Fredric bekam einige letzte Anweisungen: Er sollte sich einen Platz suchen, wo es hinter ihm keine Büsche und kein Gestrüpp gab. Er sollte ans Wasser hinunterschleichen und am besten mit den Würfen ein Stück vom Ufer entfernt anfangen, wenn er sah, dass die Fische in Ufernähe die Wasseroberfläche berührten. Und, nicht zuletzt: Wenn ein Fisch die Fliege fraß, dann sollte Fredric schnell einen kleinen, vorsichtigen Ruck machen, damit der Fisch sich richtig verhakte. Nicht zu fest, nicht zu leicht. Danach kam es nur noch darauf an, den Fisch langsam heranzuziehen und zu versuchen, ihn in den Kescher zu bekommen.

Sie trennten sich mit einem Händedruck und einem fröhlichen Zwinkern.

Stephen ging zu einer kleinen Bucht mit Schilfsaum hinunter. Fredric dachte, dass sein Freund diesen Weiher für sich haben sollte, hier gab es für jeden genug, und der nächste lag nur ein paar Hundert Meter weiter oben im Tal. Er ging dorthin.

Die eine Seite sah für einen Anfänger ideal aus. Ein kleines Wiesenstück grenzte direkt ans Ufer, und er sah, wie direkt dahinter die Fische an die Oberfläche kamen. Schlug sein Puls jetzt nicht besonders schnell? Das war wirklich spannend.

Er sah in seine Fliegenbox. Wie wäre es mit dieser Femundsmarksfliege? *Verre enn minken* – »Schlimmer als der Nerz«. Fingen Nerze Forellen? Durchaus denkbar, dachte sich Fredric.

Er pirschte sich ans Ufer. Die Fische tummelten sich nur zwei Meter vom Land entfernt. Der erste Wurf misslang natürlich, die Schnur fiel direkt in Ufernähe als Knäuel in sich zusammen, mit der Fliege mittendrin. Ein neuer Versuch war etwas besser: Die Fliege landete fünf Meter weit draußen auf dem Weiher, und die Schnur lag relativ gerade. Er sah die Fliege, die auf der Wasseroberfläche trieb. Was würde jetzt passieren?

Er stand steif wie ein Stock da und starrte die Fliege an. Eine Minute, zwei Minuten, fünf Minuten. Eigenartig. Die Bewegung der Fische hatte dort, wo er sie gesehen hatte, als er kam, aufgehört. Weiter draußen war dagegen mehr los. Vielleicht hatten die Forellen eine solche Fliege noch nie gesehen und nahmen jetzt eine eher abweisende Haltung ein? Er zog die Schnur ein und warf eine neue Fliege ins Rennen.

Er fischte eine Stunde lang, aber es kam ihm so vor, als scheuten die Fische seine Fliegen. Um so weit wie möglich werfen zu können, benutzte er eine unorthodoxe Technik: Er zog die Schnur heraus und legte sie hinter sich ab, in geeigneter Länge den Wiesenhang hinauf. Dabei achtete er darauf, dass sich die Fliege nicht in Grashalmen oder Zweigen verfing. Dann ging er zur Rute zurück, nahm sie und holte kräftig damit aus. Auf diese Weise kam er zwar ziemlich weit hinaus, aber er war sich nicht ganz sicher, ob Stephen die Methode akzeptiert hätte.

Das half aber auch nicht viel. Sobald er mit der Fliege ein Stück weiter hinaus kam, zeigten sich die Fischbewegungen an der Oberfläche immer noch zwei bis drei Meter weiter draußen. Verflucht!

Zum Schluss legte er die Rute mit der Schnur ab und zog die Fliege wieder nach hinten, bereit zum nächsten Wurf. Er setzte sich auf einen Stein und starrte sein eigenes Bild auf dem Wasserspiegel an. »Ko-ko, ko-ko, ko-ko«, neckte ihn der Kuckuck.

Die eine Seite des Tales, die zur mächtigen Rødalshøa hin ausgerichtet war, stieg steiler an als die andere. Aber was dieses Tal so außergewöhnlich machte, war seine Breite, sein flacher, fruchtbarer Grund. Es wäre nicht verwunderlich, wenn sich hier oben irgendwann in ferner Vorzeit Siedlungen befunden hätten, dachte er. In einem kleinen Moor, das er überquert hatte, waren ihm riesige, mit Wasser vollgesogene Kiefernstämme aufgefallen, die an manchen Stellen hervorragten. Zu einer Zeit mit milderem Klima hatte es hier wohl dichten Kiefernwald gegeben. Da war das Tal noch fruchtbarer gewesen. Kiefernstämme konnten mehrere Tausend Jahre alt sein. Sie verrotteten im Moor nicht. Wer hatte früher hier gelebt? Ein Jägerstamm? Vielleicht hatte es damals hier in diesem Tal eine richtige kleine Gemeinschaft gegeben. So vieles war möglich.

Er folgte einer Fliege mit den Augen, als sie über die Wasseroberfläche tanzte. Eine riskante Unternehmung, dachte er, und kaum hatte er das gedacht, als der Wasserspiegel schon von unten durchbrochen wurde und er eine Flosse sah, einen gelb glänzenden Bauch und ein paar rote Punkte. Fredric zuckte zusammen. Die war nicht gerade klein! Aber leider nicht innerhalb der Reichweite seiner Wurffähigkeiten.

Aufgegeben? Hatte er aufgegeben? Wollte er Stephen nicht zeigen ...? Resolut glitt er von dem Stein herab und ging zur Rute zurück, die wurfbereit dalag. Er hob sie auf, konzentrierte sich und schwang sie.

Mitten im Wurf merkte er, dass etwas nicht so war, wie es

sein sollte. Das nicht spürbare Gewicht der Fliege war durch etwas anderes, Schwereres ersetzt, durch etwas, das von hinten durch die Luft geflogen kam und ihn mit einem nassen, ekligen Klatschen im Nacken traf. Fredric verlor vor Schreck das Gleichgewicht und setzte sich direkt in das Schnurknäuel.

Ungläubig starrte er auf den Punkt, wo das Vorfach endete und wo die Fliege hätte sein sollen. Er sah die Fliege, aber sie saß fest im Maul einer glänzenden, schimmernden Forelle! Eine Forelle! Ein Fisch an Land? Soweit er wusste, hatte die Fliege mindestens fünfzehn Meter vom Ufer entfernt gelegen.

Misstrauisch sah er sich um.

Dann hörte er das Gelächter. Ein tiefes, halb unterdrücktes Gelächter kam hinter einer Birkengruppe in der Nähe hervor. Er hörte ein Japsen und Lachen. Er kannte den Verursacher nur allzu gut.

Der lange Engländer kam gekrümmt aus dem Wald und hielt sich den Bauch. Er fand das Ganze ungeheuer lustig. Und es wurde noch lustiger, als Fredric auch zu lachen begann. Aber Fredrics Gelächter hörte jäh auf und wurde zu großem Staunen, als Stephen ihm seinen bisherigen Fang zeigte: Acht wunderschöne Forellen wurden aus der Tasche ins Gras geschüttet. Neun zusammen mit der, die an Fredrics Fliege hing. Die größte sei über ein Pfund schwer, meinte Stephen.

Sie hatten den mitgebrachten Proviant gegessen und wollten mit dem Angeln fortfahren. Stephen instruierte Fredric noch einmal eine halbe Stunde lang, bevor sie sich wieder trennten und verabredeten, sich um sieben Uhr am Auto zu treffen, in knapp zwei Stunden. Diesmal kletterte Stephen weiter hoch, während Fredric nach unten ging.

Er fand eine passende kleine Bucht und benutzte die

Fliege, die Stephen empfohlen hatte. Der erste Wurf fiel geradezu perfekt aus, die Fliege beschrieb einen schönen Bogen und landete ziemlich weit draußen federleicht auf dem Wasser. Die Schnur lag stramm und gut. Es vergingen ein paar Sekunden, und dann passierte es: Er spürte einen Ruck, sah die Ringe auf dem Wasser an der Stelle, an der gerade noch die Fliege gelegen hatte, und die Rutenspitze bog sich und vibrierte. Ein Fisch, er hatte einen Fisch! Er hatte vergessen, einmal kurz zu ziehen, aber kaum war ihm das aufgefallen, hatte der Fisch selbst kräftig angezogen. Er hing fest und peitschte das Wasser ganz fürchterlich auf. Fredric begann, die Schnur vorsichtig einzuziehen, und der Fisch folgte. Bald war er ganz dicht an Land. Wo war der Kescher? Natürlich, der lag auf einem Stein, außerhalb seiner Reichweite. Verdammt!

Mit hoch erhobener Rute begann er, sich landeinwärts zu bewegen. Der Fisch zerrte und zappelte gewaltig, aber er musste ihm folgen. Fredric zog ihn über einige Steine und an Land. Da spürte er, wie etwas riss, der Fisch hatte sich gelöst und versuchte, sich mit seinen Zuckungen zum Ufer zurückzubewegen. Fredric ließ die Rute los und warf sich, ohne weiter nachzudenken, auf dem Bauch über den Fisch. Er hatte ihn!

Einige Minuten später saß er mit einer glänzenden, schönen Forelle neben sich im Gras. Sein Herz schlug heftig. Wenn ihm eine vergessene Kiste Château Latour in einem verstaubten Keller untergekommen wäre, hätte ihn das auch nicht mehr erregen können. Ein neues Virus hatte sich in Fredric Drum festgesetzt.

Mehr Fische wurden es nicht. Die Konzentration war verschwunden. Der Gedanke an den, den er bereits gefangen hatte, störte ihn dabei. Deshalb konnte er genauso gut seine Ausrüstung zusammenpacken, den Fisch mitnehmen und sich ein schönes Plätzchen am Ufer suchen. Hier konnte er sitzen und sich in doppelter Hinsicht sonnen.

Als seine Augen den Wasserspiegel trafen, sah er nicht nur sein eigenes Abbild: Hinter ihm, dicht bei ihm, stand eine unbewegliche Gestalt. Fredric spürte, wie sich eine unangenehme Kälte über seinen Rücken ausbreitete, während er sich langsam umdrehte.

5

Nach lautem Reden taucht ein schönes Mädchen auf, und er lernt die dritte Strophe eines Gedichts

»Er stand unbeweglich wie eine Salzsäule da und starrte mich mit einem abwesenden Blick an, ganz so, als ob er geradewegs durch mich hindurchsähe. Dann drehte er sich plötzlich um und schwebte fast über die Moospolster fort, auf den Birkenwald zu, in dem er verschwand. Ich habe ihm mehrmals nachgerufen, aber er reagierte nicht. Eine merkwürdige Begegnung, muss ich schon sagen.«

Fredric erzählte. Sie saßen um einen Tisch im Wintergarten des Hotels. Außer Stephen und ihm war da noch eine dritte Person: der Mann, den sie dabei beobachtet hatten, wie er sich mit dem Hotelbesitzer nicht gerade freundlich unterhalten hatte. Der Mann hieß Lilleif Havsten und erwies sich als äußerst sympathisch. Sie waren schon früher an diesem Abend mit ihm ins Gespräch gekommen, während des Essens, und hatten vereinbart, sich hinterher hier im Wintergarten wieder zu treffen. Fredric hoffte, dass ein Einheimischer neues Licht auf das werfen könnte, was sie im Laufe des Tages erlebt hatten.

»Können Sie versuchen, seine Erscheinung zu beschreiben?«, fragte Havsten.

Fredric saß einen Augenblick schweigend da. Dann sagte er: »Das dürfte nicht so schwer sein. Der Mann trug eine ganz besondere Kleidung: eine dunkle, eng anliegende Lodenhose,

Lederstiefel und eine Lederweste. Irgendetwas hing ihm um den Hals, ohne dass ich hätte erkennen können, was das war. Im Gürtel trug er ein langes Messer und auf dem Kopf eine Pudelmütze ohne Bommel. Schwarz. Ich würde schätzen, dass er in den Sechzigern war. Ein etwas hartes, schmales Gesicht, das vom Leben draußen in Sonne und Wind geprägt war.«

Lilleif Havsten lehnte sich in seinem Stuhl zurück und lachte. Dann nickte er und gab zu erkennen, dass er Bescheid wusste.

»Da besteht kein Zweifel«, sagte er. »Sie haben den Jäger Hugar getroffen. Der gefürchtete Geist des Rødalen, oder besser gesagt: Rødalens Antwort auf *Lederstrumpf*.«

»Geist? Lederstrumpf?« Fredric wirkte skeptisch. »*Ich* jedenfalls habe einen quicklebendigen Menschen getroffen.«

»Ja, natürlich«, beruhigte Havsten ihn. »Es besteht ja kein Zweifel daran, dass es sich beim Jäger Hugar um einen Menschen aus Fleisch und Blut handelt. Wenn er auch ziemlich alt ist, fast achtzig, soweit ich gehört habe. Aber er ist so fit wie ein alter Finne und bewegt sich im Gebirge wie ein durchtrainierter Zwanzigjähriger, allerdings weitaus geschmeidiger. Er hat schon viele Bergwanderer durch sein plötzliches Erscheinen erschreckt. Er taucht in der Regel aus dem Nichts auf und verschwindet ohne ein Wort. Hugars Geschichte ist eigentlich ganz schön spannend. Ich kenne sie in groben Zügen. Wenn Sie also daran interessiert sind ...«

Fredric nickte.

»Sie können sie ja hinterher Ihrem Freund übersetzen. Also dann.« Havsten zündete sich eine Zigarre an und legte los: »Ich habe gehört, dass der Jäger Hugar vor etwa zwanzig Jahren in diese Gegend kam. Es gab wohl einiges Gezeter, als man entdeckte, dass jemand da oben in einem abgelegenen Tal etwas westlich vom Rødalen eine Hütte aus Stein,

Erde und Birken gebaut hatte. Ohne jemanden um Erlaubnis zu fragen, hatte Hugar sich hier niedergelassen. Er wilderte. Nach einer Menge Zeitungsartikeln und Protesten der Grundbesitzer, einem Besuch des örtlichen Polizisten und so weiter kam es zu einer Art Kompromiss: Hugar sollte dort wohnen und jagen dürfen, wenn er als Gegenleistung im Sommer ein Auge auf die Schafe hatte, die in den Bergen weideten. Die kommunalen Behörden zeigten in der Sache Flexibilität und bekamen diese Lösung zustande. Die Alternative wäre gewesen, den Mann in ein Altenheim zwangseinzuweisen, was seinen Lebensgewohnheiten vollkommen entgegengestanden hätte. So war das also.«

Havsten schnippte die Asche von der Zigarre und fuhr fort: »Man hat gesagt, ohne dass jemand etwas Sicheres weiß, dass Hugar ursprünglich aus einer reichen finnischen Einwandererfamilie in der Gegend um Røros stammte. Er soll aber schon als junger Mann mit seiner Familie gebrochen und auf einem Fischerboot angeheuert haben, das im nördlichen Eismeer auf Robbenfang ging. Er bekam Streit mit dem Rest der Mannschaft, ging auf Grönland an Land und lief davon. Dort lebte er viele Jahre lang als Jäger, bis er schließlich hier auftauchte. Er jagt immer noch und ernährt sich davon und vom Fischen. Manchmal kommt es vor, dass ihn lange Zeit niemand sieht, aber man sagt auch, dass er oft weiter westlich durchs Gebirge streift, in den menschenleeren Gegenden in Richtung Rondane. Sie müssen in diesem Sommer der Erste sein, der ihn hier im Savalen-Gebiet gesehen hat. Man kann sich nicht wirklich darauf verlassen, dass er auf die Schafe aufpasst. Die Grundbesitzer murren und meinen, dass sich im Winter Schafsfleisch in seinem Topf befände. Aber die Gemeinde beruhigt sie damit, dass sie großzügige Entschädigungen für vermisste Schafe zahlt. Sie wollen, dass der alte Jäger in Frieden in seiner Bergwelt leben kann.«

Lilleif Havsten wurde plötzlich ganz ernst.

»Da gab es nur einen Vorfall«, fuhr er fort. »Vor drei Jahren ist etwas passiert, das einen dunklen Schatten über das Rødalen geworfen und dazu geführt hat, dass die Leute Angst vor dem Jäger haben. Drei belgische Wanderer verschwanden spurlos, nachdem sie auf dem Weg zum Einundalen, dem Nachbartal des Rødalen, an der Gardvikalm vorbeigekommen waren. Sie erreichten nie das Einundalen und die Alm, in der sie ein Quartier zum Übernachten bestellt hatten. Große Suchmannschaften waren wochenlang im Einsatz, aber ohne Ergebnis. Die Belgier waren und blieben verschwunden. Die Phantasie des Volkes verband dieses Verschwinden natürlich mit dem geheimnisvollen Jäger Hugar. Ich weiß es auch nicht.«

Havsten zuckte mit den Schultern und drückte seine Zigarre aus.

Es wurde still um den Tisch. Stephen, der von dem Gespräch nicht viel verstanden hatte, hatte sich in eine englische Zeitschrift vertieft. Fredric war beunruhigt. In Havstens Geschichte gab es Dinge, die ihm nicht gefielen. Die er wirklich lieber nicht gehört hätte. Dafür war es jetzt zu spät.

Havsten stand auf und ging. Er sagte, er habe eine wichtige Verabredung mit dem Hotelbesitzer.

Fredric dachte nach. Sollte er Stephen von den Ereignissen erzählen, die ihm in Oslo widerfahren waren? Er beschloss, darauf zu verzichten. Warum sollte er seinen Freund ohne Not beunruhigen? Aber wenn noch irgendetwas passieren sollte ... Stattdessen lieferte er Stephen, der jetzt neugierig war, zu erfahren, was der andere gesagt hatte, eine Übersetzung der Geschichte vom Jäger Hugar. Aber er ließ die verschwundenen Belgier weg.

Danach gingen sie in die Bar hinunter, und hier besprachen sie noch einmal gründlich Fredrics erste Erfahrung mit dem Fischen. Er selbst wurde es nicht leid, darüber zu berichten, wie er die Forelle an Land bekommen hatte und wie er sie in letzter Sekunde daran gehindert hatte, wieder abzuhauen. Und Stephen hörte geduldig zu, unterbrach ihn aber hin und wieder, um sich nach Einzelheiten zu erkundigen. Beide waren sich allerdings darin einig, dass noch nie so großartige Fischer wie sie einen Fuß ins Rødalen gesetzt hatten. Im Gefrierschrank des Hotels, in einem kleinen Raum, der speziell für sie reserviert worden war, lagen fünfzehn Forellen. Fredric Drum – eine, Stephen Pratt – vierzehn.

Er lag lange wach. Es nützte nichts, wenn er sich sagte, dass es sich um einen Zufall handelte. In Fredric Drums Leben hatte es schon zu viele Zufälle gegeben, und wenn er sie ignoriert hatte, hatte er teuer dafür bezahlen müssen. Das sollte nicht noch einmal vorkommen. Diesmal würde er den Stier bei den Hörnern packen, von Anfang an in die Offensive gehen. Die Frage war nur, wie lange er Stephen aus der Sache heraushalten sollte.

Der Jäger Hugar. Jäger auf Grönland. Er war damals wohl zwanzig gewesen, als er mit dem Fischerboot hinausfuhr, und jetzt war er fast achtzig. Seit zwanzig Jahren war er hier in der Gegend. Da blieben also noch vierzig Jahre übrig.

Vierzig Jahre als Jäger auf Grönland.

Wenn Lilleif Havstens Geschichte stimmte. Fredric hatte keinen Grund, daran zu zweifeln.

Während er so dalag und nachdachte, hörte er Stimmen vor dem Fenster. Jemand stand draußen unter den Kiefern und redete. Die Stimmen wurden nach und nach lauter, und er erkannte sie wieder: Das waren Lilleif Havsten und der Hotelbesitzer. Parelius Hegtun. Fredric wurde neugierig, stand leise aus seinem Bett auf und schlich zum Fenster. Ein merkwürdiger Ort, um sich zu treffen, dachte er. Nachts um zwei.

Er sah vorsichtig hinaus. In der dämmrigen Sommernacht

konnte er sie mühelos erkennen. Sie standen einander direkt gegenüber und redeten erregt aufeinander ein. Fredric schob das Fenster etwas weiter auf.

»... mindestens zehn Jahre, vielleicht sogar zwanzig. Das sind doch bloß Luftschlösser. Jetzt ist es an der Zeit, dass du mit der Träumerei aufhörst. Du glaubst nicht an Wunder? Lilleif, hör mir zu, such dir etwas anderes, mach, dass du wegkommst, bevor du all dein Geld aus dem Fenster geworfen hast.« Parelius Hegtun hatte geradezu etwas Flehendes in der Stimme.

»Es *wird* klappen. Ich sage dir, dass es klappen wird! In höchstens zwei Jahren läuft die Sache, warte nur ab. Ich kann nicht begreifen, warum du so ein Feigling bist. Du wirst jeden Tag schlimmer. Denk doch mal an die Zukunft! *Hier* drin liegt keine Zukunft, du kannst ja gerade mal dich und deine Familie mühsam damit durchbringen. Und im Winter? Da liegt dieser Ort doch praktisch in Totenstarre. Nein, Parelius, hör auf mich. Denk an das Versprechen, das wir einander gegeben haben, als wir mit dem Gymnasium fertig waren!«

»Du Idiot. Du weißt doch wohl, dass es mit diesem Hotel allmählich immer besser läuft. Da entwickeln sich Dinge. Eine neue Schlittschuhbahn, eine Sprungschanze. Ich würde dich am liebsten zum Teufel wünschen, mit all deinem Genörgel. Luftschlösser. Hast du in deinem ganzen Leben woanders als in Luftschlössern gelebt?« Der Hotelbesitzer begann, die Stimme zu erheben.

»Pssst«, sagte Lilleif, »sprich leiser. Okay, Parelius. Du hast mein Angebot bekommen. Es ist immer noch gültig. Ich bin sicher, dass bald etwas passieren wird.«

»Jetzt noch weniger als jemals zuvor. Ich gehe jetzt, dann kannst du hier stehen und deine mystischen Götter anrufen. Gute Nacht!« Der Hotelbesitzer ging, und Lilleif blieb kopfschüttelnd sich selbst überlassen.

Fredric fand nicht, dass das Gespräch außerordentlich interessant gewesen war, aber es schien zwischen den beiden doch einen größeren Konflikt zu geben. Er hatte eine vage Vorstellung davon, worin diese Meinungsverschiedenheit bestehen könnte.

Als Fredric Drum wieder im Bett lag, schlief er ziemlich schnell ein.

Es war Freitagmorgen. Stephen saß schon am Frühstückstisch, als Fredric angeschlendert kam.

»*Good morning, son of Izaak!*«, grüßte Stephen ihn gut gelaunt.

»Izaak?«, fragte Fredric erstaunt und nieste zweimal in die Morgensonne, die zum Fenster hereinschien.

»Na, du weißt wohl nicht, wer Sir Izaak Walton war. Für uns Engländer gehört das zur Allgemeinbildung: Sir Izaak war der Vater des Fliegenfischens, der Verfasser des Werkes *The Compleat Angler,* der Bibel der Petrusjünger.« Stephen schnitt den Fettrand von einer Scheibe Schinken.

»Petrusjünger?« Fredric kam nicht ganz mit.

»Ich gebe auf«, lachte Stephen. »Du weißt doch wohl, dass der Apostel Petrus ein Fischer war? Dass er der Schutzpatron der Fischer ist. Wir, du und ich, alle, die angeln, sind Petrusjünger.«

»Ach so, ja. Dann verstehe ich. Natürlich.« Fredric machte sich über das Frühstück her.

Als beide sich hinreichend gestärkt hatten, schmiedeten sie Pläne für den Tag. Da das Angelglück in der Regel am Nachmittag und Abend am besten war, beschlossen sie, den Großteil des Tages beim Hotel zu verbringen, um dann gegen fünf zum Rødalen zu fahren. Stephen hatte außerdem vor, eine Menge Karten an Freundinnen und Freunde zu schreiben.

Fredric ließ seinen Freund in Ruhe im Wintergarten zurück, wo dieser sich mit einem Stapel Ansichtskarten niederließ. Er selbst machte einen Spaziergang auf dem Weg, der vom Hotel aus bergab führte. Sicherheitshalber hatte er die Wanderkarte mitgenommen.

In einer Kurve wäre er beinahe von sieben Radtouristen umgefahren worden, die mit ziemlich hoher Geschwindigkeit angesaust kamen. Deshalb bog er lieber vom Weg ab. Er fand einen kleinen Pfad, der auf einen Bergvorsprung führte. Von hier hatte er eine wunderbare Aussicht über den Savalen.

Der Jäger Hugar. Ihm ging diese merkwürdige Gestalt einfach nicht aus dem Sinn. Wo lebte er, wo hatte er seine Hütte? In einem kleinen Seitental des Rødalen, hatte Havsten gesagt. Das konnte sonstwo sein, dachte Fredric, während er genau die Karte studierte. Wen konnte er fragen, um genauere Informationen zu bekommen? Weder der Hotelbesitzer Hegtun noch Lilleif Havsten machten den Eindruck, große Bergwanderer zu sein. Deshalb waren sie wohl kaum je beim Jäger zu Besuch gewesen. Aber die Grundbesitzer im Rødalen müssten es wissen. Die wussten es ganz bestimmt.

Die Grundbesitzer. Er studierte die Karte.

Einen Kilometer weiter oben am Weg gab es einen Wegweiser, der zu zwei Almen führte. Ob sie gerade in Betrieb waren, war eine andere Sache. Fredric beschloss, es zu versuchen. Eine Viertelstunde später erreichte er die erste Alm. Da war niemand. Die ursprünglichen Häuser waren abgerissen und durch zwei moderne Ferienhäuser ersetzt worden. Die Fenster waren mit Läden verrammelt. Die andere Alm sollte direkt hinter der nächsten Kurve sein.

Hier hatte er mehr Glück. Auf dem Platz zwischen den Häusern war ein Traktor abgestellt. Ein junger Bursche in einem blau karierten Hemd schraubte an einem Rad des Anhängers herum.

»Hallo«, grüßte Fredric und sah sich nervös um. Er befürchtete, dass ein menschenhassender Köter aus einem der Häuser stürmen könnte.

»Guten Tag«, antwortete der andere, blieb mit dem Schraubenschlüssel in der Hand stehen und musterte Fredric.

»Entschuldigen Sie bitte, dass ich störe, aber ich kenne mich hier in der Gegend nicht aus und dachte, Sie könnten mir vielleicht helfen.« Er streckte die Hand mit der Karte aus.

Der Bursche, der kaum älter als zwanzig war, trocknete sich mit einer ölverschmierten Hand die Stirn ab und legte den Schraubenschlüssel weg.

»Ich kann's ja mal versuchen«, sagte er und betrachtete Fredrics Karte.

»Das Rødalen«, begann Fredric, »das liegt ja wohl hier«, sagte er und zeigte darauf. »Wissen Sie, ob da irgendjemand wohnt, der vielleicht eine Hütte hat oder so?«

»Nee«, antwortete der Junge. »Da wohnt doch keiner.«

»Kennen Sie einen Jäger, der Hugar heißt?« Fredric ließ es darauf ankommen.

Der Junge trat sofort zwei Schritte zurück und sah mit unsicherem Blick an Fredric vorbei. Er antwortete nicht, also versuchte Fredric es noch einmal: »Wissen Sie, ich will einen Artikel über diesen Sonderling schreiben, aber ich weiß nicht genau, wo er seine Hütte hat.«

Der Junge nahm zögerlich die Karte und betrachtete sie lange. Dann sagte er: »Sie liegt fast direkt am Storbekktjern. Oberhalb von dieser Schlucht.« Er setzte einen öligen Finger auf die Karte, etwas links von der Mitte des Rødalen.

Fredric fand den Storbekktjern. Er lag hinter ein paar kleinen Gipfeln in einem nach Westen ausgerichteten Tal. Um den Weiher herum war es ziemlich steil, wie er den Höhenlinien auf der Karte entnehmen konnte.

»Wie weit vom Weiher entfernt?«, fragte Fredric. »Nach Norden, Süden, Osten oder Westen?«

»Nicht mehr als hundert Meter. Ziemlich genau in nördlicher Richtung von der Mitte des Weihers aus. Oben an der Schlucht.«

»Vielen Dank«, sagte Fredric und zog sich zurück.

»Jau, jau«, sagte der Junge und ergriff wieder seinen Schraubenschlüssel.

Nachdem Stephen und Fredric zu Mittag gegessen hatten, schlug Stephen eine einstündige Unterrichtseinheit im Fliegenfischen vor, was Fredric durchaus recht war. Als die Stunde um war, spürte Fredric, dass er die Angelrute jetzt wirklich beherrschte. Er konnte die Fliege mehrere Schwünge lang in der Luft halten, während er die Leine herausließ. Danach ging Stephen seine eigene und Fredrics Fliegenbox durch und erklärte ihm die unterschiedlichen Fliegen. Bald konnte Fredric etliche benennen. Die, mit der er gestern den Fisch gefangen hatte, hieß *Greenwell's Glory*. Laut Stephen eine sehr sichere Fliege.

Es war nur noch eine Stunde Zeit, bis sie aufbrechen wollten, und sie erholten sich mit einem kalten Bier vor dem Hoteleingang. Ein Auto kam vorgefahren und parkte. Fredric beobachtete, wie zwei Personen ausstiegen, die begannen, ihre Koffer aus dem Kofferraum zu holen. Als sie sich dem Eingang näherten, zuckte er zusammen und erhob sich halb von seinem Stuhl. Dieses Mädchen hatte er schon mal gesehen!

Stephen war Fredrics Reaktion aufgefallen. Er starrte seinen Freund erstaunt an.

»Something wrong?«, fragte er.

»Pssst!«, antwortete Fredric, ergriff eine Zeitung, die auf dem Tisch lag, und verbarg sich dahinter.

Die beiden Neuankömmlinge gingen hinein, und Stephen sah wie ein Fragezeichen aus. »Schönes Mädchen«, sagte er.

Die Gedanken rasten durch Fredrics Kopf. Was konnte das bedeuten? War das schon wieder ein Zufall? Das Mädchen, das gerade in der Hotelrezeption verschwunden war, war das Mädchen in Blau. Das in der »Kasserolle« aufgetaucht war und nichts gewollt hatte, als sich »umzuschauen«. Und ihn zu provozieren. »So, so, hier ist der Pilger also zu Hause.« Die Worte klangen immer noch in ihm nach.

Plötzlich warf er die Zeitung auf den Tisch und sprang von seinem Stuhl hoch. Hatte er nicht beschlossen, den Stier bei den Hörnern zu packen? Wieso saß er hier und versteckte sich wie irgendein Schwachkopf? Nein, so nicht!

»Warte bitte mal eben hier, Stephen. Bin gleich zurück.« Damit verschwand er in Richtung Rezeption.

Sie standen an der Empfangstheke und waren gerade dabei, sich einzutragen. Der Mann, mit dem sie gekommen war, war viel älter als sie und sah ihr ähnlich. Das musste ihr Vater sein, dachte Fredric. Er baute sich demonstrativ hinter ihnen auf und wollte sich gerade laut räuspern. Stattdessen musste er viermal heftig niesen.

Das Mädchen drehte sich um. Sie wirkte nicht im mindesten erstaunt darüber, Fredric zu sehen. Sie lächelte. Und errötete. Jetzt *errötete* sie ausgerechnet, dachte er und wusste nicht, wie er weiter vorgehen sollte.

»Hallo«, sagte sie.

»Hallo«, antwortete er.

»Papa«, sagte sie und ergriff den Arm ihres Vaters, der damit beschäftigt war, das Formular des Hotels auszufüllen. »Papa. Hier ist Fredric Drum.«

Der Mann drehte sich um, sah ihn neugierig an und lächelte plötzlich breit. Er gab Fredric die Hand und begrüßte ihn herzlich.

»Wie schön, Sie kennenzulernen«, sagte er, »Sie sind also schon vor Ort. Ja, wir haben uns auch dafür entschieden, etwas früher zu kommen. Mein Name ist Victor Hornfeldt. Das ist meine Tochter Julia.«

Sie streckte die Hand aus, und jetzt war es Fredric, der spürte, wie ihm das Blut ins Gesicht stieg. Er nickte und setzte ein steifes Lächeln auf, während er ihre Hand ergriff. Victor Hornfeldt! Professor der Archäologie. Einer der berühmtesten Wissenschaftler Skandinaviens auf dem Feld der altnordischen Kulturen. Professor Hornfeldt war derjenige gewesen, der ihm geschrieben und ihn eingeladen hatte, bei der Erforschung der hiesigen Funde dabei zu sein. Auch hatte er Fredric den anderen Mitgliedern der Ausgrabung für die Auswertung der Inschriften auf den Gegenständen empfohlen.

Er hatte praktisch darauf bestanden, dass Fredric Drum teilnehmen sollte, als einige mürrisch erwidert hatten, dass Amateure nun mal Amateure blieben.

Victor Hornfeldt.

Fredric leierte irgendwelche Höflichkeitsphrasen herunter und fuhr mit einem Lobgesang auf die Natur in der Umgebung des Hotels fort. Dann zog er sich zurück, wobei er erklärte, dass er und ein Freund sich gerade auf einen Ausflug vorbereitet hätten.

»Dann sehen wir uns heute Abend in der Bar. Ich bin schon auf Ihre Ansichten zu gewissen Dingen gespannt«, sagte Hornfeldt.

Draußen ging Stephen auf und ab und war sehr neugierig auf eine Erklärung dazu, was so plötzlich in seinen Freund gefahren war. Im Auto, auf dem Weg zum Rødalen, erzählte Fredric Stephen die Geschichte von dem Mädchen in Blau und wer ihr Vater war.

»Ist dir klar, was sie ausgerechnet an dem Tag in der ›Kasserolle‹ wollte?«, fragte Fredric schließlich.

»Kann mir schon was vorstellen«, antwortete Stephen mit einem Zwinkern.

Sie stellten den Wagen ungefähr an derselben Stelle ab wie letztes Mal, gingen aber dann zu Fuß etwa einen Kilometer weiter ins Tal hinein bis zu dem Weiher, der auf der Karte am größten aussah: dem Steintjern. Hier bauten sie ihre Angelausrüstung zusammen und wünschten einander Petri Heil. Sie hatten vor, sich allmählich rückwärts durch alle kleinen Ausbuchtungen und Weiherchen hindurchzufischen, bis sie sich schließlich gegen neun wieder am Auto treffen würden.

Fredric ging zum westlichen Ufer des Gewässers und stellte sich auf eine kleine Landzunge. Dort zog er wieder die Karte hervor. Wenn er nur noch ein paar Hundert Meter weiter aufwärts ginge, würde er zu einem verlockenden kleinen Weiher kommen, dem Vesltjern. Dieser lag auf gleicher Höhe wie der Storbekktjern, wo sich der Jäger Hugar niedergelassen haben sollte. Aber um dorthin zu kommen, musste er über einen Bergkamm klettern. In reiner Luftlinie betrug die Entfernung nicht mehr als einen knappen Kilometer.

Im Vesltjern war ständig ein Zucken von Fischen an der Oberfläche zu sehen. Um den größten Teil des Weihers herum war das Ufer moorig, was zum Fliegenfischen gut war, weil dort keine Büsche und Bäume standen, die das Ausholen mit der Leine hätten behindern können.

Fredric spürte, wie sein Herz pochte, während er über die Moospolster auf das Ufer zuschlich. Den Kescher hatte er an seinem Gürtel befestigt. Einige Meter vom Wasser entfernt machte er sich bereit.

Die Leine surrte durch die Luft, drei Schwünge zum Ausholen und dann: Hinaus!

Die Fliege landete wunderbar, fast genau an der Stelle, wo vor wenigen Sekunden noch ein Fisch aufgetaucht war.

Und sie blieb nicht lange ruhig dort liegen: Fredric sah die Ringe auf dem Wasser, spürte den Ruck und zog vorsichtig an. Damit hing der Fisch fest. Er war größer, bedeutend größer als der erste, den er gefangen hatte. Er machte Sprünge, die einen halben Meter hoch waren, sodass Fredric vor Anspannung die Luft anhielt. Dann beruhigte der Fisch sich und versuchte, sich in die Tiefe zurückzuziehen. Fredric befolgte Stephens Ermahnungen: Er zog die Leine ruhig ein, während er die Rute hochhielt. Ihre weiche Spitze zitterte und vibrierte und zeigte unter dem Gewicht des Fisches fast senkrecht nach unten. Der Fisch näherte sich dem Land, und Fredric hielt den Kescher bereit. Da war er! Blitzschnell schlug er mit dem Kescher ins Wasser und drehte ihn um. Heraus kam eine zappelnde fette Forelle, mit großen roten Punkten den Rücken entlang.

Er konnte kaum glauben, dass er das wirklich erlebt hatte! Ohne einen einzigen Fehler zu machen, hatte er diesen schönen Fisch an Land gezogen, der größer war als der größte, den Stephen gestern gefangen hatte. Siebenhundert Gramm, schätzte er. Lange musste er die schöne Bergforelle bewundern, die auf einem Mooskissen lag, umkränzt von grünen Molteblättern. Dies war eine Welt, von deren Existenz er nichts gewusst hatte.

Die nächste Stunde wurde das reinste Abenteuer für den frischgebackenen Fliegenfischer. Er zog noch fünf Forellen an Land. Drei hatte er verloren, und viele waren an der Fliege interessiert gewesen, ohne anzubeißen. Benommen von all diesen Eindrücken und in einem merkwürdigen Rausch, steuerte er einen kleinen Gebirgsbach an, der weiter oben am Hang an einer Wiese entlangfloss.

Hier setzte er sich hin und atmete tief durch. Dann ging er an den Bach, legte sich auf den Bauch und trank.

Das Rødalen. So war also das Rødalen!

Es war schwül. Schwere Wolken zogen sich im Norden zusammen. Das ließ ein Gewitter erwarten. Er sah auf die Uhr. Es war fast halb acht.

Sollte er? War es wirklich unbedingt nötig? Ja, er musste es tun. Er hatte sich selbst versprochen, scheinbare Zufälle nicht mehr als Zufälle zu betrachten, solange es keinen Beweis dafür gab. Der Jäger Hugar hatte vierzig Jahre auf Grönland verbracht und hielt sich jetzt im Rødalen auf. Das *konnte* natürlich ein Zufall sein. Wenn da nicht die Puppe gewesen wäre.

Fredric legte seine Angelausrüstung neben einen großen Stein, den er leicht wiederfinden würde. Dann machte er sich auf den Weg den Hang hinauf in die Richtung, in der der Storbekktjern liegen musste. Es war ein steiler Aufstieg, und er musste mehrmals anhalten, um sich den Schweiß abzuwischen und wieder zu Atem zu kommen. Endlich hatte er den höchsten Punkt erreicht.

Jetzt hatte er freie Aussicht über das Rødalen in seiner ganzen Länge. Er sah den Toyota da unten und meinte, eine Bewegung am südlichen Ende des Steintjern zu sehen, wo Stephen gerade sein mochte. Weiter nördlich im Tal glitzerte ein Gewässer nach dem anderen. Er beschattete seine Augen und erkannte etwas großes Graues zwischen zwei kleineren Weihern. Da musste er sein. Da war er: der Fundort.

Große Planen waren über Stöcke gespannt, die man ins Moor gesteckt hatte. Und er konnte einen Zaun erahnen, der ein ziemlich großes Gebiet rundherum eingrenzte. Norwegens aufregendster Ort in Sachen Archäologie.

Er wandte sich nach Westen. Dorthin fiel der Berg, auf dem er stand, schräg in ein enges, karges Gebirgstal ab. Er konnte auch dort Gewässer erkennen.

Es war jetzt ziemlich düster und drückend geworden. Er hörte das Rumpeln von fernem Donner. Ansonsten war kein

Laut zu hören, kein Schafsglöckchen, kein Kuckuck. Das Gebirge erwartete ein Unwetter.

Fredric hatte ein grimmiges Lächeln um den Mund, als er den Storbekktjern erreichte. Jetzt steckte er mal wieder mittendrin, und die Umgebung und das Wetter waren passend: ziemlich unheimlich. Er warf sich am Ufer nieder und trank gierig.

Dann setzte er sich auf und sah sich um.

Die Umgebung des Weihers war kahl und steinig. Genau in nördlicher Richtung hing ein großer Felsvorsprung, der jeden Augenblick abzustürzen und das ganze Tal auszufüllen drohte. An Bäumen war nicht viel zu sehen, außer an der Nordseite des Wassers. Hier verlief ein kleines Tal oder eine Kluft weiter nach innen, bis direkt unter den Felsvorsprung. Dieses kleine Tal schien relativ fruchtbar zu sein, und Fredric dachte bei sich, dass sich dort, genau da drinnen, der bestgeschützte Ort im Umkreis von zehn Kilometern befand. Die Winterstürme waren hier oben sicher keine Kleinigkeit, und der Jäger Hugar wusste wohl, wo er sein Haus aufstellen musste. Irgendwo da drinnen musste die Hütte des Jägers liegen.

Er fand einen Pfad, der vom Wasser ausging. Der zeigte ihm die genaue Richtung.

Fredric ging langsam. Was wollte er zu diesem Hugar sagen? Wie sollte er erfahren, was er wissen musste, um beruhigt sein zu können? Und was wäre, wenn sich seine schlimmsten Ahnungen bewahrheiten würden? Was dann? Er konnte sich nicht verteidigen.

Drei Belgier waren hier verschwunden. War das auf dem Weg an Hugars Hütte vorbei passiert? Hatten sie etwas entdeckt, was sie nicht hätten sehen dürfen? Seine schwarzen Phantasien drohten, mit ihm durchzugehen. Er hielt einen Moment an und lehnte sich gegen eine knorrige Birke.

Natürlich war es zunächst einmal noch nicht verdächtig, dass der alte Jäger auf Grönland gewesen war. Das galt schließlich sogar für den Meisterkoch Nielsen vom »D'Artagnan«. Aber Fredric musste es einfach *genau wissen*. Musste wissen, dass er sich jetzt sicher fühlen konnte. Um keinen Preis wollte er riskieren, dass Stephens und sein Urlaub kaputt gemacht würde.

Der Himmel über ihm war kohlrabenschwarz und nicht mehr von dem riesig aufragenden Bergüberhang zu unterscheiden.

Plötzlich sah er etwas Dunkles direkt vor sich, etwas Großes und Viereckiges, das sich ganz dicht an den Berg dahinter drückte. Hugars Hütte.

Er versuchte, eine fröhliche Melodie zu pfeifen. Laut und herzzerreißend falsch: »Junge, komm bald wieder.« Kam er nicht rein zufällig hier vorbeigeschlendert? Doch, doch, natürlich!

Genau in diesem Moment wurde das Gelände um ihn herum für den Bruchteil einer Sekunde von einem blendend weißen Licht erleuchtet, und ein ohrenbetäubender Knall war zu hören. Der Donner rollte mit solcher Kraft über den Himmel, dass Fredric sich die Ohren zuhalten musste. Er rannte die letzten Meter bis zur Hütte und klopfte an die Tür.

Niemand antwortete. Es herrschte eine bedrückende Stille bis zum nächsten Donnerschlag, der noch gewaltiger war als der erste. Fredric blickte erschrocken zum Himmel auf, in Richtung Bergvorsprung. Und wenn der sich wirklich vom Berg löste? Fredric schlug mehrmals gegen die Tür. Es war vollkommen vergeblich. Er sah, dass sie mit einem schweren Vorhängeschloss verschlossen war.

Er verwünschte sein Pech. Konnte dieser verdammte Jäger nicht zu Hause bleiben, wenn Fredric sich schon die Mühe gemacht hatte, in diese Wildnis vorzudringen? Er blieb stehen und starrte die Hütte an. Solide gebaut. Aus Steinen, Torf und Holz. Oben aus dem Dach ragte ein braunes Rußabzugsrohr hervor. Neben der Tür gab es ein kleines Fenster. Die Wände entlang war Feuerholz in regelmäßigen Stapeln aufgeschichtet. Der Platz vor der Hütte war sorgfältig aufgeräumt, und ein paar flache Steinplatten führten zur Tür. Der Jäger schien ziemlich viel von Ordnung zu halten.

Weitere Blitze und weitere Donnerschläge. Es kam ihm so vor, als ob sich das Unwetter direkt über ihm festgesetzt hätte. Er spürte einige leichte Regentropfen auf der Stirn. Bald würde es wohl richtig schütten und er bis auf die Haut durchnässt werden.

Plötzlich fühlte er, wie sich eine Hand auf seine Schulter legte, und er zuckte entsetzt zusammen. Er drehte sich blitzschnell um und blickte direkt in das braune, verwitterte Gesicht des Jägers Hugar.

»Ein Fischer, der sich verlaufen hat?« Das kantige Gesicht mit seinen scharfen Zügen wurde von einer Art Lächeln überzogen. Die Stimme war nicht unfreundlich.

»Nun ja.« Fredric räusperte sich und versuchte, nicht verkrampft zu wirken.

Ein neuer Donnerschlag machte es unmöglich, mehr zu sagen; sie standen sich gegenüber und betrachteten einander. Dann begannen schwere Tropfen zu fallen, und bald goss es in Strömen.

»Komm«, sagte der Jäger und zog Fredric zu der Hütte. Dort wurde er an der Tür sich selbst überlassen, während Hugar hinter der Hüttenwand verschwand. Bald war er mit einem Schlüssel in der Hand zurück und schloss auf. Fredric wurde in die Hütte gestupst und blieb drinnen im Dunkeln stehen, triefend wie ein nasser Hund. Seine Hand in der Hosentasche drückte den Kristallstern. Wie gerne hätte er ihn gegen das

Licht gehalten, um zu sehen, was für Strahlen er jetzt gerade aussandte.

Der Jäger kramte irgendwo da drinnen herum, dann wurde eine Kerze angezündet, danach eine Paraffinlampe und schließlich noch eine. Die Einrichtung der Hütte trat für Fredric jetzt deutlich hervor.

Die Steinplatten, die den Boden bildeten, waren dicht und sauber verfugt, fast professionell. Ein Kamin war entlang der einen kürzeren Wand hochgezogen, und ein kleiner Ofen stand darin. Die Möblierung bestand aus zwei Hockern, einer Bank, einem Tisch mit grober Tischplatte und einer Schlafpritsche, deren Kopfende dicht am Ofen stand. Außerdem gab es noch ein paar Schränke. Fußboden und Wände waren teilweise von Fellen bedeckt. Hauptsächlich Rentierfelle, wie Fredric bemerkte, aber auch andere Arten, die er nicht identifizieren konnte. Ansonsten erstaunten ihn die Wände und der Kamin.

Ringsherum hingen nämlich merkwürdige Gegenstände. Gegenstände, bei denen er keinen Nutzen und Sinn erkennen konnte, aber auch Dinge, die er wiedererkannte: Äxte, Messer, kleine Speere, Pfeil und Bogen, kreideweiße Zähne, die von einem Walross stammen mussten, Ketten, glitzernde Steine, mehrere Gewehre, Schneeschuhe und vieles mehr. Mittendrin entdeckte er ein kleines Bücherregal mit Büchern. Zerlesen und alt, wie er sah.

Der Jäger stand unbeweglich da und betrachtete Fredric dabei, wie er sich neugierig umsah. Dann zeigte er auf einen Hocker, und Fredric setzte sich wie ein Schuljunge artig darauf.

»Setz dich hin, bis der schlimmste Regen vorbei ist«, sagte Hugar einfach. Dann begann er, etwas aus einem Schrank hervorzusuchen.

Bevor Fredric protestieren konnte, lag ein Stück getrocknetes Fleisch in seinem Schoß. Hugar setzte sich auf den anderen Hocker und nagte eifrig an einem anderen Stück herum, wobei er Fredric die ganze Zeit auf eine etwas abwesende, aber trotzdem intensive Weise im Blick behielt.

»Neugierig, was?« Der Jäger lächelte schief.

»Ja, das kann man wohl sagen«, antwortete Fredric, der sich allmählich beruhigte. »Es kommt ja heutzutage nicht so oft vor, dass man Gelegenheit bekommt, Menschen wie dich zu treffen. Ich hätte kaum gedacht, dass es die noch gibt.« Ihm war aufgefallen, dass der Jäger keinen bestimmten Dialekt sprach.

»Hast du hier unten geangelt?« Hugar zeigte hinunter auf den Storbekktjern.

Fredric schüttelte den Kopf.

»Das solltest du mal probieren. Große Saiblinge. Keine Forellen. Aber schwer zu fangen.«

An Hugar war irgendetwas, das Fredric nicht zu fassen bekam. Die Art, wie er sprach, war nicht direkt feindselig, aber auch nicht freundlich. Vielleicht ein Ausdruck von Schüchternheit. Redete er nur deshalb über solch alltägliche Dinge, um ihn zu beruhigen? Dieser merkwürdige, ferne Blick, der über irgendetwas Bescheid zu wissen schien ... Oder war es der jahrelange Kampf gegen die Elemente, gegen Schnee, Eis und Kälte, der sich in den Augen des alten Jägers widerspiegelte? Fast achtzig war er. Fredric hätte ihn für keinen Tag älter als sechzig gehalten. Er sah, wie solide, weiße Zähne Stücke von dem trockenen Fleischstück zerrten. Dann nahm er einen Bissen von seinem eigenen und kaute lange daran. Draußen rumpelte es zwar noch vereinzelt, aber das Unwetter war weitergezogen. Jetzt musste er zur Sache kommen, wenn er das Auto zur verabredeten Zeit erreichen wollte.

»Grönland«, begann er vorsichtig. »Ich habe gehört, dass du dich lange auf Grönland aufgehalten hast?«

Hugar kaute und schwieg.

»Ich interessiere mich persönlich sehr für Grönland, für die alte Eskimokultur, und ich habe mich gefragt, ob du vielleicht ...«

»Bitte sehr, sieh dich gründlich um. Fast alles an den Wänden stammt aus Grönland«, unterbrach ihn der Alte.

Aus Höflichkeit erhob sich Fredric und fing an, einige Gegenstände näher zu untersuchen. Er nickte anerkennend. Plötzlich entdeckte er einen kleinen Rahmen, der zwischen so etwas wie einem Eskimopilker und einer Art Holzknüppel hing. In diesem Rahmen stand auf vergilbtem Papier ein Gedicht geschrieben. Es hatte drei Strophen. Fredric erschrak, als er las:

»Wo das Eis liegt blau und kalt
und der Tag harrt des Jägers Signal,
dort treibt man ein Volk mit Qual und Gewalt
hinfort von dem fruchtbaren Tal.

Wo die Mutter ihr Kind gestillt im Tod,
dort schwor der kleine Jäger den Eid,
hinfort von Hunger und Not
die Rache schritt übers Gebirge weit.

Und die Rache lockte man in des Totenreichs Saal,
während sich aus den Flüssen der Kummer ergoss,
bald bauten Fremde in dem fruchtbaren Tal,
das des Jägers Burg umschloss.«

Die ersten beiden Strophen kannte er nur zu gut. Die dritte war ihm noch nicht begegnet.

Er riss sich zusammen und sagte ruhig: »Ein wunderbares Gedicht. Selbst geschrieben?«

Hugar nickte und kaute, und das Licht der Paraffinlampen warf ein unheimliches Glühen in seine Augen. Du lügst. Du hast dieses Gedicht nicht geschrieben. Es ist mehrere Hundert Jahre alt und wurde im vorigen Jahrhundert aufgezeichnet, dachte Fredric. Er setzte sich vorsichtig wieder auf seinen Stuhl.

Draußen hatte es wieder aufgeklart. Es regnete kaum noch.

Die Gegenstände an den Wänden waren zum größten Teil Waffen. Neue und alte, kunterbunt gemischt. Schlagwaffen, Stichwaffen, Knüppel und Hacken, Dorne und Speere. Dazu all die Gewehre. Wenn der Jäger den Wunsch haben sollte, nicht nur Tiere zu töten, hatte er reichliche Auswahl. Plötzlich fühlte Fredric sich eiskalt und entschlossen. Er wollte nicht länger hier sitzen, sich alles Mögliche vorstellen und doch um das Eigentliche herumreden. Er stand unvermittelt auf und ging direkt auf den Jäger zu, der immer noch an seinem Fleischstück herumnagte.

»Der Grund, warum ich hier bin«, sagte er, »ist, dass ich wissen will, ob du eine bestimmte Art von Puppe kennst, die die Inuit in alten Zeiten benutzt haben, um damit ihr Jagdglück zu beschwören. Sie sollte magische Kräfte haben. Sie sieht der Mumie einer Kinderleiche, die vor einigen Jahren gefunden wurde, zum Verwechseln ähnlich. Hast du davon womöglich ein Bild gesehen?«

Der Jäger hörte auf zu kauen. Seine Augen wurden so scharf wie Eissplitter. Er stand langsam von seinem Stuhl auf. Dann ergriff er etwas unter seinem Hemd und zog es hervor.

»Meinst du vielleicht die hier?«

In der Hand hielt er die Puppe. Ihre Augen waren so gelb wie die Flammen der Paraffinlampen.

6

Ein englischer Fliegenfischer trinkt viel Whisky, jemand bittet zum Tanz, während andere in der Sommernacht niesen

»Mach, dass du rauskommst, du Schnüffler!« Hugar öffnete die Tür und stieß Fredric geradezu hinaus. »Und halt dich in Zukunft von meiner Hütte fern, du verdammter Verbrecher!« Damit schlug die Tür wieder zu, und innen wurde ein Riegel vorgeschoben.

Fredric blinzelte. Nach dem gewaltigen Regenguss stiegen ihm die Gerüche der Natur in die Nase, und in der Nähe hatte ein Kuckuck wieder zu alter Aktivität zurückgefunden. Ziemlich verstört wanderte Fredric den Pfad zum Storbekktjern hinunter.

Er war rausgeworfen worden, regelrecht rausgeworfen! Ein recht nettes Gespräch hatte mit rasender Wut des alten Jägers geendet.

Die Puppe.

Fredric stutzte. Es konnte nicht dieselbe Puppe gewesen sein, aber sie sah der anderen sehr ähnlich. Er hatte nur einen kurzen Blick darauf werfen können, aber dabei hatte er bemerkt, dass unter anderem die Farbe der Fellhose bei diesem Exemplar viel heller war. Die Puppe, die Hugar unter seinem Hemd trug, wirkte neuer. Er begriff immer weniger, was hier vorging.

Trotzdem war er erleichtert. Er hatte das Gefühl, als ob ihm eine große Last von den Schultern gefallen sei. Denn er war jetzt von *einer Sache* überzeugt: Von dem alten Jäger hatte er nichts zu befürchten. Hugar war exzentrisch, leicht erregbar und konnte einem schon Angst einflößen. Aber er war kein kaltblütiger Mörder.

Als Fredric mit dem Aufstieg vom Storbekktjern begann, sah er auf die Uhr. Es war halb neun. Er würde das Auto mühelos zur vereinbarten Zeit erreichen.

Er fragte sich, warum Hugar wütend geworden war. Wieso diese Reaktion, sobald Fredric die Puppe erwähnt hatte? Vierzig Jahre auf Grönland. Vierzig Jahre als Jäger, wahrscheinlich über lange Zeiträume mit Eskimos als einzigen Nachbarn. Wie stark hatte er die mythenreiche Kultur der Eskimos in sich aufgenommen? Eine Jagdkultur, in der der Aberglaube immer noch eine große Rolle spielte. Fredric verstand plötzlich, dass der alte Jäger die nachtschwarze Mystik des Gletscherlandes ständig mit sich herumtrug, dass die Puppe, die er bei sich hatte, wohin es ihn auch verschlug, für seine persönliche Sicherheit alles bedeutete. Für ihn war die Puppe mehr als ein Symbol: Sie war der Wegweiser der kargen Natur. Das machte Hugar wahrscheinlich zum einzigen Inuit Norwegens.

Aber wie wütend er geworden war. Und Fredric hatte eine schwache Ahnung, warum.

Hugar hatte bestätigend genickt, als Fredric gefragt hatte, ob er derjenige gewesen sei, der das Gedicht an der Wand geschrieben habe. Natürlich hatten *alle* Eskimos auf Grönland das Gedicht geschrieben. Es war ihr Gedicht, es war Hugars Gedicht. Hinter diesem Gedicht stand nicht eine einzelne Person, sondern eine ganze Kultur, ein ganzes Volk, das von unerwünschten Eindringlingen, fremden Gedanken und erschreckenden Sitten und Gebräuchen Schritt für Schritt auf den Abgrund zu gedrängt worden war.

Fredric lief den Hang hinab. Er sang aus vollem Hals vor

sich hin. Das war eine gelungene Expedition gewesen. Und damit nicht genug: Da unten beim Stein lag ein phantastischer Fischfang, der auf ihn wartete. Er freute sich auch darauf, seinen Freund wiederzutreffen.

Er hob seine Angelausrüstung auf, die genauso dalag, wie er sie verlassen hatte. Dann sprang er über die Moospolster und tanzte zwischen den Birkenstämmen hindurch geradewegs zu der Stelle, wo der Toyota abgestellt war.

Stephen stand vor dem Auto und wartete, als er kam. Das breite Lächeln des Engländers war schon von Weitem zu sehen.

»*God damn*«, rief er aus, »*I thought the lightning had taken you!*«

Fredric erzählte ihm, dass er sich oben unter ein paar großen Steinen untergestellt habe, während das Unwetter am schlimmsten tobte. Stephen war dagegen vom ersten Donnerschlag völlig überrascht worden, so war er in seiner Fischerei aufgegangen, aber dann war er, so schnell er konnte, zum Wagen zurückgerannt.

»Du weißt ja, ein Faradaykäfig ist immer noch am sichersten«, sagte er.

Jeder sah sich gespannt die Fischausbeute des anderen an. Stephen schüttete als Erster seine Tasche auf die Erde aus. Elf Forellen, nicht allzu groß, aber schön. Dann war Fredric an der Reihe. Er räusperte sich lange und gründlich, rieb sich ein imaginäres Stäubchen aus dem Auge. Dann zog er eine nach der anderen hervor und legte sie in einer säuberlichen Reihe aus. Sechs Stück. Alle waren größer als die größte, die Stephen gefangen hatte.

»*Go right to Birmingham and tell the King!*«, rief dieser aus. Dann hob er sie nacheinander auf und wog sie in den Händen. »Wo?«

Fredric erzählte vom Vesltjern und zählte auf, wie viele er am Köder gehabt hatte, die er wieder verloren hatte. Eine davon musste fast ein Kilo gewogen haben, meinte er. Damit bewies er, dass er auf dem besten Weg war, ein richtiger Fischer zu werden: Für einen richtigen Fischer sind *immer* die Fische, die man verloren hat, die größten.

Sie redeten eine Zeit lang über das Wetter und die Fischerei, aber kurz bevor sie fahren wollten, sagte Stephen plötzlich: »Nach dem Gewitter habe ich noch einen Ausflug an den Waldrand da oben gemacht. Habe nach dir Ausschau gehalten. Plötzlich wäre ich beinahe in ein Loch oder einen Graben gefallen. Der kam mir komisch vor, und ich kann mir nicht vorstellen, was für einen Sinn es gehabt haben kann, dort zu graben. Außerdem sah es so aus, als ob dort eine Menge verbrannt worden wäre.«

Fredric wurde neugierig. »Ist das weit von hier?«, fragte er.

»Nein, es ist gleich da oben«, sagte Stephen und zeigte in die Richtung.

Da wegen des schwülen Wetters alles voller Mücken war, rieben sie sich gründlich mit Mückenöl ein, bevor sie sich auf den Weg den Hang hinauf machten. Stephen ging voraus. Sie bahnten sich einen Pfad durch dichtes Krüppelbirkengestrüpp und kamen in ein Gebiet, das durch einige knorrige Birken abgeschirmt war. Dahinter hatte jemand ein großes Loch in die Erde gegraben. Auf dem Grund dieser Grube lag ein riesiger Haufen Asche und Kohle. Von dem Loch aus konnten sie sehen, dass auch drei bis vier Meter weiter oben an einem kleinen Hang einige Gräben ausgehoben worden waren. Über diesen lagen halb verrottete Birkenzweige. Die Gräben waren nicht mehr als einen halben Meter tief, während das große Loch mindestens eine Tiefe von einem ganzen Meter hatte.

»Das wirkt so, als ob jemand die Gräben abgedeckt hätte«, sagte Fredric.

»Was kann das sein?«, wunderte sich Stephen. »Gefährlich für Tiere, die in das Loch fallen könnten«, fügte er hinzu.

Fredric stutzte. Was sollte das sein? Er konnte nicht gleich eine Erklärung finden. Nach dem Zustand der Vegetation zu urteilen, waren das Loch und die Gräben schon vor einiger Zeit ausgehoben worden. Aber es konnte sich nicht um viele Jahre handeln. Er schüttelte den Kopf.

»Keine Ahnung«, sagte er, »aber es gibt bestimmt eine ganz einfache und natürliche Erklärung dafür. Die Menschen hier oben beschäftigen sich mit allem Möglichen. Vielleicht wollte da jemand die alte Kunst des Schlackenbrennens demonstrieren. Obwohl es eigentlich nicht so aussieht, als ob in den Mooren hier in der Gegend viel Eisen wäre.«

Sie gingen noch ein paar Mal um das Loch und die Gräben herum, bevor sie sich zurück zum Auto begaben. Die Berghänge im Osten waren in das Licht der Abendsonne getaucht.

Er spürte es kräftig in den Waden und den Oberschenkeln. Nachdem er den ganzen Tag durchs Moor gestapft und steile Hänge hochgeklettert war, fühlte er sich steif und hatte einen Muskelkater. Das war etwas anderes, als in der »Kasserolle« zwischen den Tischen und der Küche hin und her zu laufen. Als er in die Hotelbar kam, spielte im Hintergrund Musik.

Es war ziemlich voll dort, und er sah, dass Stephen mit einem großen Glas Whisky vor sich an einem Tisch saß. Sein breites Lächeln erstrahlte auch hier unten. Fredric holte an der Bar eine Weinkarte, bevor er sich zu seinem Freund setzte.

»Stephen fünfundzwanzig – Fredric sieben«, sagte der und erhob das Glas.

»Warte nur«, drohte Fredric, »wir haben gerade erst angefangen!«

Er studierte sorgfältig die Weinkarte und war angenehm überrascht. Hegtuns Weinkeller war gar nicht so schlecht ausgestattet. Hier gab es sowohl einen Château Giscour als auch einen Léoville Barton sowie eine gute Auswahl an Burgundern und Chianti Classico. Er wählte einen Château Léoville Barton, Jahrgang 82. 1982 konnte sich noch als Jahrhundertjahrgang für die Bordeaux-Weine erweisen. Aber es war noch etwas zu früh, um das mit Sicherheit zu sagen.

An der Rezeption hatte er erfahren, dass weitere Wissenschaftler eingetroffen waren. Das ganze Team der Norges Tekniske Høgskole war jetzt vor Ort sowie ein paar Professoren vom Institut in Blindern und natürlich Professor Victor Hornfeldt. Jetzt würde es sehr bald losgehen.

Die Stimmung in der Bar war ausgelassen. Fredric wurde sein Léoville wohltemperiert serviert. Stephen machte sich über seinen vierten Whisky her. Die Bergluft hatte offensichtlich den Durst des Engländers stark angeregt.

Fredric sog das Bouquet des edlen Jahrganges ein und nickte vor sich hin. Als die ersten Tropfen seiner Zunge und seinem Gaumen wohltaten und er wahrnahm, wie sonnenreiche, aufregende Düfte durch seine Nase emporströmten, beneidete er niemanden auf der Welt, der nicht Fredric Drum oder Stephen Pratt war.

Stephen hatte inzwischen einen Zustand erreicht, der in gewissen Kreisen als *delirium truttal* bezeichnet wird. Symptomatisch für diesen Zustand war eine chronische Wiederholung von gewissen Details im Zusammenhang mit Fischen, mit denen er in Berührung gekommen war oder die er gesehen, aber nicht gefangen hatte. Der Einsatz beider Arme zur ungefähren Visualisierung der Größe, die das jeweilige Exemplar wohl gehabt haben mochte, gehörte auch mit zum Erscheinungsbild eines echten *delirium truttal.* Die nächste Phase bestand dann oft aus tiefsinnigen Gedanken und philosophischen Erwägungen. Als er sich den fünften Whisky hinter die Binde gegossen hatte, wurde der Engländer verdächtig still.

»Hast du was?«, fragte Fredric.

Stephen schüttelte energisch den Kopf. Dann streckte er seinen Zeigefinger fast bis zu Fredrics Kinn aus und sagte: »Die Forellen werden immer größer und größer, je weiter wir uns das Tal hoch bewegen, *I go right to Birmingham 'n' tell the King!*« Damit hatte sich die Essenz seiner Philosophie erschöpft.

Eine bekannte Gestalt kam die Treppe zur Bar herunter, und Fredric trank einen großen Schluck aus seinem Weinglas. Das Mädchen in Blau, die schöne Julia Hornfeldt. Schön mit einer Aura stilisierter Überlegenheit. Das konnte auch Unsicherheit sein, dachte Fredric. Sie blieb stehen und sah sich im Lokal um. Als sie Fredric erblickte, drehte sie sich jäh um, ging direkt an die Bar und setzte sich dort auf einen Hocker, halb hinter einer Wand verborgen.

Gleich danach kam auch ihr Vater. Er ging geradewegs zu dem Tisch, an dem Stephen und Fredric saßen.

»Störe ich?«, fragte er.

Nachdem man ihm versichert hatte, dass davon keine Rede sein könne, suchte er sich einen Stuhl und setzte sich. Fredric stellte ihn Stephen vor, und als Hornfeldt erfuhr, dass der Engländer Archäologe war und der University of Cambridge angehörte, funkelten die Augen des Professors vor Interesse, und bald waren die beiden in eine längere Diskussion über diverse Theorien zur Besiedlung des amerikanischen Kontinents verwickelt. Hornfeldt kannte sich offensichtlich auch noch auf anderen Feldern als der altnordischen Archäologie aus.

Fredric genoss seinen Wein und lauschte dem Gespräch mit halbem Ohr. Aber dann wandte Hornfeldt sich an ihn: »Es freut mich, dass Sie kommen konnten, Drum. Ich habe Ihre Berichte und Theorien über gewisse Ursprachen mit großem Interesse gelesen. Sie haben da bedeutende Arbeit geleistet, für die ich großen Respekt habe. Dabei denke ich nicht zuletzt an die *Linear B* und die Revolution gegen die minoischen Scharlatanerien von Evans und Ventris. Das war aber auch wirklich an der Zeit. Doch es wird wohl noch ein paar Jahre dauern, bis sich Ihre Deutung durchgesetzt haben wird. Sie müssen bedenken, dass Evans und Ventris fast fünfzig Jahre lang auf diesem Gebiet die Alleinherrschaft hatten. Jetzt bin ich wirklich gespannt, was Sie aus dem herausholen können, was uns drüben im Rødalen untergekommen ist. Ich habe selbst ein paar der Gegenstände gesehen, die Inschriften tragen, und die sehen tatsächlich interessant aus. Es ist durchaus nicht unwahrscheinlich, dass es sich dabei um eine Bilderschrift handeln könnte, die älter ist als die Runen.«

Fredric dankte für die Anerkennung und sagte, dass er selbst genauso gespannt sei. Hoffentlich könne er auch etwas zur Lösung beitragen.

Der Professor lachte. »Sie sind bescheiden, Drum. Ich würde mir wünschen, ich könnte über meine Tochter dasselbe sagen. Sie hat es sich nämlich zum Ziel gesetzt, noch bedeutender zu werden als Champollion höchstpersönlich. Sie ist wie Sie leidenschaftlich an ungedeuteten Sprachen interessiert, und sie arbeitet fleißig wie eine Ameise, um sich die notwendigen philologischen Grundlagen zu erwerben. Als vorläufiges Ziel hat sie sich eine perfekte Deutung der Maya-Sprache gesetzt, weiterhin den berühmten Diskos von Phaistos sowie natürlich die Rongo-Rongo-Tafeln von der Osterinsel. Nicht schlecht, was? Außerdem«, sagte Professor Hornfeldt und lehnte sich zu Fredric hinüber, »außerdem ist sie voll grenzenloser Bewunderung für Sie. Sie hat wer weiß wie oft all Ihre Berichte gelesen. Sie sind ihr Vorbild, obwohl Sie wahrscheinlich altersmäßig gar nicht so weit von ihr entfernt sind, oder? Wie alt sind Sie, Drum?« Er zwinkerte und stupste Fredric an.

»Alt?! Also, wissen Sie.« Er hätte vor lauter Verwirrung über diese unerwartete Frage beinahe sein Rotweinglas umgestoßen. »Vierunddreißig«, brachte er schließlich heraus.

»Tatsächlich, nur zehn Jahre älter als Julia. Aber Sie haben doch einen Hintergrund als Militärexperte für Dechiffrierung, stimmt das nicht?«

Fredric nickte. Dann entdeckte er etwas, das dazu führte, dass er sein Rotweinglas ergriff und einen größeren Schluck trank. Quer durch den Raum, direkt auf ihren Tisch zu, kam mit festen Schritten die Schöne höchstpersönlich. Julia blieb direkt vor Stephen stehen, der gerade sein Glas ausgetrunken und ein großes Stück Eis im Mund hatte.

»In Anbetracht der Tatsache, dass anscheinend keiner der Herren hier die Absicht hat, die Damen aufzufordern, müssen *wir* wohl die Initiative ergreifen. Könnten Sie sich vorstellen, mit mir zu tanzen?«

»What!?« Stephen bekam nur mit Mühe und Not den Eiswürfel wieder aus dem Mund und ins Glas zurück. Er hatte nicht verstanden, was das schöne Mädchen wollte.

Professor Hornfeldt kam seiner Tochter schnell zu Hilfe und übersetzte, was sie gesagt hatte. Als Stephen begriff, worum es ging, lächelte er breit, stand auf und verneigte sich. Dann verschwanden die beiden auf der Tanzfläche.

Fredric und ihr Vater blieben sitzen und diskutierten den vorgesehenen Ablauf der Ausgrabungen. Es gab Pläne, erzählte Hornfeldt, dass der Staat das gesamte Rødalen enteignen wollte. Man hielt es nämlich für möglich, dass dieses einzigartige Tal noch viele Funde beherbergen könnte. Schon im Juli würde der Bau einer befestigten Straße direkt bis zur Fundstelle beginnen. Die Grundbesitzer hatten sich schließlich damit einverstanden erklärt, falls der Staat die Instandhaltung der gesamten Straße bis hinunter nach Kolbotn übernehmen würde.

»Das Rødalen könnte zu einer Touristenattraktion werden«, meinte der Professor. Dann stand er vom Tisch auf und sagte, dass er früh zu Bett gehen wolle.

Fredric blieb sitzen und dachte nach. Aha, das Rødalen sollte also enteignet werden. Es sollte ein Fahrweg bis zur Fundstelle gebaut werden. Touristen würden kommen. Vielleicht würde dort schließlich auch ein Museum gebaut werden. Er stellte fest, dass ihm der Gedanke nicht gefiel. Das Rødalen war einfach zu schön, wie es jetzt war. Sollten Stephen und er die Letzten sein, die auf so abenteuerliche und ungestörte Weise dort fischen konnten? Er hoffte, dass es nicht dazu kommen würde. »–Bald bauten Fremde in dem fruchtbaren Tal, das des Jägers Burg umschloss.« Ihm fielen die letzten beiden Zeilen von Hugars Gedicht ein.

Stephen und Julia tanzten und schienen sich richtig zu amüsieren. Fredric ging die Treppe hinauf in Richtung Rezeption. Hier blieb er stehen und bewunderte den schönen Wintergarten, den der Hotelbesitzer angelegt hatte. Feigenbäume, Yuccapalmen und tropische Farne. Sie schienen gut zu gedeihen, weit oben im nördlichen Østerdalen, siebenhundert Meter über dem Meer. Er trat zu dem Springbrunnen und betrachtete das fließende Wasser. Da war etwas, das ihn quälte, er fühlte sich plötzlich ruhelos. Die gute Stimmung von eben war verschwunden.

Draußen auf dem Platz vor dem Hotel sah er Lilleif Havsten kommen, den Arm väterlich um die Schultern eines jüngeren Mannes gelegt. Fredric nahm sie kaum wahr. Seine Gedanken waren oben am Storbekktjern, in der Hütte des alten Jägers. Er hatte das ungute Gefühl, dass da noch etwas war, worüber er mit Hugar hätte sprechen sollen. Von einer Sache war er mehr und mehr überzeugt: Der Jäger hatte ihn irgendwie missverstanden, als er ihn nach der Puppe gefragt hatte. »Verbrecher« hatte er Fredric genannt. Dafür musste er doch einen Grund gehabt haben. Eine vage Ahnung, die ihm gekommen war, wurde immer stärker.

Unten in der Bar war immer noch viel los. Es war kurz nach zwölf. Fredric sah Stephen und Julia am Tisch sitzen. Stephen fuchtelte gewaltig mit den Armen herum, als er seinen Freund sah. Zögernd ging er zu ihnen hinüber. Selten fühlte sich Fredric Drum auf so schwankendem Boden wie im Gespräch mit jungen, schönen Mädchen. Das lag vielleicht daran, dass er sich ein paar Mal ordentlich die Finger verbrannt hatte.

»Guten Abend, Pilger«, grüßte Julia freundlich.

»Abend«, sagte Fredric knapp.

Stephen war zum Glück in Hochform und erzählte Geschichten über alles Mögliche, vom Fliegenfischen im Amazonas bis hin zu Steinritzungen in Stonehenge, die man für eine Art Hieroglyphen halten konnte. Zehn Minuten lang brannte er sein Feuerwerk ab, bis Fredric schließlich so von Gelächter geschüttelt wurde, dass er seine Befangenheit gegenüber Julia, die neben ihm saß und sich bedrohlich dicht an ihn gedrückt hatte, ganz vergaß. Er fragte sich, wie viele Glas Whisky sein Freund wohl schon intus hatte.

»Tomorrow no fishing. Tomorrow big relaxing day!«

Fredric nickte. Er wollte gerne die anderen Wissenschaftler kennenlernen, die inzwischen angekommen waren. Deshalb war es ihm ganz recht, wenn sie morgen nicht angeln gehen würden. Das Orchester stimmte einen richtigen Rocksong an, und er konnte nicht anders: Er verneigte sich vor Julia, die zurücklächelte.

Sie tanzten ein bisschen. Fredric stellte fest, dass Julia ein nettes Mädchen war. Ihre aufgesetzte Arroganz war verschwunden. Sie sprach über interessante Themen, und Fredric ließ sich mitreißen. Als der Tanz vorbei war und sie sahen, dass der Engländer sie für diesen Abend verlassen hatte, schlug Julia einen Spaziergang vor. Fredric hatte durchaus nichts dagegen einzuwenden.

Die Nacht hatte ungefähr ihre dunkelste Phase erreicht. Trotzdem konnten sie den Gipfel des Kletten, einer kleinen Bergspitze, direkt neben der Einfahrt zum Hotel erahnen. Sie gingen nebeneinander her und plauderten. Schließlich erreichten sie allerdings einen Punkt, an dem die meisten Themen, über die es sich unverbindlich reden ließ, erschöpft waren, und sie spazierten eine Zeit lang schweigend weiter. Fredric war müde. Trotzdem schlug er vor, dass sie zu der kleinen Sprungschanze gehen sollten, bis zum höchsten Punkt des Anlaufhanges, um von dort aus die Aussicht über den Savalen zu genießen. Um die Schanze herum stand ein Kiefernwald, sodass es dort noch um einiges dunkler war. Plötzlich zuckte er zusammen. Hatte er da nicht einen Schatten gesehen, der sich zwischen den Bäumen bewegte?

Er blieb stehen und hielt Julia am Arm fest. Dabei gab er ihr ein Zeichen, still zu sein. Beide starrten in den Wald. Aber nichts rührte sich dort. Es war kein Laut zu hören.

»Ich sehe bestimmt Gespenster. Das war ein anstrengender Tag. Viele neue Eindrücke für einen Stadtmenschen«, sagte er, um die Sache herunterzuspielen.

Sie erreichten den höchsten Punkt der Schanze. Dort blieben sie stehen und betrachteten den Savalen, der unter ihnen im nächtlichen Dunst lag. Julia hakte sich vorsichtig bei Fredric unter. Da spürte er, wie es anfing, ihn in der Nase zu jucken.

Er schnitt die unglaublichsten Grimassen, im Versuch, das Niesen zu unterdrücken. Als das nichts nützte, ließ er es kommen: Er nieste explosionsartig und sprang gleichzeitig einen Schritt nach vorn. Mitten im Sprung fühlte er, wie etwas Hartes seinen Rücken direkt über der Gürtellinie streifte. Er hörte ein Zischen und einen dumpfen Schlag von etwas, das die Schiedsrichtertribüne neben dem Abhang getroffen hatte.

Er drehte sich blitzschnell um. Direkt hinter ihnen konnte er im Wald die Umrisse einer Person erkennen.

»Warte, Julia«, rief er und stürzte in Richtung der Gestalt, die er gesehen hatte, in den Wald. Er hörte, wie vor ihm Zweige knackten. Die Person war auf der Flucht.

Fredric lief, so schnell er konnte. Es ging bergauf, den steilen Kletten hinauf. Dann blieb er stehen. Wo war die Gestalt geblieben? Er stand ganz still und lauschte. Eine Waldtaube gurrte. Er starrte so intensiv in die Dunkelheit, dass ihm die Augen wehtaten. War das, was er dort hinten sah, ein Steinblock? Eine Wurzel? Nein, es bewegte sich.

Er rannte wieder los und sah, wie die Person aus ihrer geduckten Stellung hochkam und dann einen steilen Abhang mit niedrigen Bäumen hinunterjagte. Das lief alles mit atemberaubender Geschwindigkeit ab. Fredric lag nicht mehr als fünfzig Meter zurück, und er konzentrierte sich darauf, die Gestalt nicht aus den Augen zu verlieren. Plötzlich stolperte er über eine Wurzel und schlug der Länge nach hin. Dabei rutschte er mit der Hand mitten in einen Ameisenhaufen. Er sprang schnell wieder hoch und schüttelte voller Panik seine Hand, sodass die Ameisen in alle Richtungen davongeschleudert wurden. Den Mann, den er verfolgte, konnte er nicht mehr sehen, aber er hörte noch knackende Zweige.

Gib nicht auf, Fredric, gib jetzt nicht auf, befahl er sich selbst, und während er losrannte, begriff er, wie wichtig das Ergebnis dieses unerwarteten Querfeldeinrennens für die nächsten Tage werden konnte. Da sah er den Schatten wieder!

Sie waren unten auf den Weg gestoßen, der um den ganzen Savalen herumlief. Die Person vor ihm schlug ein gewaltiges Tempo in Richtung Norden ein, und Fredric versuchte dranzubleiben. Er spürte, dass seine Waden und Oberschenkel immer lahmer wurden, sein Atem ging schnell und keuchend, und er spürte den Geschmack von Blut im Mund. Der Abstand zwischen ihnen war so groß, dass er den Flüchtenden unmöglich erkennen konnte. Das Einzige, was er sehen konnte, war, dass es ein Mann war, ein Mann mit recht guter Kondition.

Er holte ihn nicht ein, aber der Abstand wurde auch nicht größer. Dieses Rennen gibst du niemals auf, Fredric, sagte er zu sich selbst und biss die Zähne zusammen. Seine Lungen pfiffen wie der Blasebalg in einer alten Schmiede. Es war alles andere als ein Vergnügen. Sie kamen an eine scharfe Kurve, und die Person vor ihm verschwand dahinter. Als Fredric Sekunden später um die Kurve bog, sah er den Weg weithin leer und öde vor sich liegen. Er blieb sofort stehen. Dieser Gauner hatte den Weg verlassen und sich versteckt!

Sein Puls musste auf zweihundert sein, das Blut hämmerte in seinen Ohren. Wohin hatte sich der Mann in die Büsche geschlagen? Fredric sah sich um. Sowohl oberhalb als auch unterhalb des Weges war überall Wald. Mit einer Suche zu beginnen war aussichtslos. Er hätte sich genauso gut vornehmen können, rein zufällig einen Hasen aufspüren zu wollen.

Er lauschte. Das Gluckern kleiner Wellen, die fünfzig Meter unterhalb des Weges gegen die Steine schlugen.

Fredric blieb eine Weile ratlos stehen. Oh nein, dieser Mistkerl sollte nicht so leicht davonkommen! Er ging ein kleines Stück zurück. In der Kurve kletterte er links in einer kleinen Kiesgrube steil nach oben. Dort setzte er sich ins Heidekraut. Von hier konnte er den Weg in beide Richtungen sehen: zum Hotel und weiter nach Norden.

Fredric Drum hatte Geduld. Hier würde er sitzen bleiben und, wenn es sein musste, bis zum Morgengrauen jedes Lebenszeichen überwachen. Und sollte jemand oberhalb oder unterhalb von ihm versuchen, durch den Wald zu gehen, würde er es ziemlich sicher hören.

Morgengrauen. Es war schon ziemlich deutlich heller geworden, wenn es auch noch nicht ganz halb zwei war. Je heller, desto besser, dachte er und betrachtete den Himmel. Der neue Tag würde schön werden. Und sein Blick wanderte den Weg hinauf und hinunter.

Von seinem Sitzplatz aus konnte er den See sehen. Und plötzlich entdeckte er einen merkwürdigen Streifen auf dem fast völlig stillen Wasserspiegel. Er stand schnell auf und suchte sich einen Platz, von dem aus er den ganzen See überblicken konnte.

Hatte er es sich nicht gedacht? Ein Mensch war dabei, über den See, der hier nicht breiter war als zwei- bis dreihundert Meter, zu schwimmen. Er hatte noch knappe hundert Meter vor sich, bevor er auf der anderen Seite in Sicherheit sein würde.

Das war's, Fredric Drum. Mürrisch stapfte er zurück zum Hotel. Er hatte keinerlei Zweifel, dass die entkommene Person böseste Absichten gehegt hatte. Er schüttelte den Kopf. Warum musste das schon wieder so kommen? Dass *er*, Fredric Drum, sich ständig als Zielscheibe in einem Gelände bewegte, wo normalerweise nie ein Schuss fiel. Konnte es ihm nicht einmal vergönnt sein, etwas Aufregendes zu erleben, ohne dass man ihm nach dem Leben trachtete? Was war da an seiner Person, das ihn immer wieder plötzlich zum Mittelpunkt der makabersten Spiele werden ließ? Wein, das Deuten von Ursprachen, und jetzt Fliegenfischen. Hatte der Himmel selbst eine Art von Verbot gegen eine solche Kombination erlassen? Waren seine Interessen eine alchemistische Mixtur, die das Böse höchstpersönlich heraufbeschwor? Es kam ihm fast so vor.

Er erreichte die Einfahrt zum Hotel. Obwohl er müde war,

glaubte er kaum, dass er würde schlafen können. Es war inzwischen fast taghell. Die Hotelrezeption wirkte tot und leer. Er fragte sich, was aus Julia geworden war. Sie würde ja wohl kaum noch an der Sprungschanze stehen und auf ihn warten. Es war fast anderthalb Stunden her, dass er sie verlassen hatte. Sie musste einen merkwürdigen Eindruck von ihm bekommen haben, als er in wilder Jagd durch den Wald hinter irgendeiner Person hergerannt war! Sie musste geglaubt haben, dass das Ganze ein Spiel war. Dass es sich um einen Jungenstreich handelte. Er bezweifelte nämlich, dass Julia den Gegenstand bemerkt hatte, der seinen Rücken gestreift und die Schiedsrichtertribüne mit einem fast unhörbaren Aufprall getroffen hatte.

Was war das eigentlich für ein Geschoss gewesen?

Er bog nach links ab und ging wieder zur Sprungschanze zurück. Dort stellte er sich ungefähr an die Stelle, wo er gestanden hatte, als er niesen musste. Er blickte nach hinten, in den Wald hinein. Es waren etwa sechs bis sieben Meter bis zu den Bäumen, unter denen der Unbekannte sich aufgehalten hatte. Dann sah Fredric sich die Richtertribüne an.

Zögerlich ging er auf das braun gebeizte Bauwerk zu. Er hatte nicht die geringste Vorstellung, wonach er suchen sollte, und ertappte sich dabei, zu hoffen, dass das Geschoss, das ihn gestreift hatte, ein einfacher Stein war. Ein unschuldiger Stein, geworfen von einem nächtlichen Spaßvogel, der anderen Leuten einen Schrecken einjagen wollte. Um danach quer durch den Savalen zu schwimmen? Fredric schüttelte den Kopf.

Er entdeckte es fast sofort: Etwa einen Meter über der Erde funkelte ein dünner Gegenstand, der aus der Wand hervorragte. Fredric beugte sich vor und sah genau hin. Es war eine Injektionsspritze, deren Kanüle tief ins Holz getrieben worden war.

Zuerst fasste er sie nicht an, betrachtete sie nur aus allen Richtungen. Es war eine ziemlich ungewöhnliche Spritze. Sie hatte keinen Kolben, den man hineindrückte. Stattdessen sah Fredric, dass der Kolben innen in die andere Richtung ging. Das bedeutete, dass die Flüssigkeit, mit der die Spritze gefüllt war, durch die Kanüle an der Spitze gepresst wurde, wenn jemand versuchte, die Spritze herauszuziehen.

Ein raffinierter Mechanismus. Er war sich ziemlich sicher, dass er automatisch und so schnell wie möglich versucht hätte, die Spritze wieder herauszuziehen, wenn sie ihn getroffen hätte. Eine reflexartige Reaktion. Dadurch hätte er einen Großteil des Inhalts selbst in seinen Körper injiziert. Er merkte, wie ihm der Mund trocken wurde.

Ein Stück von einer alten Plastiktüte lag unten an der Tribünenwand. Er hob sie auf und manövrierte die Spritze vorsichtig aus der Wand, indem er den Teil der Kanüle ergriff, der nicht ins Holz eingedrungen war. Auf diese Weise konnte er vermeiden, dass die Flüssigkeit herausgedrückt wurde. Dann wickelte er die Spritze in den Rest der Plastiktüte.

Mit ein wenig Geschick war es bestimmt nicht schwierig, solch eine Spritze zu konstruieren. Und noch einfacher war es, sie durch ein Blasrohr abzuschießen.

Er ging zur Sprungschanze hoch und setzte sich. Die Sonne war gerade über den östlichen Bergkamm gestiegen. Die Vögel sangen nach Herzenslust. Da unten auf dem Hang hatte er gestanden. Zusammen mit Julia. Hinter ihnen beiden hatte *er* gestanden.

Ein eindeutiger Mordversuch. Er zweifelte nicht daran, was der Inhalt der Spritze war: eins dieser modernen synthetischen Gifte, das schnell wirkte und im Organismus unmöglich nachzuweisen war. Aber Julia wäre doch Zeugin gewesen! Sie hätte gesehen, wie Fredric umgefallen wäre, nachdem er sich eine Spritze aus dem Rücken gezogen hätte. Der

Mörder hätte schließlich nicht hinterher zu seinem leblosen Körper gehen und die Spritze aus seiner Hand nehmen können, um alle Spuren der kriminellen Handlung zu verwischen. Fredric wäre auf der Stelle an Herzkrämpfen gestorben. Wenn da nicht Julia Hornfeldt gewesen wäre. Julia war dort gewesen und hätte es gesehen.

Es gab nur zwei Möglichkeiten: Entweder war der Mörder so verzweifelt gewesen, dass ihm alles egal war, solange Fredric Drum nur aus dem Weg geräumt würde. Oder Julia Hornfeldt steckte mit dem Mörder unter einer Decke. Sie war es ja schließlich auch gewesen, die den Spaziergang vorgeschlagen hatte. Fredric Drum fror.

Er holte den Kristallstern aus der Tasche und hielt ihn sich dicht vor ein Auge: braune Strahlen, hässliche, braune Strahlen. Noch nie hatte er beobachtet, dass solche Strahlen durch die sauber geschliffenen Prismen filtriert wurden, aus denen die Zacken des Sterns bestanden. Die Sprache des Kristalls war klar, und Fredric Drums Gesicht verzog sich zu einer unansehnlichen Grimasse. Wenn jemand gerade in diesem Moment seine Augen gesehen hätte, wäre er vor ihm zurückgewichen.

7

*Ein Professor schlägt vor Wut Funken,
zwei Männer weinen
an einem Kiefernstamm, und Fredric Drum
sieht einen Körper ohne Kopf*

Er hörte das Klopfen von weit her. Langsam glitt er aus einer grauen Nebelbank hervor und erwachte. Jemand klopfte an seine Tür.

Es war fast halb zwölf, er blinzelte, zog sich eine Jeans über und öffnete die Tür. Draußen standen wie zwei Fragezeichen Stephen Pratt und Julia Hornfeldt.

»Wo bist du denn bloß gestern Abend geblieben? Wir haben uns allmählich große Sorgen gemacht, dass dir etwas passiert sein könnte. Mit wem spielst du denn da nachts Cowboy und Indianer?« Julia wirkte gekränkt.

»Ach, das.« Fredric räusperte sich. »Also, das ist ein Kerl, der offensichtlich gerne seine Scherze mit den Hotelgästen treibt. Ich hab mich von ihm reinlegen und in den Wald locken lassen.« Danach wandte er sich Stephen zu und erzählte ihm dasselbe auf Englisch.

Sein Freund nickte und grinste breit. Danach zog er sich zurück, wobei er Fredric versicherte, dass er die Absicht habe, den größten Teil des Tages mit einem guten Buch im Wintergarten zu verbringen. Julia blieb bei Fredric stehen.

»Warum bist du abgehauen?« Sie sah Fredric anklagend an.

»Was heißt hier ›abgehauen‹?« Fredrics Gedanken waren nach dem tiefen Vormittagsschlaf noch nicht ganz klar. »Ich bin nicht abgehauen«, sagte er. »Ich wollte nur sehen, wer sich da im Wald rumtrieb. Habe ihn leider nicht gefunden.«

»Der Pilger«, sagte sie, wobei sie jede Silbe betonte, »erschafft aus nichts Dramatik.« Damit drehte sie sich auf dem Absatz um und marschierte demonstrativ den Korridor hinunter.

Er duschte und rasierte sich. Julia Hornfeldt musste entweder eine sehr gute Schauspielerin sein, oder sie hatte tatsächlich keine Ahnung von dem raffinierten Angriff aus dem Hinterhalt. Er hoffte, dass Letzteres zutraf.

Als Frühstück aß er einen Schokoriegel, den er in einer Jackentasche entdeckt hatte, und spülte ihn mit etwas Wasser hinunter. Danach blieb er in tiefe Gedanken versunken sitzen.

Eine Spritze. Spritze Nummer zwei. Irgendjemand hatte es verdammt ernsthaft auf sein Leben abgesehen. Nur auf seins? Er griff nach dem Telefonhörer.

Zuerst rief er die Polizei in Oslo an und sprach mit einem der Beamten, die mit dem Zusammenstoß der Boote befasst gewesen waren. Er bekam die gewünschten Informationen. Dann rief er bei Aqua Marina an, einem Tauchclub, in dem er vor einigen Jahren Mitglied gewesen war. Er sprach lange mit dem Vorsitzenden. Schließlich telefonierte er noch mit Torbjørn Tinderdal, einfach um sich zu vergewissern, dass mit seinem Freund und in der »Kasserolle« alles in Ordnung war. Tobs freundliche und muntere Stimme führte gleich dazu, dass sich seine Laune besserte. Als er einhängte, konnte er voller Freude feststellen, dass draußen die Sonne schien.

Der Tag verlief in einer ruhigen und entspannten Atmosphäre. Fredric und Stephen schlenderten in der unmittelbaren Umgebung des Hotels umher, oder sie saßen mit einem Buch im Wintergarten. Fredric war die ganze Zeit auf der Hut, aber er ließ es sich seinem Freund gegenüber nicht anmerken. Er betrachtete jedes Gesicht, jeden Gast mit besonderem Interesse. Gab es da irgendeine Miene, die womöglich etwas verriet? Aber Fredric gelang es nicht, irgendwelche ungewöhnlichen Reaktionen zu registrieren. Julia Hornfeldt ließ sich überhaupt nicht sehen. Auch ihr Vater nicht.

Von jetzt an musste er zu jeder Zeit und an jedem Ort auf allergrößte Aufmerksamkeit all seiner Sinne achten. Ein erneuter, wohldurchdachter Angriff aus dem Hinterhalt wurde vielleicht bereits geplant. Er würde es dem Mörder nicht leicht machen. Ein hundertprozentig konzentrierter Fredric Drum war keine leichte Beute. Sein ganzes Rückgrat war lückenlos mit Augen besetzt, und jede Fingerspitze war zu äußerster Empfindlichkeit poliert. Wenn er seine Augen zusammenkniff, konnte er mehr als die sichtbare Umgebung wahrnehmen.

Während des Abendessens wurden alle, die mit den Rødalen-Funden zu tun hatten, zu einem Informationstreffen in den Konferenzsaal gebeten. Die meisten Wissenschaftler waren jetzt im Savalen-Fjellhotel angekommen.

Die Versammlung begann um acht, und außer Fredric hatten sich dort noch vierzehn andere Personen eingefunden. Sie saßen an einem langen Tisch, und Fredric hatte sich ganz ans Ende gesetzt. Die Gesprächsleitung hatte der Reichskonservator, Professor Dr. Gerhardt Munch, übernommen. Es fing mit einer kurzen Vorstellungsrunde an, und Fredric notierte sich die folgenden Personalien und Beobachtungen:

Der Archäologe Jacob Zimmer, ein grauhaariger älterer Mann, arbeitete für die Universität Oslo. Verantwortlich für eine Reihe von Ausgrabungen aus der Wikingerzeit. Intelligenter, wacher Blick, anscheinend voller Enthusiasmus für die bevorstehende Arbeit.

Die Archäologin Johanna Gudner, arbeitete auch für die Universität in Oslo. Spezialgebiet: Kleidung und Gebrauchsgegenstände der Wikingerzeit und des Mittelalters. Etwas mollig, grobe Züge und struppige dunkle Haare, die fast bis in die Augen hingen. Über fünfzig, schätzte Fredric.

Die Archäologiestudenten Gunnar Grepstad und John Ferner. Beide Anfang zwanzig, ernsthaft und ein bisschen verkrampft. Es war das erste Mal, dass sie draußen bei Feldforschungen dabei waren.

Der Archäologieprofessor Victor Hornfeldt. Freundlich und jovial, aber mit bestimmtem Auftreten. Seine Autorität machte ihn zum inoffiziellen, aber selbstverständlichen Leiter der ganzen Gruppe.

Der Landeskonservator Mathias Grinden. Dünn, schlaksig, ungesunde Gesichtsfarbe und mit tief liegenden, fast leidenden Augen. Über sechzig und krank, vermutete Fredric.

Der Oberarzt Dr. med. Jens Vesterdal, arbeitete in der dermatologischen Abteilung des Rikshospitalet in Oslo. Ungefähr fünfzig, glattes, rundes Gesicht. Schüttere Haare und unruhige Hände.

Der wissenschaftliche Mitarbeiter Tor Meissner vom pathologisch-anatomischen Institut der Universität in Tromsø. Jung, kaum über vierzig, wirkte intelligent und zielstrebig. Er saß neben Fredric und hatte gelächelt und ihm munter zugezwinkert, als sie sich einander vorstellten.

Die Professorin Dr. Cecilie Lund-Høegh von der radiologischen Abteilung der Norwegischen Technischen Hochschule in Trondheim. Ältere Dame mit scharfem Blick und einem mageren Gesicht mit markanten Zügen.

Der Radiologe Edvard Havsten, arbeitete für die C14-Abteilung der NTH in Trondheim. Anfang dreißig, bleich, mit ernsten Augen, wirkte aber ruhig und besonnen. Fredric zuckte zusammen, als er den Nachnamen hörte.

Der wissenschaftliche Mitarbeiter Johan Motzfeldt vom Zoologischen Museum in Oslo. Über fünfzig, untersetzt, mit Vollbart. Er sah durchtrieben aus, wie jemand, der die ganze Sache irgendwie nicht ernst nahm. Was er aber hinter seiner Maske bestimmt doch tat, dachte Fredric.

Der Professor für Odontologie Dr. Martin Grüner arbeitete für die Zahnmedizinische Hochschule in Oslo. Für einen Professor ziemlich jung, kaum vierzig, glattes Gesicht mit starken Brillengläsern.

Und zu guter Letzt: Marta Mulligan von der mikrobiologischen Abteilung des Biologischen Instituts in Blindern. Schmales, blasses Gesicht mit schwarzer Hornbrille. Sprach mit dem Hauch eines Akzents, Muttersprache wahrscheinlich Englisch.

Als Fredric sich der Runde vorstellte, war er besonders wachsam. Er hielt Ausschau nach einem Blick, einem Zucken im Gesicht oder einer Bewegung von einem der anderen, die etwas anderes verriet als passive Kenntnisnahme oder vorsichtige Neugier an seiner Person. Die einzige ungewöhnliche Reaktion, die ihm auffiel, war ein kleines, arrogantes Schnauben, kaum hörbar, von einem seiner verbissensten Gegner, Jacob Zimmer, dem älteren Archäologen aus Oslo. Zimmer hatte kein Vertrauen zu Fredric Drum als Fachmann für die Deutung von Ursprachen. Das hatte er schon mehrfach in sehr polemischen Artikeln zum Ausdruck gebracht. Doch Jacob Zimmers harmloser Konservativismus war nichts, worum man sich kümmern musste.

Wie sah es mit dem jungen, bekümmert dreinblickenden Radiologen Edvard Havsten aus? War er mit Lilleif Havsten, dem Freund des Hoteliers, verwandt? Sie waren sich durchaus nicht unähnlich. Der junge Havsten wirkte recht besonnen, und seine Augen ruhten aufmerksam auf Fredric, als er aufstand und sich vorstellte.

Als die Vorstellungsrunde vorbei war, ergriff Professor Hornfeldt das Wort.

»Liebe Kolleginnen und Kollegen«, begann er. »Wir sind wohl alle gleichermaßen gespannt auf das, was uns die nächsten Tage bringen mögen. Vielleicht werden wir einen Fund machen, der in Europa einzigartig ist. Tatsächlich weist vieles darauf hin. Schon die Entdeckung von gut erhaltenen Leichen aus der Eisenzeit in Norwegen ist eine kleine Sensation. Wie ihr alle wisst, ist dies der erste derartige Fund in unserem Land. Wir hatten vorher schon einige schlecht erhaltene Skelettreste von ungefähr zweihundert nach Christus, die in Hedemarken gefunden wurden, aber das ist kaum mit dem zu vergleichen, was wir hier vor uns haben.«

Der Professor machte eine kleine Pause und fuhr dann fort: »Hier ist also vorläufig die Rede vom Fund zweier sogenannter Moorleichen. Wie man weiß, kann sich ein Körper, der in ein Moor versenkt wird, auf eine besondere Weise verändern. Die Verwesung eines menschlichen Leichnams verläuft äußerst kompliziert. Der Zerfall beruht eigentlich auf einem Fäulnisprozess, wobei sich organisches Material aufgrund von bakterieller Zersetzung auflöst. Diese wird durch die Verbreitung von Bakterien im Organismus des Toten verursacht. Die Bakterien stammen hauptsächlich aus dem Darm, kommen aber auch von den Luftwegen und breiten sich entlang der Blutbahnen im Körper des Toten aus. Ein verstorbener Erwachsener, den man in gut drainierter Erde auf einem normalen norwegischen Friedhof beerdigt, wird normalerweise im Laufe von ungefähr zehn Jahren skelettiert, ein Kind im Laufe von fünf Jahren. Besonders widerstandsfähig gegen die Zersetzung sind Knochen, Zähne, Knorpel, Haare, Nägel und die Linsen der Augen. Eine Leiche, die im Moor versenkt wird, kann dagegen einen ganz anderen Prozess durchlaufen: Sie kann mumifizieren. Es gibt zwei Arten von Moorlandschaften: das Hochmoor und das Tiefmoor. Beide Arten bestehen aus toten Pflanzenresten, die aufgrund des Sauerstoffmangels mehr oder weniger konservierend wirken können. Sauerstoff ist nämlich wichtig für die Zersetzung organischen Materials. Wasser vermindert die Sauerstoffzufuhr. Dadurch wird der Fäulnisprozess gehemmt oder sogar völlig unterbunden.«

Tor Meissner vom pathologisch-anatomischen Institut hob eine Hand.

»Ist es nicht so«, sagte er, »dass es Moore gibt, die Grundwasser mit einer gewissen Konzentration an Phosphaten, Nitraten und Kalk enthalten? Wir wissen, dass der Kalk Knochen konserviert, aber dafür Haut, Haare und Wollstoffe zerstört. Hier haben wir es doch wohl nicht mit einem solchen Moor zu tun?«

»Nein«, antwortete Professor Hornfeldt, »und das ist es ja gerade, was diesen Fund so spannend macht. Hier handelt es sich um ein Hochmoor. Diese Moore bekommen ihre Feuchtigkeit aus dem Regenwasser, nicht aus dem Grundwasser. Es gibt eine Art von Torfmoos, Sphagnum, das eine unglaubliche Kapazität zum Aufsaugen von Wasser besitzt. Das Regenwasser ist sauer und enthält fast keine Salze oder andere zersetzende Stoffe, wie zum Beispiel Kalk. Die tiefer liegenden Torfschichten sind so stark zusammengepresst, dass das Grundwasser mit seinem Gehalt an zersetzenden Mineralien nicht durch sie hindurch nach oben dringen und sich mit dem Regenwasser vermischen kann. Dieses saure Regenwasser hat die größte Bedeutung für die natürliche Erhaltung von Moorleichen. Denn nur säurehaltiges Wasser kann die Haut so gerben, wie man es an den Moorleichen sieht. Gleichzeitig hält das Wasser die Fäulnis auf, die sonst sofort beginnen würde, vor allem im Magen. Außerdem ist es wichtig, dass das Wasser kalt ist. Wenn es wärmer als vier Grad ist, entwickeln sich Bakterien, die von der Leiche zehren. Die Toten, die man in Europa gut erhalten in Mooren entdeckt hat, müssen deshalb im Winter gestorben sein. Unter solchen Bedingungen wird die Haut zu einer lederähnlichen Struktur gegerbt, und Kalk und andere Mineralien verschwinden aus den Knochen. Oft sind die inneren Organe auf eine Weise vollständig erhalten, wie man es in anderen Typen von mumifizierten Leichen nicht findet. Bei bestimmten dänischen Moorleichen aus der Eisenzeit hat man sogar größere Mengen gut erhaltenen Mageninhalts gefunden, der nach genaueren Untersuchungen wichtige Aufschlüsse über die Ernährung in der damaligen Zeit gegeben hat.«

»Hat man denn Proben der organischen und mineralischen Zusammensetzung des Moores entnommen, um das es hier geht, oben in diesem Rødalen, bevor im letzten Herbst das Gebiet abgesperrt wurde?« Die Frage kam von der Archäologin Johanna Gudner. Sie fuhr fort: »Und falls ja, was ist bei diesen Untersuchungen rausgekommen?«

Marta Mulligan von der Mikrobiologie in Blindern erhob sich.

»Wir haben mehrere Erdproben von der Fundstelle analysiert.« Sie hielt eine Mappe mit Papieren hoch. »Dabei wurden optimale Verhältnisse für die Konservierung organischer Strukturen festgestellt.«

Fredric Drum streckte eine Hand hoch und fragte: »Die Gegenstände, die letztes Jahr von der Fundstelle entfernt und in die Laboratorien in Trondheim gebracht wurden, sind doch bestimmt C14-datiert worden? Ich habe bisher noch keine Berichte darüber gelesen, und ich würde gern mal wissen, ob die hier vorliegen.«

Sowohl Cecilie Lund-Høegh als auch Edvard Havsten meldeten sich eifrig zu Wort. Havsten beantwortete Fredrics Frage: »In diesem Bericht hier, der nach unserer Versammlung kopiert und an alle ausgeteilt werden wird, stehen die Ergebnisse der Altersbestimmungen durch die C14-Abteilung der NTH. Es sind zehn Proben genommen worden, und alle zeigen, dass die Gegenstände ungefähr aus dem Jahr zweihundert vor Christus stammen, mit einer Fehlerabweichung von plus/minus achtzig Jahren.«

Havsten wirkte stolz darauf, diese Informationen liefern zu können, und Dr. Lund-Høegh nickte vielsagend. Es kam erregtes Gemurmel auf. Zweihundert Jahre vor Christus! Also frühe Eisenzeit. Dass die Fundstelle hier lag, in einem gebirgigen Gebiet fernab der Küste, war geradezu sensationell.

Fredric ergriff wieder das Wort: »Ich wäre sehr froh, wenn mir diese Gegenstände so bald wie möglich überlassen würden, damit ich mit meinem Teil der Arbeit beginnen kann. Ich werde *ex situ* arbeiten. Also hier im Hotel. Das bedeutet, dass ich durchaus schon heute Abend anfangen könnte. Ich hoffe, es ist allen klar, dass eine Übersetzung, Deutung oder sonstige Beurteilung recht lange dauern kann.«

Dr. Cecilie Lund-Høegh sah Fredric verwirrt an. Dann zuckte sie mit den Schultern und warf Professor Hornfeldt einen ratlosen Blick zu.

»Die Gegenstände befinden sich in einem brandsicheren Schutzraum im NTH-Labor in Trondheim. Ich dachte, Bilder ...«

Sie wurde von Professor Hornfeldt sehr schroff unterbrochen: »Ich habe *eindeutige* Anweisungen erteilt, dass Fredric Drum um die Originale gebeten hatte und sie bekommen sollte. Wer hat die Verantwortung für diese Gegenstände?«

Der junge Havsten sah erstaunlich erschrocken aus. Er starrte Dr. Cecilie Lund-Høegh mit großen Augen an.

Sie sagte: »Ich.«

»Nun!« Der Professor schlug förmlich Funken vor Ärger.

»Dann stellen Sie augenblicklich den Kontakt zu der richtigen Person in Trondheim her und sorgen dafür, dass das Material per Eilboten hier an den Savalen geschickt wird. Drum sollte es morgen Abend zur Verfügung haben.«

Es entstand eine etwas peinliche Stille, und Fredric nutzte die Gelegenheit, um zu beobachten, ob dieser Zwischenfall einen Riss in der Maske von irgendjemandem erzeugt hatte. Aber jedes Gesicht um den Tisch herum sah genauso aus wie vorher. Da fiel ihm auf, dass die Tür zum Konferenzsaal offen war und dass eine Person draußen davorstand. Ohne Zweifel erkannte er Parelius Hegtuns schielende Augen.

Ein Diaprojektor und eine Leinwand wurden aufgebaut. Da es letzten Herbst an der Fundstelle ein Fotografierverbot gegeben hatte, konnten sie keine Bilder von dort zeigen. Stattdessen wollte man eine Auswahl der bekanntesten Moorleichen, die in Dänemark und England gefunden worden waren, durchgehen. Jacob Zimmer übernahm die Erläuterungen dazu.

»Vor knapp fünf Jahren«, begann Zimmer, und das Bild eines zusammengekrümmten, verschrumpelten Körpers erschien auf der Leinwand, »wurde dieser Mann in einem Moor bei Lindow etwas südlich von Liverpool gefunden. Der *Lindowmann* oder Pete Marsh, wie er auch getauft worden ist, weil *peat* auf Englisch Torf bedeutet und *marsh* Moor, hat einen grausamen Tod erleiden müssen. Um seinen Hals lagen die Reste eines geflochtenen Stricks. Einige der Halswirbel des Mannes waren gebrochen. Es sieht so aus, als ob man ihn langsam mit einem Seil zu Tode gequält hätte, das immer fester und fester um seinen Hals gezogen wurde. Das erinnert an das berüchtigte Garrottieren, das in Spanien bis in unsere Zeit angewandt wurde. Aber Pete Marsh ist nicht nur erwürgt worden. Vorher muss er schon ein paar Axthiebe auf den Kopf bekommen haben, denn es waren ihm Knochensplitter ins

Gehirn getrieben worden. Zum Schluss muss man ihm die Kehle durchgeschnitten haben. Er war auf jeden Fall mausetot, als er ins Moorwasser versenkt wurde. Das alles muss in der frühen Eisenzeit passiert sein. Seine Knochenreste sind auf ungefähr fünfhundert Jahre vor Christus C14-datiert worden. Er muss etwa fünfundzwanzig gewesen sein, als er starb. Sein Körper war gut gebaut, und er war ein wohlgenährter Mann, der vor fast zweieinhalbtausend Jahren diesen fürchterlichen Tod erleiden musste. Bevor er starb, hatte er eine bescheidene Mahlzeit zu sich genommen: Der Magen enthielt ein Gemisch aus Unkrautsamen, Bucheckern und Getreideresten.«

Das nächste Bild, das gezeigt wurde, war ein Männerkopf mit klar erkennbaren, fast erschreckend lebendig wirkenden Gesichtszügen. Sorgenfalten traten deutlich auf seiner Stirn hervor.

»Das«, fuhr Zimmer fort, »ist die erste richtige Moorleiche, die in Europa gefunden wurde. Der berühmte *Tollundmann* wurde in den Fünfzigerjahren ausgegraben, aber leider ist der Rest des Körpers aufgrund mangelnder Kenntnisse über die Konservierung solcher Leichen verloren gegangen. Nur der Kopf ist übrig, aber der ist, wie ihr sehen könnt, umso ausdrucksvoller. Der Tollundmann wurde auch erhängt, das Seil befand sich immer noch um seinen Hals. Sein Alter wurde auf ungefähr zweitausend Jahre bestimmt. Nach dem Fund des Tollundmannes haben die Dänen noch eine Menge Moorleichen ausgegraben und nach und nach Kenntnisse darüber erworben, wie man diese am besten präpariert. Wenn unsere Fundstücke zur Universität in Oslo gebracht werden, wird ein dänisches Expertenteam zur Stelle sein und uns mit seinen Kenntnissen zur Seite stehen.«

Jacob Zimmer setzte jetzt seine etwas makabere Diaserie mit Nahaufnahmen von Moorleichen fort. Der Reihe nach wurden die berühmtesten Fälle gründlich erläutert. Besonders viel Aufmerksamkeit wurde dem Grauballemann und der Frau von Huldremose, den beiden am besten erhaltenen Moorleichen Dänemarks, gewidmet. Der Grauballemann lag mit durchgeschnittener Kehle in einer verzerrten Position da, während sich die Frau von Huldremose in den Resten ihrer Festtagskleidung zusammenkrümmte, die sie angehabt hatte, als sie in ihr Grab gelegt worden war. Die meisten Funde dieser Art wiesen eine unerwartete Gemeinsamkeit auf: Die Menschen waren einen gewaltsamen Tod gestorben, in der Regel hatte eine Hinrichtung stattgefunden.

Nach der Vorführung der Diaserie wurden eine Menge Fragen an die drei Wissenschaftler gestellt, die im letzten Herbst an der Fundstelle gewesen waren. Unter anderem wollte man wissen, in welcher Verfassung *diese* Leichen waren, wie viel freigelegt worden war und so weiter.

Professor Hornfeldt fasste zusammen: »Lund-Høegh, Zimmer und ich haben damals entschieden, dass die Leichen wieder mit Moorerde bedeckt werden sollten, damit kein Fäulnisprozess beginnen würde. Die Teile der Leichen, die wir sehen konnten, waren die Unterkörper bis zur Brust hinauf. Es gab keine Spuren von Kleidungsresten. Vielleicht werden wir die finden, wenn wir am Montag mit den Ausgrabungen beginnen. Aber eines kann ich schon jetzt mit Sicherheit sagen: Es handelt sich um einen *sehr alten Fund.* Die eingeschrumpfte und lederartige Haut, die die Füße, die Hüften und die Bauchregion bedeckt, weist auf mindestens tausend Jahre im Moor hin, wahrscheinlich zweitausend. Wir haben schon die Datierung der Gegenstände, die gefunden worden sind. Ihr bekommt übrigens morgen Gelegenheit zu einer ersten Besichtigung, wenn einige von uns dort raufgehen wollen, um die Abdeckungen und die eingefüllte Erde vom letzten Herbst zu entfernen. Dabei sind alle willkommen.«

Damit war das erste Orientierungstreffen vorbei, und Fredric ging schnell zum Ausgang. Er hatte den Hotelier verschwinden sehen, als Hornfeldt seine Schlussworte sprach. Auf der Treppe hinunter zur Rezeption wurde er von jemandem eingeholt. Es war der Radiologe von der NTH, Edvard Havsten.

»Es tut mir leid, Drum«, sagte er eindringlich, »aber Frau Dr. Lund-Høegh muss das missverstanden haben. Ich hatte ihr ausdrücklich Ihren Wunsch weitergeleitet, die Originalgegenstände zur Verfügung zu haben. Aber sie hat sie also leider dort oben zurückgelassen. Ich hatte keine Ahnung davon.«

»Ist schon in Ordnung«, antwortete Fredric, »so eilig ist es auch wieder nicht. Aber wie Sie vielleicht verstehen können, bin ich natürlich gespannt und neugierig.« Er lächelte.

»Sie kommen bestimmt morgen an«, versicherte Havsten und sah noch bekümmerter aus. Als ob er die Hauptschuld für das Versäumnis trüge.

Ein junger, ernsthafter Wissenschaftler, der seine Arbeit sehr wichtig nimmt, dachte Fredric. Aber er wird es nicht allzu weit bringen, wenn er nicht zulässt, dass Spontaneität und Phantasie gelegentlich Löcher in diese schwere Maske reißen, die er da trägt.

»Übrigens«, sagte Fredric, bevor sich an der Rezeption ihre Wege trennten. »Sind Sie verwandt mit Lilleif Havsten, der auch hier im Hotel wohnt?«

»Das ist mein Vater«, sagte der andere und vermied es, Fredric in die Augen zu blicken.

»Go right to Birmingham 'n' tell the King!«, rief Stephen aus. »Hat die C14-Datierung ergeben, dass die Gegenstände über zweitausend Jahre alt waren?«

»Jawoll«, sagte Fredric.

Es ging auf halb elf Uhr abends zu, und die beiden Freunde hatten sich einen ruhigen Platz in der Bar gesucht. Fredric gab Stephen eine kurze Zusammenfassung des Informationstreffens. Der englische Archäologe versuchte recht erfolglos, seine professionelle Neugier auf diese Uralt-Funde zu zügeln. Er war schließlich im Urlaub, im Fliegenfischerurlaub, und wollte sich um keinen Preis in das Rødalen-Projekt hineinziehen lassen. Aber er wurde doch von Fredrics Enthusiasmus angesteckt, und sie saßen lange zusammen und diskutierten die verschiedenen Theorien über die Funde. Dabei wurden sie allerdings von einer dritten Person unterbrochen, die sich an ihrem Tisch auf einen Stuhl fallen ließ. Julia Hornfeldt.

»Das war das Schlimmste, was ich jemals gesehen habe«, sagte sie und kniff die Augen zusammen.

»Was denn?«, fragten Stephen und Fredric im Chor.

Sie erzählte, dass sie am Nachmittag das Auto ihres Vaters genommen hatte und zum Rødalen hinaufgefahren war. Mitten im Gebirge, nachdem sie an der Schranke angehalten und die Maut bezahlt hatte, hatte ihr eine gewaltige männliche Gestalt den Weg versperrt. Sie hatte aussteigen müssen, um den Mann dazu zu bewegen, den Weg freizugeben. Es handelte sich um einen uralten Greis, der hässlicher war als jeder Troll, den sie je auf irgendeinem Bild gesehen hatte. Der Alte hatte sich nicht von der Stelle bewegt, bevor er eine lange Reihe von Flüchen und Verwünschungen vom Stapel gelassen hatte, von denen sie nur die Hälfte verstanden hatte. Sein Dialekt war fast vollkommen unverständlich gewesen. Aber sie hatte immerhin verstanden, dass er verdammt noch mal das gesamte Pack zum Teufel wünschte, das jetzt in sein Tal strömte, die Schafe verängstigte und in der Erde herumgrub und das eine Straße ins Tal bauen und alles zerstören wollte. Aber so wahr er Stalg Stalgson hieß, würde er der Sache einen Riegel vorschieben, hatte er noch gesagt. Er hatte Papiere, die auf die Tage seines Urgroßvaters zurückgingen. Irgendwann war sie dann doch noch an ihm vorbeigekommen, aber da hatte sie so unter Schock gestanden, dass sie kurz danach den Wagen anhalten, sich auf einen Stein setzen und tief durchatmen musste. Sie hatte also vom Rødalen nicht viel gesehen, schloss sie ihren Bericht.

Weder Stephen noch Fredric konnten dazu viel sagen. Sie schüttelten nur voller Bedauern den Kopf.

»Aber«, fuhr Julia fort, »als ich zum Hotel zurückkam, habe ich mal Parelius Hegtun nach ihm gefragt. Er konnte mir erklären, wen ich da getroffen hatte. Das war der alte Stalg Stalgson, einer der sturköpfigsten Grundbesitzer. Sein Sohn, der auch Stalg heißt, sorgt dafür, dass der Greis immer über alles informiert ist, was in ihrem Tal vor sich geht, und er hetzt den Alten damit auf, dass es zur Katastrophe und dem Jüngsten Tag kommen werde, wenn man diese Stadtmenschen nicht aufhalte. Die beiden wollen gegen den Staat klagen, um den Straßenbau und die Enteignung zu verhindern. Glaubt ihr, dass diese sturen Böcke die Ausgrabungen verhindern können?« Sie kippte erregt die letzten Tropfen aus ihrem Campariglas hinunter.

»Wohl kaum«, antwortete Fredric. »Nichts kann eine archäologische Untersuchung aufhalten. Dahinter treten alle Gesetze über Eigentum und Gewohnheitsrecht zurück. Die Grundbesitzer können nichts dagegen anführen.«

Er war müde und wollte sich früh schlafen legen. Bevor er ging, verständigten Stephen und er sich über den Ablauf des morgigen Tages. Sie wollten fischen gehen. Neue, blanke Weiher weiter hinten im Rødalen mussten ausprobiert werden. Aber Stephen sollte allein den Toyota nehmen. Fredric wollte mit den Wissenschaftlern fahren, um einen ersten Blick auf das zu werfen, was sich im Moor verbarg. Danach wollte er sich mit der Angelrute Stephen anschließen, und dann hatten sie noch den ganzen Nachmittag und Abend.

Julia wirkte etwas gekränkt, als er ging, und sie murmelte, dass er sicher wieder in den Wald hinauswolle, um dort Pfadfinder zu spielen. Fredric tat so, als ob er es nicht gehört hätte, und grinste grimmig vor sich hin. Pfadfinder!

Er war müde, konnte aber natürlich nicht einschlafen. Wenn er die Augen schloss, sah er eine merkwürdige Mischung aus Moorleichen und Eskimomumien vor sich. Und in seinen Gedanken wirbelten die Namen von Professoren und Grundbesitzern durcheinander. Hier war ein Interessenkonflikt im Gange. Er konnte allerdings nicht begreifen, auf welche Weise *er* darin verwickelt sein sollte. Hatte er einen Konflikt, dessen Wurzeln in Oslo lagen, mit sich hoch an den Savalen gezogen, oder waren der Savalen und das Rødalen der eigentliche Brennpunkt dieses Konfliktes? Ein, möglicherweise zwei Mordversuche gegen ihn in Oslo sowie einer hier. Das war eine bitterernste Angelegenheit.

Die Polizei hatte ihm Informationen über das Motorboot und seinen Fahrer gegeben. Der junge Kerl hieß Kent Johansen und war ein Arbeitsloser aus Drammen. Die technischen Untersuchungen des Bootes hatten gezeigt, dass das Ruder sich *wirklich* verkeilt hatte und dass es auch sein *konnte,* dass der Gashebel sich verklemmt hatte. Aber man konnte nicht wissen, ob das auf eine absichtliche Manipulation zurückging.

Arbeitslos, aber im Besitz eines Motorboots?

Fredric Drum hatte das Gefühl, dass er sich konzentrieren musste, dass er etwas brauchte, das seine Hirnzellen gründlich in Schwung bringen würde. Dann würde vielleicht alles viel klarer werden. Wenn er nur erst diese Gegenstände aus Trondheim bekäme. Daran könnte er sich dann die Zähne ausbeißen. Und im Laufe *dieses* Prozesses würde das Unsichtbare in kristallklarer Deutlichkeit hervortreten.

Als er gerade am Einschlafen war, hörte er einige merkwürdige Geräusche durch das offene Fenster. Es klang so, als ob jemand weinte. Er schlich ans Fenster und sah hinaus.

Drüben am Waldrand, an einem Kiefernstamm, standen zwei Personen. Beide lehnten sich gegen die Kiefer und weinten, leise, aber doch laut genug, sodass Fredric es hören konnte. Zwischendurch wurde etwas gesagt, aber er konnte die Worte nicht verstehen. Die Personen erkannte er dagegen sofort: Lilleif Havsten und sein Sohn Edvard, der junge Radiologe von der NTH.

Fredric Drum saß im Auto des jungen Wissenschaftlers vom pathologisch-anatomischen Institut der Universität in Tromsø, Tor Meissner. Meissner erzählte, dass er ursprünglich einmal vorgehabt habe, in die Rechtsmedizin zu gehen, sich dann aber immer mehr für die Erforschung der Krankheiten in alten Zeiten und das Studium der Anatomie der Ahnen interessiert habe. Wenn alles lief, wie er es beabsichtigt hatte, würde er seine Doktorarbeit über die Funde im Rødalen schreiben. Fredric erzählte im Gegenzug von seiner Arbeit an den Ursprachen und den Theorien, die er über eine eventuelle vorrunenzeitliche Bildersprache entworfen hatte. Diese war wahrscheinlich von mongolischen Volksgruppen entwickelt worden, die sich unmittelbar nach der letzten Eiszeit in der nördlichen Hemisphäre niedergelassen hatten. Beide waren darauf gespannt, zu sehen, was da oben im Rødalen unter der Erde lag.

Fredric fiel auf, dass die Schranke an der Gardviksetra entfernt worden war. Dafür hatte bestimmt der Landeskonservator gesorgt. Jetzt konnte man ungehindert durch den Taleingang fahren.

Sie stellten die Autos am Ende des Schotterweges ab. Von dort aus mussten sie bis zur Fundstelle, die etwas nördlich von Stephens und Fredrics Angelplatz lag, etwa eine Dreiviertelstunde zu Fuß gehen. Professor Hornfeldt berichtete, dass die Gemeinde mehrere Traktorladungen mit Ausrüstungsgegenständen hochgefahren hatte, die die Wissenschaftler brauchen würden. Alles war bereit.

Die Forschergruppe, die sich auf den Weg ins Rødalen machte, war nicht ganz vollzählig. Der Radiologe von der NTH, Edvard Havsten, und Cecilie Lund-Høegh fehlten, weiterhin der Landeskonservator Grinden und der Dermatologe Jens Vesterdal. Sie gingen in kleinen Gruppen, schlugen nach Mücken und blieben zwischendurch immer wieder stehen, um das schöne Tal zu bewundern.

Fredric warf einen Seitenblick auf die Weiher, an denen sie vorbeikamen, und registrierte mit leichter Erregung die verlockenden Bewegungen der Forellen an der Wasseroberfläche. Stephen würde erst in einigen Stunden nachkommen, und bis dahin erwartete Fredric, alles Nötige an der Grabung gesehen zu haben. Er war natürlich auf der Hut. Wenn tatsächlich jemand fest entschlossen sein sollte, ihn um jeden Preis aus dem Weg zu räumen, dann konnte es dazu kommen, wenn er es am wenigsten erwartete. Trotzdem glaubte er nicht wirklich daran, dass auf ihn ein gefährlicher Anschlag verübt werden könnte, während er zehn andere Personen um sich herum hatte, mitten am helllichten Tag, in dem offenen Gelände, wo sie sich jetzt befanden. Ein so großes Risiko würde der Mörder wohl kaum eingehen.

Sie kamen am Vesltjern vorbei. Hier hatte er seine schönen Forellen gefangen. Vom Vesltjern aus war es nicht mehr weit bis zur Fundstelle.

Professor Hornfeldt ging neben Fredric. Er war bester Laune, und es war offensichtlich, dass der Archäologe sich voller Erwartung auf die wissenschaftlichen Ausgrabungen freute.

»Reines Glück«, sagte er, »es war reines Glück, dass die Leichen gefunden wurden. Sie waren gerade dabei, einen Graben hinunter zu einem kleinen Weiher auszuheben. Dazu benutzten sie einen großen Bagger. Sie wollten wohl einen zusätzlichen Bach zum Laichen der Fische anlegen. Zum Glück war der Baggerführer sehr aufmerksam. Er unterbrach die Arbeit augenblicklich, als er einen Fuß aus der braunen Moorerde ragen sah. Dann rannte er, so schnell er konnte, zu seinem Auto und fuhr zum nächsten Telefon. Von dort aus hat er die Polizei und einen Arzt informiert. Er war davon überzeugt, die vermissten Belgier gefunden zu haben. Sie haben vielleicht davon gehört, dass hier im Tal vor einigen Jahren drei belgische Wanderer verschwunden sind?«

Fredric nickte. Dann fragte er: »Aber wie haben die Polizei und der Arzt reagiert, als sie hierher kamen? Hatten sie die nötigen Kenntnisse, um zu sehen, dass es sich hier um einen Fund aus der Vorzeit handelte? Ich meine, ein Fuß ...«

Der Professor lachte.

»Wieder Glück gehabt«, sagte er. »Der Arzt war von der vorsichtigen Sorte. Als er anfing, um den Fuß herum in der Erde zu graben, fand er mehrere Gegenstände, die er für sehr alt hielt. Und bei einer etwas genaueren Untersuchung des Fußes selbst begriff er sofort, dass es sich nicht um eine Leiche aus der heutigen Zeit handeln konnte. Er ließ daher alles so liegen, wie es war, und nahm Kontakt zum Landeskonservator auf, der wiederum uns verständigte. Wir waren wenige Tage später hier oben. Das war bekanntlich Anfang Oktober, es lag Frost in der Luft, und es konnte jederzeit Schnee geben. Deshalb haben wir die Funde gesichert, das Gebiet abgesperrt und alle weiteren Untersuchungen bis jetzt aufgeschoben.«

»Aber es war doch die Rede von zwei Leichen. Ihr müsst dann wohl doch noch gegraben haben, um die andere zu finden?«

»Nein, wir haben fast nichts unternommen. Wir haben etwas Erde um den ersten Körper herum entfernt, sodass Teile des Unterkörpers zum Vorschein kamen. Weiterhin haben wir einige Gegenstände herausgeklaubt. Und dann haben wir uns den Graben, der bereits ausgehoben worden war, näher angesehen. Nur zwei Meter weiter hinten haben wir noch einen Fuß gefunden. Der war kaum zu sehen, und man kann es dem Baggerführer nicht vorwerfen, dass er den nicht entdeckt hat. Wir haben vorsichtig auch dort gegraben, und es tauchte ein weiterer Körper auf, das heißt, seine Beine.«

»Meine Güte«, rief Fredric aus, »dann könnte es ja auch Dutzende von Leichen in diesem Moor geben. Es kann sich um einen ganzen Friedhof handeln!«

Der Professor nickte heftig.

»Knochenreste sind jedenfalls reichlich gefunden worden, aber die stammen wohl zum größten Teil von Tieren, die im Lauf der Jahrhunderte im Moor versunken oder einfach so hier gestorben sind.«

Der Student Gunnar Grepstad zeigte eifrig in die Richtung, in die sie gingen. Ein paar Meter weiter vorn konnten sie einen kleinen Weiher sehen. Auf der Ostseite des Weihers befand sich in leichter Hanglage ein langer, brauner Moorstreifen, auf dem ungefähr in der Mitte ein eingezäuntes Gebiet lag. Innerhalb des Zaunes flatterten ein paar graue Planen im leichten Wind. Vom Birkenwäldchen bis zu den Planen hinunter konnten sie einen dunklen, geraden Streifen erahnen. Das war der Graben, der ausgehoben worden war, aber er unterschied sich farblich nicht sehr vom Rest des Moores.

Es war eine stille Gruppe, die sich dem Zaun näherte. Die Spannung war groß, und die meisten traten vorsichtig auf die

Moospolster, als ob sie Angst hätten, dass durch ihr eigenes Körpergewicht etwas zu Schaden kommen könnte, das sich möglicherweise direkt unter der Torfoberfläche befand.

Der Stacheldraht wurde zwischen zwei Pfosten entfernt. Grepstad und der andere Student, John Ferner, fingen an, die Steine von den Planen wegzutragen. Professor Hornfeldt ging herum und gab mit leiser Stimme Anweisungen. Es wurde wenig gesprochen. Bald waren die Planen zusammengerollt, und der Graben lag offen vor ihnen. Dampfende Moorerde. Alle gingen zögernd darauf zu.

Fredric stand neben Tor Meissner. Der Graben war an seinem Ende erweitert. Dort mochte er durchaus etwa anderthalb Meter breit sein. Die Tiefe betrug fast einen Meter. Fredric sah nichts als Erde und nahm einen sauren Geruch wahr.

»Sie sind mit Erde bedeckt«, sagte Hornfeldt. »Johanna, geh mit Grepstad da rüber. Und nehmt diese kleinen Spaten mit. Ferner, du kommst mit mir, dann fangen wir hier an.«

Victor Hornfeldt und Johanna Gudner sprangen in den Graben hinunter. Die beiden Studenten zögerten etwas, sprangen dann aber hinterher. Fredric fielen einige Stäbe auf, die an bestimmten Stellen in die Moorerde gesteckt worden waren. Auf jedem Stab standen ein paar Buchstaben und Zahlen. Die Funde waren anscheinend ordentlich markiert worden, sodass man genau wusste, was sich unter der Erde befand. Hornfeldt und Gudner beherrschten ihr Fach.

Unten im Graben wurde mit leiser Stimme gesprochen. Den Studenten wurden gewisse Dinge erklärt. Dann begannen sie mit professioneller Effizienz zu graben. Sechs Gesichter und zwölf Augen verfolgten von der Grabenkante aus jede Bewegung und jeden kleinen Vorstoß der Spaten in stummer Spannung.

Es vergingen fünf Minuten, zehn Minuten und eine Viertelstunde. Die Gummistiefel gaben in dem nassen Morast schmatzende Geräusche von sich. Die Grabung wurde unglaublich vorsichtig durchgeführt. Nach zwanzig Minuten stieß Gunnar Grepstad einen leisen Ruf aus. Ein Fuß war zum Vorschein gekommen.

Daraufhin wurden Bürsten und kleine batteriebetriebene Apparate eingesetzt, die die Erde wegbliesen. Nach einer Weile traten die vier, die unten im Graben arbeiteten, zur Seite. Die Mücken schwirrten in gewaltigen Schwärmen über ihnen, und es dampfte aus dem Moor. Fredric starrte hinab.

Er konnte fast die Hälfte eines Körpers sehen. Die Haut war grauschwarz und verschrumpelt, ein Paar magere Beine mit eingeschrumpfter Muskulatur, die Sehnen und Knochen erkennen ließ, gehörten wahrscheinlich einem Mann. Der Unterleib war ein unförmiger Klumpen. Es war ein unheimlicher Anblick, aber der Brustkorb, die Schultern und der Kopf waren immer noch verborgen. Ein Stück von einem Arm war zu sehen.

Professor Hornfeldt trocknete sich den Schweiß ab, sah zu den anderen an der Grabenkante hoch und sagte: »Seht ihr?« Er nahm einen Spaten, der nicht viel größer war als ein Löffel, und klopfte vorsichtig auf die Wade der Leiche. Es klang, als ob er ein Stück Holz berührte. »Hart wie Stein«, sagte er, »vollkommen ausgetrocknet und gegerbt. Es dauert viele Hundert Jahre, bis ein Körper so wird.«

Plötzlich redeten alle durcheinander. Die Begeisterung war enorm. Hier hatten sie es mit etwas Wichtigem zu tun. Insgeheim waren sie alle mit der nervenzehrenden Befürchtung hierher gekommen, dass die Grube leer sein könnte und die Leichen vielleicht auf geheimnisvolle Weise im Laufe des Winters verschwunden wären. Jetzt wurden sie diesen Verdacht los, jetzt sahen sie es mit eigenen Augen.

Hornfeldt, Gudner und die beiden anderen fingen wieder an zu graben. Sie hatten vor, die eine Leiche ganz freizulegen.

Fredric und die fünf anderen standen wie festgenagelt am Grabenrand und verfolgten, wie allmählich mehr und mehr von der Leiche ans Tageslicht kam.

Da war der Brustkorb, hohl und eingefallen. Die Arme lagen verdreht an den Seiten. Die Schultern und der Hals. Plötzlich wurde die Grabung unterbrochen, und Fredric hörte Hornfeldt kräftig fluchen.

Als die Forscher endlich zur Seite traten, konnte er die ganze Leiche erkennen. Oberhalb des Halses war nichts: Der Kopf fehlte vollständig.

8

Sie bereiten ein lukullisches Mahl zu, der Hotelbesitzer vertraut sich ihnen an, und Stille senkt sich über das Tal

»Eigentlich gar nicht unerwartet, oder?« Stephen saß auf einem Moospolster und schmierte seine Fliegenschnur mit einer fettigen Substanz ein. »Der Lindowmann wurde hingerichtet, der Grauballemann hatte eine durchgeschnittene Kehle, und so weiter. Die meisten dieser Funde weisen Spuren von Hinrichtungen auf. Und hier oben im Norden haben sie ihnen also den Kopf abgeschlagen, bevor die Leichen ins Moor geworfen wurden.«

Fredric hatte seinen Freund am Vesltjern gefunden, wo er gerade dabei war, seine Ausrüstung zusammenzubauen. Er berichtete ihm detailliert über den Ausgang der heutigen Expedition und die Enttäuschung, die sich breitgemacht hatte, als sich zeigte, dass beiden Leichen der Kopf fehlte. Für Martin Grüner, den Odontologen von der Zahnmedizinischen Hochschule, gab es nicht viel zu tun. Wenn nicht noch weitere Leichen im Moor auftauchten oder die abgetrennten Köpfe gefunden wurden. Die Gruppe hatte den Fundort am frühen Nachmittag verlassen, nachdem alles für gründliche Untersuchungen und weitere Ausgrabungen am nächsten Tag vorbereitet war.

Fredric saß etwas abseits von Stephen und bastelte an seiner eigenen Ausrüstung herum, die Stephen ihm mitgebracht hatte. Der Himmel war wie üblich fast wolkenlos, und um ihre Köpfe kreisten große Mückenschwärme. Er war hin- und hergerissen: Sollte er einen weiteren Versuch machen, mit dem alten Jäger Hugar zu reden? Er hatte das Gefühl, dass ihm dieser den Schlüssel zu dem Rätsel geben konnte, das ihn im Laufe der Zeit immer stärker quälte. In einer Angelegenheit war er sich jedenfalls sicher: Der Jäger lief nicht mit einem Blasrohr herum, um Giftspritzen in die Nacht hinauszupusten.

Morgen. Morgen wollte er Stephen mit zum Storbekktjern und zur Hütte unter dem Bergüberhang nehmen. Jetzt war es Zeit zum Fischen.

»Das treibt besser oben. Nimm doch auch etwas davon und schmier deine Leine damit ein.« Stephen reichte Fredric eine Dose mit Spezialfett für Fliegenschnüre. Danach betrachtete er die Insekten, die über die Wasserfläche des kleinen Weihers flogen, genauer. Es kam darauf an, eine passende Imitation in seiner eigenen Fliegenbox zu finden. »March Brown«, murmelte er und fummelte ein winzig kleines, braungraues, zerzaustes Dingelchen hervor.

Jeder schlich sich von seiner Seite aus ans Wasser an.

Fredric wurde von der Sonne geblendet, die sich auf dem Wasser spiegelte. Der Nacken juckte ihm von mehreren Mückenstichen. Er suchte forschend die Hänge ab, die dieses idyllische Gewässer umgaben. Eine Schafherde weidete ruhig direkt hinter ihm. Die Glöckchen klangen friedlich und rhythmisch. Die geschwungenen Kurven der Rødalshøa wurden im Teich reflektiert und versuchten, nach den leichten Vibrationen, die durch Fischbewegungen an der Oberfläche entstanden, wieder zur Ruhe zu kommen. Im Umkreis von einem Kilometer konnte sich niemand aufhalten. Nur Stephen und er.

Er machte die Rute bereit und führte einige Probewürfe über seinem Kopf aus. Danach ließ er die Fliege elegant im

Zentrum der durch das kurze Auftauchen eines Fisches hervorgerufenen ringförmigen Welle landen. Sofort biss der Fisch an, und ein nervenaufreibender Kampf begann.

Keine störenden Assoziationen, keine unwillkommene Gedankenfolge konnte die unmittelbaren Sinneseindrücke und die kribbelnde Spannung der nächsten beiden Stunden verdrängen. Fredric Drum fühlte sich zurückversetzt an den Ursprung des Lebens als Teil der Natur: in das natürliche und uralte Zusammenspiel, bei dem sein eigener Körper ein organischer Teil der Büsche, Steine, des Moors, des Schilfs und Wassers wurde, im Versuch, sich eine Beute zu erobern. Die Forelle. Es ging um die Forelle und ihn. Sie bildeten ein vollendetes Ganzes. Ansonsten gab es *nichts* anderes.

So, wie die Tropfen in einer guten Flasche Wein den konzentrierten Sonnenschein eines vergangenen Sommers enthielten und längst vergessene Duft- und Geschmackserinnerungen wieder heraufbeschwören konnten, so vermochte das bebende Gefühl im Augenblick, bevor der Fisch anbiss, den über Jahrtausende weitervererbten Jagdinstinkt und überschäumenden Stolz zu wecken. Er genoss diesen außergewöhnlichen Rausch.

Sie näherten sich jeder von seiner Seite einer Landzunge am Nordufer des Weihers. Stephen winkte, und Fredric winkte zurück. Der Engländer zeigte auf eine üppige Wiese, auf der er seinen wohlgefüllten Wanderrucksack abgestellt hatte. Fredric nickte und grinste; es war Zeit für eine Rast.

Sie warfen sich ins Gras. Stephen strahlte über das ganze Gesicht. »Unvergleichlich«, sagte er und leerte seine Fischtasche. Elf feiste Forellen glänzten im Gras.

Fredric war nicht weniger stolz, als er seinen Fang vor dem Freund aufreihte: Acht Stück waren es geworden.

Stephen begann, in seinem Rucksack zu wühlen. Er holte

eine flache Metalldose hervor, die zum Räuchern von Fisch diente. Dann einige Scheiben Bauernbrot. Tomaten, Gurken und diverse Gewürze. Teller und Gläser. Weingläser, wie Fredric erstaunt zur Kenntnis nahm. Bald lagen vier der größten Forellen zum Garen in Stephens praktischem Räucherofen, und der Duft, der daraus aufstieg, war nicht gerade unangenehm.

»*Close your eyes, friend*«, sagte Stephen plötzlich, während er mit etwas in der einen Rucksacktasche herumhantierte.

Fredric schloss artig die Augen, gespannt darauf, was sich ihm gleich offenbaren würde. Als er sie wieder öffnen durfte, stand eine schöne Flasche im Gras zwischen ihnen. Fredric riss die Augen auf, als er das Etikett sah: Château Mouton Rothschild 1970.

»Hack-à-la-Wack, Lamm-à-la-Drum, Gubb-à-la-Tob!« Etwas anderes fiel ihm nicht ein.

»Kann man eine bessere Gelegenheit für einen guten Wein finden?«, grinste Stephen, als er den fassungslosen Gesichtsausdruck seines Freundes bemerkte. Die Flasche hatte er in Heathrow gekauft.

Der Fisch war goldbraun und knusprig, sein Fleisch tiefrot, und es zerschmolz auf der Zunge. Sie aßen und tranken schweigend. Eine einzigartige Mahlzeit in einem wunderschönen Tal. Einige Schafe kamen ihnen ganz nah und legten die Köpfe schief, um die beiden Männer, die sich entspannt ins Gras geworfen hatten, zu betrachten. Nicht einmal Lukullus, dachte Fredric, hätte solch berauschende Üppigkeit zu bieten gehabt.

Stephen gähnte, streckte sich lang aus und schloss die Augen. Der Wein machte sie beide träge und schläfrig. Fredric stocherte mit einem Grashalm in ein paar Resten von Fischhaut. Seine Gedanken flossen in langen, ruhigen Wellen dahin. Er war eine Daunenfeder, die auf und ab gewiegt wurde, auf und ab. Plötzlich brach sich der Kamm einer Welle, und ein Brecher, sehr salzig und eiskalt, stürzte über ihm zusammen. Er setzte sich mit einem Ruck auf.

Und starrte wie hypnotisiert auf die Fischhaut. Nein, das konnte ja wohl nicht die Möglichkeit sein! Das konnte überhaupt nicht möglich sein. Oder doch? Der Gedanke war ihm plötzlich gekommen, hatte sich in ihn verkrallt und saß jetzt fest. Bedrohlich und schmerzhaft schloss er alles andere aus. Er war so unmöglich, so allumfassend unmöglich. Deine Phantasie, Fredric, so dachte er, kann gefährlich groteske Formen annehmen. *Diesen* Gedanken durfte er jedenfalls nicht öffentlich äußern. Dafür stank er zu fürchterlich. Vergiss es, Fredric, ermahnte er sich selbst. Vergiss es!

Aber der Gedanke ließ sich nicht wieder verscheuchen.

Stephen schlief. Es ging auf acht Uhr zu. Verärgert stand Fredric auf und trat so heftig gegen die Fischhäute, dass sie wie braune Lumpen den Grashang hinunterflatterten. Vier Schafe traten die Flucht an. Dann tauschte er das Vorfach seiner Angelrute aus und wechselte die Fliege. Danach setzte er sich wieder und spähte in das Tal hinein, mit einem Blick, der direkt durch Berge und Hänge hindurchging.

Wenn Stephen noch länger hier liegen blieb, würden ihn die Mücken auffressen. Fredric musste seinen Freund wecken. Er ergriff seine Fußsohle und zog einmal kurz daran. Stephen setzte sich mit einem verwirrten Gesichtsausdruck auf und rieb sich die Augen.

»It's a real Inca tambourine«, sagte er. Er war an einem ganz anderen Ort auf dem Planeten gewesen.

Sie beschlossen, noch eine Stunde zu fischen, bis sie zum Hotel zurückkehren wollten. Fredric ging zum Steintjern hinunter und warf, während er am Ufer entlangwanderte, immer mal wieder die Angel aus. Er wurde den Gedanken, der wie ein Ungeheuer in seinem Kopf herumpolterte, einfach nicht mehr los. Erst als sich eine etwa ein Kilo schwere Forelle an seiner Fliege verhakte, verschwand der dunkle Schatten.

»Fredric siebzehn – Stephen neununddreißig!« Der Engländer stieß mit Fredric an, als dieser in die Bar hinunterkam.

Er hatte vorher geduscht und seine unzähligen Mückenstiche eingeschmiert. Außerdem hatte ihm die Sonne ganz schön zugesetzt. Fredric hatte einen leichten Sonnenbrand im Gesicht. Als er in der Bar zu seinem Freund stieß, ging es dort gerade hoch her. Er hörte, wie an verschiedenen Tischen rundherum laut über die Entdeckung an der Fundstelle gesprochen wurde. Es waren fast nur Wissenschaftler in der Bar, die anderen Gäste befanden sich in der Minderheit. Ein paar Pressevertreter waren im Laufe des Tages eingetroffen und umringten nun Professor Hornfeldt. Seine Tochter war nirgendwo zu sehen.

Stephen trank Whisky, Fredric bestellte eine ganze Flasche italienischen Chianti. Die erste Hälfte davon trank er ziemlich schnell aus, während er Stephen bei seiner humorvollen Beurteilung des heutigen Angeltags zuhörte. Er selbst hatte allen Grund, zufrieden zu sein: zehn schöne Forellen. Herrliche Ausgangsprodukte für die phantasievolle Gastronomie der »Kasserolle«.

Es war fast zwölf, als Edvard Havsten die Treppe in die Bar herunterkam. Er blieb unten stehen und ließ seinen Blick suchend umherwandern. Als er Fredric entdeckte, ging er zögernd an dessen Tisch.

»Leider«, sagte er, »sind die Gegenstände immer noch nicht angekommen. Aber Frau Dr. Lund-Høegh hat dafür gesorgt, dass sie unterwegs sind. Sie können ja so lange das hier lesen.« Er übergab Fredric einige Papiere, die er aus der Innentasche seiner Jacke gezogen hatte.

Fredric sah, dass es sich um den Bericht zur Altersbestimmung handelte. Er blätterte ihn flüchtig durch und steckte ihn dann in seine eigene Tasche, während er Havsten dankte und den jungen Radiologen bat, sich an ihren Tisch zu setzen. Stephen war an der Theke, um sich Nachschub zu besorgen, und nutzte die Gelegenheit, um mit der Bedienung zu flirten.

Edvard Havsten zögerte, suchte sich dann aber doch einen Stuhl. Fredric gelang es nicht, den melancholischen, etwas bekümmerten Blick seines Gegenübers auf sich zu ziehen. Er studierte den Mann schnell und diskret. Havsten war kräftig gebaut, aber blass. Um den Hals trug er etwas, das wie ein Schmuckstück aussah, aber wohl eine Art Amulett sein musste. Es konnte schon alt sein, die Patina wirkte echt.

»Haben Sie die Kopflosen verpasst?« Fredric schlug einen leichten Ton an.

»Hab da oben nicht so viel zu tun. Unsere Ausrüstung lässt sich nicht transportieren, aber Frau Dr. Lund-Høegh und ich werden schon dafür sorgen, dass wir die Proben bekommen, die wir haben wollen. Sodass die Altersbestimmung so genau wie möglich wird.«

Fredric dachte nach und trank ein paar große Schlucke aus seinem Glas. »Die Carbon-14-Methode«, sagte er. »Ist es eigentlich *überhaupt* möglich, dass ihre Ergebnisse unkorrekt sind, dass die Altersbestimmung stark von dem wirklichen Alter abweicht?«

»Ganz unmöglich«, antwortete der andere und schüttelte energisch den Kopf, »besonders jetzt, wo wir an der Hochschule den Tandem-Beschleuniger bekommen haben. Vorher hatten wir nur das Zyklotron am Physikalischen Institut in Oslo. Mit dem musste man die Probe fast ganz verbrennen, um das Alter bestimmen zu können. Jetzt genügen ein paar Fusseln. Der neue Beschleuniger, der dreißig Tonnen wiegt, führt die C14-Datierungen tausendmal effektiver durch. Und er irrt sich nie.«

Fredric nickte. Eigentlich wusste er das, die Frage war überflüssig. Er wollte nur eine Bestätigung hören. Der junge Forscher stand auf.

»Ich glaube, ich lege mich jetzt besser mal hin. Dies ist kein Ort für mich. Sie bekommen Ihre Sachen wohl morgen.« Er murmelte einen Gutenachtwunsch und ging.

Merkwürdiger Typ, dachte Fredric. Dies war also kein Ort für ihn. Vielleicht war er religiös? Der amulettartige Gegenstand, den er um den Hals trug, konnte so manches bedeuten. Aber er hatte Fredrics Blick nicht ein einziges Mal erwidert, während er dort gesessen hatte. Fredric hatte plötzlich eine Idee und stand auf.

Als er an der Bar vorbeieilte, sagte er zu Stephen, dass er gleich wiederkommen würde. Danach ging er zur Rezeption hinauf und fragte den Nachtportier, ob Edvard Havsten in seinem Zimmer sei. Da sein Schlüssel am Brett hing, schien das nicht der Fall zu sein. Der Nachtportier murmelte, dass es ja womöglich Havsten gewesen sein konnte, der da gerade in Richtung Ausgangstür an ihm vorbeigegangen war.

Also war Edvard Havsten draußen in der Sommernacht. Vielleicht stand er an einem Kiefernstamm und weinte mit seinem Vater um die Wette, dachte Fredric und drehte sich auf dem Absatz um. Ein milder Parfumduft zog vorbei, und er erhaschte noch einen kurzen Blick auf ein leichtes, blaues Kleid, das die Treppe zur Bar hinunter verschwand. Er wollte gerade hinterhergehen, als er ganz hinten im Wintergarten eine einzelne Person sah, die über einen Tisch gebeugt saß. Es war der Hotelier Parelius Hegtun.

»Nachtarbeit?«, fragte Fredric leichthin, während er vorbeischlenderte und so tat, als sei er sehr interessiert am Wurzelsystem eines Feigenbaums.

»Verdammt«, stöhnte der Hotelbesitzer und strich sich über die Stirn. »All diese Zahlen gehen mir auf die Nerven. Die Frau, die sich normalerweise darum kümmert, hat gerade Urlaub.« Er schob einen Stapel Papier zusammen und gähnte. Seine Augen wirkten ganz normal.

»Läuft das Hotel gut?«, fragte Fredric vorsichtig.

Hegtun zeigte auf einen Stuhl, und Fredric ließ sich nicht zweimal bitten.

»Ich will Ihnen was sagen, Drum. Das Hotel läuft immer besser. Norwegen ist gerade dabei, den Savalen und die Naturwunder, die die Umgebung hier zu bieten hat, zu entdecken. Da kann dieser blöde Havsten noch so viel herumstänkern. Er meckert und meckert. In den letzten vier Jahren hat er mich damit fast zum Wahnsinn getrieben, und ich werde davon so verspannt, dass mir die Augen aus dem Kopf zu springen drohen. Immer wieder malt er den drohenden Konkurs an die Wand.« Die Augen des Hoteliers standen für einige Sekunden über Kreuz, normalisierten sich dann aber wieder.

»Ach, tatsächlich«, nahm Fredric höflich Anteil. »Aber wer ist dieser Havsten denn eigentlich? Sein Sohn ist ja jetzt auch hier, wegen dieser Rødalen-Ausgrabungen.«

»Pfff!« Ein langer Zischlaut kam über Hegtuns Lippen. »Eigentlich ist es eine Tragödie. Eine große Tragödie. Der Mann ist verrückt. Die ganze Familie ist verrückt. Wenn ich ihn nicht schon seit dem Gymnasium kennen würde, hätte ich ihm längst gesagt, er solle zum Teufel gehen. Ich habe kein Interesse an diesem Projekt, aus dem sowieso nie etwas werden kann.«

»Ein Projekt?« Fredric versuchte, nicht allzu neugierig zu wirken.

»Das ist doch ein einziges Luftschloss! Es kommt mir gerade so vor, als ob er sich umso mehr Luftschlösser baut, je mehr vorher eingestürzt sind. Ich kann seine Frau gut verstehen, die nach dem letzten Konkurs das Weite gesucht hat. Er hat ein paar Restaurants besessen, die vor einigen Jahren alle mit Karacho pleitegegangen sind. Und jetzt will er aus dem Rødalen Norwegens modernstes Touristenzentrum machen, mit Hotels und Skipisten und Gott weiß, was er hier im Rødalen *noch* alles anlegen will. Im Rødalen!« Hegtun schnaubte verächtlich. »Er hat es nie begriffen, und er wird es auch nicht begreifen. Zunächst sind da mal die Grundbesitzer. Die werden keinen Quadratmeter freiwillig abgeben. Und dann jetzt noch diese Ausgrabungen. Das wird alles ein Naturschutzgebiet, wenn es erst mal vom Staat übernommen wird. Während Havsten immer leuchtendere Augen bekommt. Der Mann ist vollkommen durchgeknallt, wenn Sie mich fragen.«

»Und sein Sohn?«, fragte Fredric vorsichtig.

»Sein Sohn! Genauso unmöglich, außerdem ein depressiver Typ. Jedes Mal, wenn er in den letzten vier Jahren, seit sein Vater hier oben lebt, zu Besuch da war, kam es mir so vor, als ob es mit dem Vater schlimmer geworden wäre. Der wird immer starrköpfiger. Ich kann das einfach nicht mehr aushalten.« Parelius Hegtun legte seine Papiere zu einem Stapel zusammen.

»Aber warum wohnt er hier im Hotel? Das muss doch teuer sein?« Fredric wollte den Hotelier nicht gehen lassen.

»Ja, das kann man sich wirklich fragen. Vor vier Jahren, nach dem Konkurs und der Scheidung, hat er sich an mich gewandt. Unserer alten Freundschaft zuliebe habe ich ihm einen Erholungsaufenthalt hier angeboten. Dann hat er das Rødalen entdeckt und wurde ganz besessen davon. Was das Geld angeht – er bezahlt für seinen Aufenthalt hier, sagt, er habe etwas auf ein privates Konto gerettet. Aber wie er es schaffen will, ein etwaiges Rødalen-Projekt zu finanzieren, ist mir ein Rätsel. Bei Lilleif Havsten ist fast alles rätselhaft. Er sollte spätestens jetzt seine Koffer packen, nachdem man dort drinnen diese sensationellen Funde gemacht hat. Denn die sind doch etwas ganz Aufsehenerregendes, oder nicht?«

Der Hotelbesitzer versuchte, seinen Blick direkt auf Fredric zu richten.

»Doch«, nickte Fredric, »die sind schon eine ganz schöne Sensation.«

Parelius Hegtun erhob sich. Sie gingen gemeinsam auf die Rezeption zu.

»*Ich* bin auf jeden Fall zufrieden mit all dem hier.« Der Hotelier breitete die Arme aus. »Fünfundzwanzig Jahre habe ich gebraucht, um das aufzubauen. Mühen und Schweiß und Kampf gegen die Gemeinde und die Bürokratie. Aber jetzt habe ich das steilste Stück des Weges hinter mir. Endlich beginnen die Dinge, sich von selbst zu entwickeln.« Hegtun ergriff plötzlich Fredrics Arm und sagte ihm vertraulich ins Ohr: »Und um es ganz direkt zu sagen, Drum: Wenn diese Funde wirklich so wichtig sind, wie man sagt, kann dieses Hotel zur reinsten Goldgrube werden. Im Umkreis von zehn Kilometern gibt es keine anderen Hotels!« Seine Augen waren blank und groß und perfekt fokussiert.

Unten in der Bar war die Stimmung auf dem Höhepunkt. Stephen und Julia tanzten einen altmodischen Tango, und der Engländer hatte einen seligen, träumerischen Gesichtsausdruck, während er sich mit Julias Kopf an seiner Schulter über die Tanzfläche bewegte. Pass auf, alter Junggeselle, lächelte Fredric vor sich hin und gönnte sich eine weitere Flasche Chianti. Er machte es sich an ihrem alten Tisch gemütlich, mit dem Rücken zur Wand und in ziemlich sparsamer Beleuchtung. Keiner der anderen Gäste schien sich besonders für irgendetwas anderes als das eigene Gespräch zu interessieren. Aus der Gruppe der Wissenschaftler erkannte er den Reichskonservator und Jacob Zimmer, die allein dasaßen. Die Archäologen Gudner, Grepstad und Ferner sprachen mit ein paar Leuten, die vielleicht Journalisten waren. Professor Hornfeldt saß bei dem Dermatologen Jens Vesterdal und dem sympathischen wissenschaftlichen Assistenten Meissner aus Tromsø. Ganz hinten im Lokal erkannte er Marta Mulligan vom Biologischen Institut zusammen mit dem Zoologen Motzfeldt und dem Odontologen Martin Grüner. Überall wirkte die Stimmung munter und angeregt.

Er zog den Datierungsbericht hervor, den er von Edvard Havsten bekommen hatte, und sah ihn rasch durch. Er wirkte vertrauenswürdig. Acht Forscher und Studenten von der NTH hatten ihn unterzeichnet.

Mehr als zweitausend Jahre alt. Stammten die Gegenstände und die Leichen wirklich aus dieser Zeit? Und welche weiteren Funde mochte die Umgebung noch bereithalten? Vielleicht würde um diese Ausgrabungen herum ein spezielles Museum errichtet werden. Und dann würde das Rødalen zum Schutzgebiet werden. Das wäre sicher nicht das Schlechteste, fand Fredric. Schlimmer wäre es, wenn dieser Havsten die Möglichkeit bekäme, seine Phantasien zu realisieren. Er kniff die Augen zusammen und überblickte suchend den halbdunklen Raum. Irgendetwas war hier nicht in Ordnung. In dieser Gesellschaft befand sich eine Person, die unerwünscht war. Er, Fredric Drum. Irgendjemand wünschte Fredric Drum an einen ganz anderen Ort auf dem Planeten, am liebsten in eine andere Welt. Lag das an der Puppe, mit der er zu tun gehabt hatte? An den Zeichen, die er deuten sollte? An anderen Dingen, die er jetzt noch nicht erkennen konnte, die aber allmählich deutlicher würden? Er trank seinen Chianti in schnellen, kleinen Schlucken.

Stephen und Julia kamen Arm in Arm an den Tisch zurück. Fredric stellte nicht ohne eine gewisse Erleichterung fest, dass Julia mehr auf seinen Freund als auf ihn fixiert zu sein schien.

»Tiefes Philosophieren über den Bodensatz des Traubensaftes aus der Toskana?« Stephen schlug Fredric auf die Schulter.

»Man sollte sich in einer Sommernacht wie dieser nicht in einer warmen Kellerbar aufhalten«, sagte er und schüttelte den Kopf.

Fredric lächelte, antwortete aber nicht. Die fruchtig-frischen Chianti-Tropfen knüpften in seinem Kopf freundschaftliche Bande der Bruderschaft und lockten angenehme Gedanken hervor, die er auf seinen Freund übertrug.

»Hast du Lust, ein bisschen spazieren zu gehen?« Es war Julia, die diese Frage stellte. Fredric zuckte zusammen, aber diesmal war die Frage an Stephen gerichtet.

Der Engländer war sofort auf den Beinen, und Julia hakte sich bei ihm unter.

»Gute Nacht, Fredric«, sagte sie und lächelte.

In diesem Lächeln lag weder Ironie noch Enttäuschung. Es war ganz einfach ein echtes Gutenachtlächeln. Fredric brummte zufrieden vor sich hin.

Er blieb noch eine halbe Stunde sitzen. Dann ging er direkt zur Rezeption und bekam seinen Zimmerschlüssel.

Er hörte niemanden unter den Kiefern weinen. Sah keine Schatten über dem Heidekraut, als er das Fenster öffnete, um so viel frische Luft wie möglich ins Zimmer zu bekommen. Die Sommernacht umhüllte das Savalen-Fjellhotel friedlich und schützend.

»Sieh mal hier«, sagte Fredric und entfaltete auf dem Tisch vor Stephen eine Karte. »Hier im Innern des Tals, nur eine Viertelstunde zu Fuß vom Vesltjern entfernt, liegt ganz versteckt ein kleiner Weiher unten in einem Talgrund. Der Storbekktjern. Ich habe gehört, dass das der beste Fischteich im ganzen Rødalen-Gebiet sein soll. Große Fische, sehr große Fische. Saiblinge, *Salvelinus alpinus.* Aber schwer zu fangen.«

Stephen betrachtete interessiert die Karte. Sie hatten gefrühstückt und saßen jetzt an einem Tisch im Wintergarten, um über den heutigen Angelausflug zu diskutieren. Fredric wollte nicht an die Ausgrabungsstätte, denn er hatte dort nicht viel zu tun. Er wartete auf die Gegenstände, die auf dem Weg von Trondheim hierher waren.

»Salvelinus alpinus«, nickte Stephen. »Noch besser als Forellen. Ehrlich gesagt, habe ich diesen schönen Fisch noch nie zu fangen versucht. Das wird also ein besonderes Erlebnis. Keine Frage, das versuchen wir heute.«

Fredric erzählte weiter, dass dort dieser mystische alte Jäger seine Hütte hatte, gleich in der Nähe, und dass sie die Gelegenheit nutzen könnten, um ihm einen Besuch abzustatten. Stephen war von dem Vorschlag begeistert, und sie begannen, sich für den Ausflug bereit zu machen. Da sie den ganzen Tag unterwegs sein würden, nahmen sie reichlich Proviant mit. Der Hotelbesitzer hatte ihnen auf ihre Bitte bereitwillig die Küche zur Verfügung gestellt, sodass sie sich versorgen konnten.

Allmählich kannten sie den Weg ins Rødalen schon recht gut. Deshalb dauerte die Fahrt dorthin nicht lang. Außerdem war die Schranke jetzt durchgehend geöffnet. Zu ihrer Überraschung sahen sie am Ende der Straße recht viele geparkte Autos. Das waren wohl Wissenschaftler und vielleicht auch Journalisten, aber Fredric fielen auch ein paar Wagen von der Straßenbaubehörde auf. Natürlich. Sie waren auf Inspektionstour für die neue Straße, die bis zur Ausgrabungsstätte hinauf angelegt werden sollte. Damit sollte im nächsten Monat begonnen werden, soviel er gehört hatte. Der Toyota holperte noch ein ganzes Stück den Traktorweg entlang, bevor sie ihn auf dem befestigten Parkplatz abstellten.

Sie nahmen ihre Rucksäcke und machten sich in gemütlichem Tempo auf den Weg ins Tal. Im Laufe der Nacht hatte es einige Regenschauer gegeben, sodass die Vegetation stark duftete und tausend Tropfen auf Blättern und Zweigen funkelten. Als sie den Vesltjern erreicht hatten, machten sie eine kleine Verschnaufpause, bei der sie sich nur mit großer Selbstbeherrschung davon abhalten konnten, den verlockenden Fischbewegungen an der Oberfläche ein paar Fliegen entgegenzuwerfen. Bald nahmen sie den Weg den Hang hinauf in Richtung auf den Bergkamm, den sie überqueren mussten. Als sie glühend und verschwitzt den höchsten Punkt erreicht hatten, setzten sie sich hin, um die Aussicht zu bewundern. Die Rødalshøa schimmerte blau und gewaltig direkt gegenüber auf der anderen Seite des Tals.

»God's own country«, seufzte Stephen. »Wenn es doch bloß nicht von den Menschen zerstört würde.«

Fredric beschattete seine Augen und sah, dass es um die Fundstelle herum von Menschen nur so wimmelte. Wie Ameisen um eine tote Wespe. Man hatte zwei Traktoren mit Anhängern abgestellt, die mit allen möglichen Ausrüstungsgegenständen voll beladen waren. Auch eine mobile Holzbaracke hatte man im Laufe der Morgenstunden über Moos und Moor hierher gezogen. Sie konnten ferne Rufe und das Dröhnen der Motoren hören. Die Luft trug den Schall hier weit, und Fredric konnte sich gut vorstellen, wie das Rødalen sich in einigen Jahren verändert haben *könnte.*

Schließlich rissen sie sich von dem Panorama los und begannen mit dem Abstieg zum Storbekktjern. Diesmal gab es keine dunklen Wolken am Himmel, und der enorme Bergüberhang wirkte ganz und gar nicht bedrohlich. Er hatte dort seit Millionen von Jahren gehangen und würde wohl noch einige weitere da oben bleiben können. Zwei Kolkraben kreisten wieder und wieder am Fuße des Berges, ungefähr über der Stelle, wo Hugars Hütte sein musste, vermutete Fredric.

Als sie am Ufer des Gewässers ankamen, zeigte Stephen begeistert auf die Oberfläche.

»Look«, sagte er, »das Wasser ist klar wie ein Kristall. Du

kannst mehrere Meter tief bis auf den Grund sehen. Das ist eine ganz andere Art von Weiher als die, in denen wir bisher gefischt haben. In denen ist der Grund dunkel und schlammig gewesen. Hier gibt es weiße Steine und Felsen bis weit in die Tiefe hinunter, und tief ist er, sieh doch mal da draußen, wie pechschwarz er da ist!«

Fredric sah, dass sein Freund recht hatte. Als er letztes Mal hier gewesen war, hatte er weder die Zeit noch die Möglichkeit gehabt, das festzustellen. Die Luft war hier oben kühler. Das war nicht erstaunlich, denn sie waren jetzt sicherlich zweihundert Meter höher als im eigentlichen Rødalen. Und hier gab es auch nicht so viel Vegetation, aus der die Schwüle empordampfen konnte.

Kein einziger Fisch tauchte aus dem blanken Wasserspiegel auf. Ob es hier überhaupt Fische gab? Wenn Hugar es nicht gesagt hätte, hätte Fredric daran gezweifelt. Warum war kein Fisch zu sehen? Er stellte Stephen diese Frage, woraufhin dieser breit grinste.

»Große Fische«, sagte er, »durchbrechen selten die Wasseroberfläche. Und der Saibling ist, nach allem, was ich gelesen habe, ganz eigen. Er ist vorsichtig und scheu und liebt Köder mit viel roter Farbe. Die Frage ist, ob wir die richtigen Fliegen dafür haben.«

Sie gingen ihre Fliegenboxen durch. Es stellte sich heraus, dass die bunten, die er aufs Geratewohl im Sportgeschäft mitgenommen hatte, viel Rot enthielten. Perfekt, meinte Stephen, der noch nie vorher nach Saiblingen gefischt hatte. Daraufhin machten sie ihre Ausrüstung bereit.

Fredric verspürte eine innere Unruhe. Die konnte zwei Ursachen haben: die Gewissheit, dass es unter der geheimnisvollen Wasseroberfläche große Fische gab, und die Gedanken an den Jäger, den sie bald besuchen wollten. Die Kolkraben über ihnen kreisten immer höher und höher.

Er suchte sich eine passende Stelle und machte sich zum Auswerfen bereit. Stephen war auf die gegenüberliegende Seite gegangen, aber der Abstand zwischen ihnen betrug nicht viel mehr als hundert Meter. Switsch, switsch, switsch, ertönte es von den Fliegenleinen auf beiden Seiten. Sie beobachteten die Bewegungen des anderen genau. Gab es Anzeichen für einen Fisch? Jegliches Rufen war natürlich streng verboten.

Es verging eine Viertelstunde, eine halbe Stunde, vierzig Minuten. Sie wechselten die Standorte und näherten sich einander. Kein Anbeißen, nicht der Schatten einer Flosse. Fredric hatte drei verschiedene Fliegen ausprobiert, aber jedes Mal gleich erfolglos. Schließlich kletterte er auf eine Felskuppe und setzte sich. Stephen folgte ihm bald und schüttelte den Kopf.

»Sieh dir die Wasseroberfläche an«, sagte er, »fast kein Insekt zu sehen. Ich habe einen gewissen Verdacht, was die Fische in diesem Gewässer jetzt gerade essen.« Er holte eine kleine Schachtel aus seiner Tasche und öffnete sie. »Nymphen«, sagte er, »sehen so ähnlich aus wie Insekten, die gerade geschlüpft sind und unter der Wasseroberfläche treiben. Ich glaube, wir probieren mal so eine aus.« Sie saßen eine Zeit lang schweigend da, betrachteten nur den Wasserspiegel auf der Suche nach Lebenszeichen. Plötzlich zeigte Stephen auf eine Stelle.

»Da! Hast du das gesehen?«

Fredric konnte ein paar winzig kleine Ringe auf der Wasserfläche erkennen, nicht weit vom Ufer, dort wo sie saßen. Als ob ein Regentropfen hineingefallen wäre. Wenn *das* ein Fisch gewesen sein sollte, konnte der kaum größer sein als sein kleiner Finger. Aber Stephen sprang auf und schlich sich hinunter ans Ufer. Fredric blieb sitzen und verfolgte den hoffnungslosen Versuch seines Freundes.

Die Nymphe sauste vier-, fünfmal durch die Luft und wurde dann genau auf die Stelle zugeschleudert, wo die winzige Wellenbildung gewesen war. Sie blieb nicht wie eine normale Fliege auf der Oberfläche liegen, sondern sank nach unten und nahm etwas vom Vorfach mit sich. Stephen stand angespannt da, mit jeder Faser seines Körpers auf der Hut. Das war ja wohl kaum die Anspannung wert, dachte Fredric und musste ein kleines Lachen über den eifrigen Engländer unterdrücken. Aber plötzlich passierte etwas, das Fredric aufspringen und zum Wasser hinunterlaufen ließ.

Eine riesige Flosse war dort draußen zum Vorschein gekommen, und Stephens Angelrute war bedrohlich gespannt. Dann hörte man ein kräftiges Platschen, und Fredric konnte einen knallroten Riesen von einem Fisch sehen, der gewaltig auf die Wasseroberfläche schlug. Danach verschwand er, und die Leine spannte sich an wie eine Geigensaite, die bis in die Tiefe reichte. Stephens Angelrolle pfiff, während er kreidebleich mit beiden Händen die Rute festhielt.

»Go right to Birmingham 'n' tell the King!«, war zwischen seinen zusammengepressten Lippen hervor zu hören.

Nur ein paar Mal vorher in seinem Leben hatte Fredric sich gewünscht, eine Filmkamera zur Hand zu haben. Jetzt hätte er viel für eine gegeben. Das Schauspiel, dessen Zeuge er in der nächsten halben Stunde wurde, suchte seinesgleichen. Es war ein Kampf zwischen Mann und Fisch, der so raffiniert und listig verlief, dass Fredric sich in tiefer Bewunderung vor beiden Parteien verneigen musste. Hier war der Ausgang nicht vorherzusehen. Das Vorfach war so dünn, dass der Fisch es so leicht hätte durchreißen können, als wäre es nur ein Haar, wenn da nicht Stephens professionelle Handhabung von Rute, Rolle und Leine gewesen wäre. Aber der Fisch bekam nie die Gelegenheit zu so einem festen Ruck, und er versuchte es weiß Gott wie oft! Die elastische Rutenspitze fing das meiste ab, und wenn man sie im richtigen Winkel zur Schnur hielt, konnte das Tier sich nicht mit einem Ruck befreien.

Plötzlich war die Leine direkt in die Tiefe gerichtet, vollkommen reglos. Die Rutenspitze rührte sich nicht, und Fredric sah, wie fest Stephen halten musste.

»Jetzt gehen ihm die Kräfte aus, es kostet ihn viel, dagegenzuhalten!«, zischte Stephen. »Wenn bloß der Haken gut sitzt«, flüsterte er fast.

Da merkte Fredric, dass der Fisch da ganz tief unten nachgab, und Stephen kurbelte die Leine herein, Zentimeter für Zentimeter. Plötzlich ging es leichter, der Fisch folgte willig nach oben. Er kam an die Oberfläche und lag halb auf der Seite. Er hatte kapituliert. Stephen winkte ab, als Fredric mit dem Kescher herbeieilte. Ging er ein unnötiges Risiko ein? Warum wollte er den sicheren Kescher nicht?

Stephen watete vorsichtig ein kleines Stück ins Wasser hinein, während er die ganze Zeit den Fisch näher heranholte. Jetzt war der fast bei seinem Stiefel! Dann beugte Stephen sich ruhig hinab, ließ die Kurbel mit der einen Hand los und griff ins Wasser. Blitzschnell bekam er die Finger unter die Kiemendeckel und zog den riesigen Fisch mit ein paar ruckartigen Bewegungen an Land. Dort zappelte der Saibling wie verrückt zwischen den Steinen herum, bis Stephen sich auf ihn warf. So lagen Fisch und Fischer fast eine Minute lang.

Das nenne ich Gentleman-Fischen, dachte Fredric. Der Saibling hätte sich in den Sekunden, bevor Stephen ihn an den Kiemendeckeln fest im Griff hatte, mit Leichtigkeit umdrehen und von dem strammen Vorfach losreißen können.

Stephen stand auf, erschöpft und zitternd, aber mit einem unbeschreiblichen Lächeln übers ganze Gesicht. Dann wühlte er in seiner Fischtasche herum und fand eine kleine Federwaage. Der Saibling, der unter dem Bauch blutrot war und entlang den Seiten weiße Punkte hatte, wog zwei Komma sieben Kilo. Es war der schönste Fisch, den Fredric jemals gesehen hatte.

Sie setzten sich auf ein Mooshügelchen unten am Ufer. Stephen meinte, es habe vorläufig keinen Sinn, weiterzufischen. So scheu, wie die Fische hier in diesem Gewässer waren, würden sie von dem Krach und dem Geplatsche der letzten halben Stunde erst einmal verschreckt sein. Die beiden holten ihre Thermosflaschen hervor und schenkten sich dampfend heißen Tee ein.

Fredric ließ seinen Blick träge über den Wasserspiegel gleiten. In einer kleinen Bucht erspähte er einen gelblichen Gegenstand, der leicht eingetaucht vor sich hin trieb. Wer hatte hier Müll hineingeworfen? Neugierig stand er auf, um besser zu sehen. Der Gegenstand war nah genug am Ufer, sodass er ihn mit der Spitze der Angelrute erreichen konnte. Stephen konnte den Blick kaum von dem wunderbaren Fisch abwenden, der auf einem Stein vor ihm lag. Deshalb fiel ihm kaum auf, dass Fredric zu der kleinen Bucht ging und anfing, mit der Rutenspitze im Wasser zu stochern.

Was *war* das? Fredric wurde immer neugieriger, je näher er den Gegenstand ans Ufer manövrierte. Plötzlich sah er, was es war, und er spürte, wie sich unten an seinem Rücken ein eiskaltes Prickeln entwickelte, das sich bis zum Nacken hoch ausbreitete. Seine Kiefermuskeln verkrampften sich, und sein Mund wurde trocken.

Es war die Puppe.

Sie war stark deformiert, fast zusammengeknüllt und zerbrochen, und die kleinen Fellkleider waren halb abgerissen. Er beugte sich hinab und hob sie auf. Sie hatte ein Auge verloren und sah gespenstisch aus. Es war die Puppe, die der Jäger Hugar unter seinem Hemd getragen hatte und die Fredric kurz hatte sehen können, bevor er zur Tür hinausgescheucht worden war.

Fredric hielt den tropfenden Gegenstand in den Händen und untersuchte ihn genauer. Ein Arm und ein Bein waren zerbrochen, und er konnte sehen, dass sie aus Knochen hergestellt war. Aus relativ neuen Knochen. Sie war viel einfacher und wirkte längst nicht so sorgfältig gefertigt wie diejenige, die er nach dem Fährunfall an sich genommen hatte. Trotzdem konnte kein Zweifel daran bestehen, dass diese eine Nachbildung der ersten war. Hugars Nachbildung?

Was war passiert? Warum lag sie hier und trieb herum, nachdem sie offensichtlich einer brutalen Zerstörung ausgesetzt gewesen war? Hatte der Jäger sein Glücksamulett vor Wut darüber von sich geschleudert, dass es nicht die erwartete Wirkung gehabt hatte? Fredric hatte das unangenehme Gefühl, dass hier irgendetwas nicht war, wie es sein sollte. Er beugte sich über die Wasseroberfläche und trank viele tiefe Schlucke. Dann ging er zu Stephen zurück und zeigte ihm das Puppenwrack.

»Sieh mal hier«, sagte er, »die ist da im Wasser getrieben. Als ich sie zum letzten Mal sah, steckte sie unter dem Hemd des alten Jägers. Es ist eine Art Jagdamulett, die Kopie einer Figur, die die Eskimos auf Grönland seit Jahrhunderten verwenden. Sie sollte, laut einer Reihe von historischen Quellen, eine starke magische Kraft haben, die die Beute zum Jäger zog.«

Stephen riss die Augen auf und streckte eine Hand nach der Puppe aus. Er setzte sich hin und studierte sie, drehte sie nach allen Seiten um und roch an den Fellfetzen.

»Peculiar«, sagte er, *»and where is the hunter?«*

Fredric zeigte mit dem Daumen hinter sich. »Dort drinnen«, sagte er, »seine Hütte liegt ganz hinten in dem kleinen Tal, direkt unter dem Bergüberhang. Sollen wir ihm einen Besuch abstatten? Wenn wir *ihn* zum Freund gewinnen, könnte unsere Fischausbeute beträchtlich wachsen. Er wohnt hier seit zwanzig Jahren und kennt bestimmt jeden großen Fisch im Umkreis von zehn Kilometern persönlich. Aber ich warne dich: Ich habe gehört, dass er sehr eigen sein soll.« Fredric versuchte, fröhlich zu klingen, aber in seinem Innersten war er unruhig, und seine Augen hatten einen harten Ausdruck angenommen.

Stephen bemerkte das. Er blieb still sitzen und sah seinen Freund forschend an. Dann nickte er mehrmals und murmelte etwas vor sich hin. Schließlich legten sie ihre Angelausrüstungen und die Rucksäcke unter ein paar Büsche.

Fredric fand den Pfad, der vom Wasser aus nach oben führte. Er hoffte von ganzem Herzen, dass der Jäger zu Hause sein würde. Es erschien ihm lebenswichtig, das Vertrauen des Alten zu gewinnen. Hugar *wusste* etwas, das Fredric unbedingt erfahren musste. Er war allzu lange durch eine Schattenlandschaft gewandert, in der Phantome Todesfallen aufstellten. Jetzt hatte er Stephen bei sich, und er merkte, dass der Freund ahnte, dass ihn etwas quälte. Aber Stephen fragte nicht. Im Laufe der Zeit hatten sie einander gut kennengelernt und einen stillschweigenden Respekt für das Verhalten des anderen entwickelt.

Sie näherten sich der Hütte, und Fredric blieb stehen und lauschte. Es gab keine anderen Geräusche als einen gluckernden Gebirgsbach.

»Ein schöner Ort«, nickte Stephen, als sie die Hütte erblickten. »Geschützt und fruchtbar. Eine hervorragende Stelle, wenn man das ganze Jahr über hier wohnen will.«

Fredric sah, dass die Tür nicht verschlossen war. Das Vorhängeschloss hing an einem Nagel am Türrahmen. Der Schlüssel steckte.

»Hallo!«, rief Fredric. »Jemand zu Hause?« Sie waren ein kleines Stück vor der Hütte stehen geblieben.

Niemand antwortete. Von drinnen kam kein Laut. Merkwürdig, dachte Fredric und sah sich gründlich auf dem Gelände um. Es hätte Hugar ähnlich gesehen, wenn er ihnen nachspioniert hätte, um dann lautlos von irgendeiner Seite aufzutauchen. Er rief wieder, aber nichts geschah. Der milde Nachmittagswind rauschte sachte in den knorrigen Birkenkronen.

Nach einiger Zeit ging Fredric zur Tür und klopfte an. Keine Reaktion. Dann schob er die Tür auf und sah hinein.

Die Hütte war leer, das Bettzeug auf der Schlafpritsche sorgfältig zusammengelegt, und auf dem groben Tisch stand ein Krug. Daneben lag ein trockenes Stück Brot mit einer verschwitzten Scheibe Käse darauf.

»Fredric, komm her!« Es war Stephen, der da rief, und Fredric hörte die Erregung in der Stimme seines Freundes.

Fredric rannte hinaus und sah sich um. Stephens Stimme war von der Rückseite der Hütte gekommen. Als er um die Ecke bog, sah er Stephen, der über eine magere Gestalt gebeugt stand, die gekrümmt gegen einen ordentlichen Stapel Feuerholz gelehnt lag.

»Tot«, sagte Stephen leise.

9

Fredric Drum gräbt in alter Asche,
erinnert sich an einen Namen und begibt sich,
unfreiwillig, in eine qualvolle Stellung

Fredric fror. Er kniff die Augen zu schmalen Schlitzen zusammen. Er sah die eisblauen Hochebenen vor sich, eine unendliche Landschaft, in der einem weiße Stürme ins Gesicht peitschten und unter die Anorakkapuze pfiffen. Mit schweren, mühsamen Schritten ging er durch den Schnee, der ihm bis zu den Knien reichte, vorwärts, immer weiter vorwärts. Dort war das Rentier, dort war die Beute! Am Rand seines Gesichtsfeldes lag ein bleichgelber Streifen Licht, der der windgepeitschten Hochebene Konturen verlieh. Er konnte vage die Umrisse von kleinen Mulden und Vertiefungen in der Landschaft erkennen; er konnte die Silhouette des Renbocks erahnen, der dort vorn stand und wartete, während durch seinen Körper das warme, lebenspendende Blut pulsierte. Der Jäger blieb stehen und rieb sich den Reif und die Eiszapfen von den Augenbrauen und aus dem Bart. Sein Atem ging in langen Zügen und stand wie eine weiße Wolke um ihn. Er drückte sich die Puppe gegen die Brust, dann nahm er das Gewehr und zielte. Das Rentier sank zusammen. Jetzt!, dachte er und warf sich für die letzten Schritte zu dem Bock in den Sturm, fiel auf die Knie und verbarg sein Gesicht an der warmen Brust des toten Tieres. Er lebte. Er hatte das Tier mit einem Zauber gebunden. Aus dem offenen Maul rann Blut in den Schnee und versickerte durch das Eis darunter. Eine Ader von Blut bahnte sich einen Weg hinunter durch hundert Meter Eis und erreichte den festen Boden am Grund. Der Jäger rollte sich zusammen und wartete auf die lange Nacht. Er war jetzt in Sicherheit.

Fredric ging zu Stephen und betrachtete den alten Jäger. Seine Stellung deutete auf einen plötzlichen Schmerz oder Krampf hin. Die rechte Hand war halb geschlossen, und Fredric dachte: Als ob sie etwas umklammert hielte.

»Herzversagen? Schlaganfall? Er war doch schon ziemlich alt, oder?« Stephen zog sich etwas zurück.

Fredric nickte. Natürlich. Der Jäger konnte sich plötzlich unwohl gefühlt haben und gestorben sein, als er gerade Brennholz für seinen Ofen holen wollte. Allerdings konnte Fredric das nicht wirklich glauben. Aber was *er* glaubte, spielte keine Rolle. Wenn er anfinge, vom Mord an einem achtzigjährigen Einsiedler tief in einem abgelegenen Tal zu reden, würde man ihn für einen Spinner halten. Und eine Obduktion würde wohl kaum zu einem Ergebnis führen. Die modernen Gifte waren fast unmöglich nachzuweisen. Denn Fredric war sich ziemlich sicher:

Irgendwo auf dem mageren Körper des Alten wäre die Einstichstelle einer Nadel zu finden gewesen. Ein fast unsichtbarer Stich, der auf alles Mögliche zurückgeführt werden konnte.

Er sah sich um. Hier gab es genug Versteckmöglichkeiten für einen wartenden Mörder. Blasrohr und Spritze mit umgekehrtem Stempel! Eine geniale und lautlose Mordwaffe. Und als das Gift gewirkt hatte, war er aus seinem Versteck hervorgekrochen, hatte die Spritze aus der Hand des Toten genommen und anschließend brutal das Puppenamulett von seiner Brust gerissen. Dann hatte er versucht, die Figur in Stücke zu reißen. Ihren zerstörten Körper hatte er schließlich in den Weiher geworfen.

Warum?

Weil der Jäger Hugar etwas *wusste.* Etwas wusste, das gefährlich werden konnte, wenn Fredric Drum in der Umgebung herumschlich. Einer von ihnen musste beseitigt werden. Die Versuche, *ihn* loszuwerden, waren ja bereits missglückt. Die Frage war nur: Genügte es, wenn einer von ihnen starb? Stellte er selbst nun immer noch eine Bedrohung dar? Er hatte keine Antwort darauf.

»Wir können ihn nicht hier liegen lassen«, sagte Stephen und zeigte nach oben. Hoch über ihnen kreisten Runde für Runde die Kolkraben. Die aasfressenden Vögel des Gebirges warteten geduldig.

»Wir bringen ihn rein«, sagte Fredric.

Halb trugen sie den Alten, halb schleiften sie ihn in die Hütte. Die Starre des toten Körpers ließ darauf schließen, dass er schon eine Weile tot war. Sie legten ihn auf seine Pritsche und gaben schließlich jeden Versuch auf, Arme und Beine gerade hinzulegen. Die misshandelte Puppe legte Fredric auf die Brust des Jägers.

Stephen sah sich verwundert in der Hütte um. Die Gegenstände an den Wänden faszinierten ihn. Fredric ging auch herum und schaute, aber er hatte das meiste schon gesehen. Er blieb vor dem kleinen Rahmen mit dem Gedicht stehen. Es stand da in sehr deutlicher Handschrift. Er nahm es von der Wand und steckte es unter sein Hemd. Dabei nahm er sich selbst das Versprechen ab, dass er keine Sekunde ruhen wollte, bis er wusste, wer hierfür verantwortlich war. Das Gedicht sollte bei dieser Aufgabe Hugars verlängerte Hand sein. Er würde die gesamte Weisheit brauchen, die der alte Jäger aus Grönland mitgebracht hatte.

Von weiterem Fischen konnte natürlich keine Rede mehr sein. Sie mussten so schnell wie möglich in die Zivilisation zurück, um zu melden, dass der letzte Jäger des Rødalen sich in andere und weitaus üppigere Jagdgründe zurückgezogen hatte. Bevor sie die Hütte hinter sich ließen, steckten sie das Vorhängeschloss mit dem Schlüssel darin in die Tür, aber ohne abzuschließen.

Stephen und Fredric gingen schweigend den Hang hinunter. Die Freude über den schönen Saibling, den Stephen gefangen hatte, war verflogen. Stephen schien zu begreifen, dass sein Freund in ziemlich düstere Gedanken verstrickt war. Vom Hintergrund dieser Gedanken konnte er keine Ahnung haben, und Fredric war auch nicht imstande, das Wesentliche vom Unwesentlichen zu trennen.

Die Puppe. Die ganze Zeit ging es um diese Puppe. Ein satanischer Gegenstand!

Selbst wenn du den Kopf den Wolken zuwendest, Fredric, sagte er zu sich selbst, so hindert dich das doch nicht daran, in dichtem Nebel zu wandeln. Feuchte Schwaden, die seine Sinne verhüllten. *Wenn* wirklich jemand Hugar ermordet hatte, warum musste derjenige dann obendrein noch die Puppe zerstören? Hier musste ein gehöriges Maß an Aberglauben mit im Spiel sein. Nur ein deformierter Geist ließ Aberglauben und Schwarze Magie frei blühen. Von einem solchen Gegner konnte er keine normalen Gefühle und keine Vernunft erwarten. »Empor stiegen sie, beständig und ernst, mit schweren, bedächtigen Schritten, und ihre hellen, blauen Augen sind so offen und fest.« So beschrieb der Dichter Garborg, der hier am Savalen gelebt hatte, die bäuerlichen Aristokraten im Tal. Fredric hatte es in einem Buch über den Dichter nachgelesen. In den nächsten Tagen würde er es wohl kaum mit solchen Menschen zu tun bekommen.

Dann war da noch dieser pechschwarze Gedanke, der plötzlich in ihm hochgekommen war, als Stephen und er sich gerade bei exklusivem Wein und frisch geräuchertem Fisch besonders wohl gefühlt hatten. Ein Gedanke, der so unmöglich war, dass man ihn nicht erwähnen konnte. Es war nur so, dass er gut dazu passte, wenn hier tatsächlich Aberglaube und ein verquerer Geist mit im Spiel waren. Sonst wäre er in all seiner Ungeheuerlichkeit tatsächlich unmöglich gewesen.

Sie erreichten das Auto und begannen, ihre Ausrüstung einzuladen.

»Nächstes Mal«, lächelte Stephen, »fangen wir mehr von dieser Sorte.« Er klopfte vorsichtig auf die Fischtasche, die sich durch den gewaltigen Fisch ausbeulte.

Fredric nickte und lächelte zurück.

»Stephen«, sagte er. »Jetzt musst du mit mir hier eine kleine Wanderung in den Wald hinauf machen. An eine Stelle, wo wir schon mal gewesen sind. Aber bevor wir gehen, werde ich dir einen Begriff sagen, über den du nachdenken sollst. Und nutze all deine Klugheit, um zu verstehen, warum er gerade hier und jetzt gesagt worden ist. Du sollst dir *keine* Sorgen machen, sondern das nur als eine intellektuelle Nuss betrachten, die du spielerisch zu knacken versuchen kannst, wenn deine Gedanken nichts anderes zu tun haben. Und ich werde dazu keine Erklärungen abgeben. Es nützt also nichts, mich zu fragen.«

»Na gut. Dann lass mal hören!« Stephen war gespannt, nicht zuletzt, weil er ahnte, dass sein Freund ihm jetzt den ersten Einblick in die unangenehmen Gedanken geben würde, mit denen er sich in letzter Zeit herumgequält hatte.

»Der Begriff lautet kurz und knapp: Das Turiner Grabtuch.« Stephen blinzelte überrascht. Er wusste genau, was das Turiner Grabtuch war. Er hatte viel darüber gelesen, sogar die Forschungsberichte der Wissenschaftler studiert, die versucht hatten herauszufinden, ob die Reliquie, die sich in einer Kirche in Turin befand, wirklich ein echtes Grabtuch war, das aus einem unerklärlichen Grund den Abdruck von Jesu Körper und Gesicht trug. Über dieses Mysterium war viel geschrieben und geforscht worden.

»Das Turiner Grabtuch«, wiederholte Fredric, »denk darüber nach, und zwar gründlich, wenn wir jetzt dort hinaufgehen.« Er zeigte auf den Ort, an dem Stephen ein tiefes Loch im Boden gefunden hatte, auf dessen Grund Asche und Kohle lagen.

Sie fanden die Stelle mit Leichtigkeit wieder. Stephen wirkte sehr konzentriert, als er herumging und das Loch und die Gräben, die in dieses mündeten, betrachtete. Fredric sprang hinein und grub mit einem Stock in der Kohle und der Asche. Es handelte sich um eine dicke Schicht; dort musste viel verbrannt worden sein. Danach untersuchte er die Gräben. Sie waren abgedeckt gewesen, da konnte kein Zweifel bestehen. Er grub auch dort ein bisschen, hob eine Handvoll roten Sand auf und roch daran. Dann schüttelte er den Kopf und betrachtete das Ganze nachdenklich. Keiner von ihnen sagte etwas, bevor sie wieder im Auto saßen und Fredric losfuhr.

»Das Turiner Grabtuch«, murmelte Stephen, »ich begreife ehrlich gesagt gar nichts.«

»Ich auch nicht«, antwortete Fredric, »aber mach weiter und denk in freien Augenblicken darüber nach.«

Die Augen des Hoteliers Parelius Hegtun überkreuzten sich vollständig, als Fredric und Stephen ihm erzählten, dass sie den Jäger Hugar tot aufgefunden hatten. Im Hintergrund stand Lilleif Havsten und lauschte, wobei er mit unglücklicher Miene den Kopf schüttelte. Das Krankenhaus und die Polizei wurden benachrichtigt. Ein Helikopter sollte kommen und den Toten abtransportieren. Mehr war nicht zu tun. Das Rødalen war um eine Attraktion ärmer geworden. Wenn die Archäologen und die Glöckchen der Schafe nicht gewesen wären, wäre die Stille dort drinnen nun vollkommen gewesen.

Fredric bekam den Schlüssel zu seinem Zimmer und legte sich voll bekleidet auf sein Bett. Es war früher Nachmittag, und es befanden sich nicht viele Gäste im Hotel. Die Wissenschaftler waren noch nicht von der Ausgrabung zurückgekehrt. Was würde im Moor noch alles auftauchen? Er hoffte von ganzem Herzen, dass die Erde dort drinnen voll mit eingetrockneten Leichen und interessanten Gegenständen war. Knochen von Elchen, Wölfen und Bären hatte man schon in den Gräben gefunden, die der Bagger zurückgelassen hatte.

Plötzlich sprang er von seinem Bett hoch. Ein Name war auf einmal in seinem Kopf aufgetaucht. Ein Name, um den sein Gedächtnis schon länger gerungen hatte. Er war sich sicher, dass dieser Bjørn Lennart an dem bewussten Abend im »Smuget« in irgendeinem Zusammenhang auch seinen Nachnamen genannt hatte. Der Bjørn Lennart, der die unglaublichsten Geschichten über den Mann erzählen konnte, der auf der Fähre umgekommen war. Tarald Thomsen! Tarald Thomsen mit der Spritze, der ersten Spritze.

Er rannte an die Rezeption hinunter und bat um ein Telefonbuch von Oslo. Darin schlug er den Namen gespannt nach. Wahrhaftig! Da stand er. Er wechselte eine Menge Münzen und ging in die Telefonzelle.

Eine Kinderstimme antwortete am anderen Ende. Fredric bat darum, mit dem Vater sprechen zu können. Endlich hörte er Bjørn Lennarts Stimme. Es dauerte eine Zeit lang, bis der andere begriff, mit wem er da überhaupt sprach. Als Fredric seinen Wunsch, mehr über diesen Tarald Thomsen zu erfahren, so einigermaßen erklärt hatte, war Bjørn Lennart durchaus nicht unwillig. Er hielt einen längeren Vortrag über Thomsens erstaunliches Leben und seinen Werdegang und schloss damit, dass sein Wissen über diesen Mann auf der Tatsache beruhte, dass er eine Zeit lang Lehrer in Hokksund gewesen war. Dort war er regelmäßig in ein Lokal gegangen, in dem Thomsen jeden Tag saß. Fredric warf eine Reihe von Fragen ein und bekam informative Antworten. Als das Gespräch fast vorbei war, konnte er sich nicht verkneifen zu sagen: »Und im Übrigen sind deine Frau und du herzlich willkommen zu einem netten Abend in der ›Kasserolle‹, wenn es euch mal passt. Auf Kosten des Hauses.«

Am anderen Ende der Leitung gab es eine kleine Pause. Dann die Reaktion: »Meine Güte! Bist *du* etwa der Besitzer der ›Kasserolle‹? Ich hab mir doch gedacht, dass mir an deinem Namen etwas bekannt vorkam ...«

Das Gespräch war beendet.

Fredric ließ sich ganz benommen auf einen Stuhl im Wintergarten fallen. Was für außergewöhnliche Informationen! Hier hingen gewisse Dinge zusammen, daran konnte kein Zweifel bestehen. Die Frage war nur, auf welche Weise? Es kam ihm so vor, als ob das Labyrinth durch diese Auskünfte noch weitere kompliziert gebaute Windungen hinzubekommen hätte.

Tarald Thomsen war also zwölf Jahre lang Fischer auf Grönland gewesen. Er hatte damit begonnen, als er siebzehn war, und das Land mit neunundzwanzig wieder verlassen. Er musste zur gleichen Zeit wie Hugar dort gewesen sein, nur dass dieser viel länger geblieben war. Tarald Thomsen war, wie Bjørn Lennart ausführlich geschildert hatte, dafür bekannt gewesen, dass er eine Fülle der erstaunlichsten Geschichten über seine Zeit in Grönland zu erzählen hatte. Ob er die wirklich erlebt oder sich ausgedacht hatte, konnte niemand sagen. Aber diese Geschichten führten zusammen mit Thomsens krankhaftem Glauben an übernatürliche und mystische Dinge zu beinahe grotesken Auswirkungen auf ein

Milieu, in dem unschuldiger Intimklatsch und das Ausfüllen von Pferdewettscheinen bis dahin die wichtigsten Kneipenbeschäftigungen gewesen waren. Doch im Laufe der Jahre passierten verschiedene unerfreuliche Dinge im Umfeld von Tarald Thomsen: Er und einige andere wurden festgenommen, weil die Polizei sie verdächtigte, irgendwelche unsittlichen Rituale durchzuführen, in die minderjährige Mädchen verwickelt waren. Außerdem war er erfolglos im Arbeitsleben, hatte es nie zu einem richtigen Beruf gebracht. Und am Schluss hatte ihn dann auch noch der Krebs erwischt. Bjørn Lennart wusste, dass Thomsen todkrank gewesen war, und konnte sich nicht vorstellen, was er auf der Fähre zur Hovedøya hinüber gewollt hatte.

Fredric hatte gefragt, ob in Thomsens Geschichten jemals eine Art Puppe mit mystischer Kraft vorgekommen sei; ein Jägeramulett aus Grönland? Das konnte Bjørn Lennart bestätigen. Von dieser Puppe hatte Thomsen oft gesprochen, und es hatte immer ein merkwürdiges Lächeln um seinen Mund gespielt, wenn sie zur Sprache gekommen war. Als ob er eine Weisheit für sich behielte, an der teilzuhaben niemand anderem vergönnt war. Bjørn Lennart wusste allerdings nichts über Thomsens Familie, nur dass er von Zeit zu Zeit wochenlang verschwunden war. Er hatte nie erzählt, wo er sich dann aufhielt.

Da gab es gewisse Dinge, die zusammenpassten. Und auch wieder nicht zusammenpassten. Der logische Zusammenhang war noch nicht zu erkennen. Fredric beschloss, noch ein paar Anrufe zu machen.

Zuerst rief er beim Tauchklub Aqua Marina an und sprach mit dem Leiter. Man hatte den ganzen gestrigen Tag lang getaucht. Die Tasche war gefunden worden, ebenso die Fotoausrüstung. Aber sie hatten einen Metalldetektor einsetzen müssen, um die Spritze zu finden. Fredric nannte dem Mann den Namen eines chemischen Labors und bat darum, dass die Spritze dort in seinem Namen abgegeben werden sollte, damit der Inhalt untersucht werden konnte.

Danach rief er Torbjørn Tinderdal an und führte ein langes Gespräch mit seinem Freund und Kompagnon.

Jetzt war er in der Offensive. Endlich konnte er einige der Ingredienzien der Sauce herausschmecken. Er blieb im Wintergarten sitzen und verfolgte genau, wer kam und ging. Er suchte eine bestimmte Person.

»Du darfst nicht glauben, dass du nur Freude und gute Stimmung hervorrufst, wenn du nach Kolbotn kommst. Einerseits verursachst du Unannehmlichkeiten, wenn du nicht kommst, und das passiert gelegentlich. Aber andererseits, wenn du kommst, dann ist es auch nicht gesagt, dass das zum Guten ist. Manchmal stellst du das Haus regelrecht auf den Kopf.« Fredric blätterte nebenbei ein Heft über den Dichter Garborg durch und las hier und dort ein paar Zeilen. Irgendwie schienen Garborgs Worte auch auf ihn zuzutreffen: Wenn er kam, stellte er das Haus auf den Kopf. Aber vorläufig war alles ruhig und friedlich.

Eine Reihe von Autos fuhr auf den Platz vor dem Hotel. Das waren die Wissenschaftler, die ihren Arbeitstag im Rødalen hinter sich hatten. Er war gespannt, ob man neue Funde gemacht hatte, aber zunächst einmal wollte er auf etwas anderes eine Antwort.

Er sah jeden Einzelnen prüfend an, als er zur Tür hereinkam. Sie sahen erschöpft aus. Die Person, die er suchte, war offensichtlich nicht bei der Gruppe gewesen. Er blieb abwartend sitzen und bestellte sich eine Tasse Tee. Stephen lag wahrscheinlich auf seinem Zimmer und pflegte schnarchend seiner Nachmittagsruhe.

Ein roter Pkw kam auf den Hoteleingang zugefahren und parkte dort. Heraus stieg eine magere ältere Dame. Endlich, das war sie.

Er stand auf und ging an die Rezeption, als sie zur Tür hereinkam. Als sie Fredric erblickte, blieb sie stehen, starrte ihn beinahe feindselig an und zuckte daraufhin resigniert mit den Schultern.

»Mir ist schon klar, dass Sie warten«, sagte Frau Dr. Cecilie Lund-Høegh. »Aber wenn es mir auch noch so leidtut – Sie bekommen die Gegenstände nicht vor morgen früh.«

Fredric fragte sie höflich, ob sie Zeit habe, sich zu ihm zu setzen und eine Tasse Tee zu trinken, und sie folgte ihm widerwillig zu seinem Tisch unter dem Feigenbaum. Kaum hatte sie sich gesetzt, fing sie schon an, ihn mit Vorwürfen zu überschütten.

»Sie haben mir eine ganze Menge Scherereien bereitet, Drum, mit Ihren Sonderwünschen. Ja, ich will sie mal Sonderwünsche nennen. Andere Wissenschaftler hätten sich mit Fotografien und Dias begnügt, aber *Sie* wollen die Gegenstände *selbst* auf dem Tisch haben. Es ist Ihnen doch wohl klar, dass es sich um wertvolle Dinge handelt, die völlig unersetzlich sind. So etwas kann man nicht einfach von Trondheim mit der Post hierher schicken. Und *ich* bin persönlich für sie verantwortlich, bis sie für eine spätere Ausstellung in einem archäologischen Magazin untergebracht werden.« Sie schürzte die Lippen und fuhr mit ihrer Tirade fort:

»Ich komme jetzt gerade vom Bahnhof. Die Fundstücke kommen als Spezialsendung spät heute Abend mit dem Zug dort an. Was für eine Mühe, was für eine verdammte Mühe! Keiner an der NTH, dem *ich* vertrauen kann, war in der Lage, die Gegenstände in sein Privatauto zu laden und mit ihnen hierher zu fahren, wie ich zuerst gehofft hatte. Ich habe noch nicht einmal einen Fuß ins Rødalen setzen können, dank der Scherereien, die Sie verursacht haben.«

»Aber, liebe Frau Dr. Lund-Høegh«, Fredric sprach so sanft, wie er nur konnte, »ich hatte es so verstanden, als ob Ihnen von vornherein ausdrücklich ausgerichtet worden wäre, dass ich die Originale brauche.«

»Phhh! Was heißt schon ausdrücklich? Ich habe mir einfach nicht vorstellen können, dass Fotografien da nicht ausreichen könnten. Diese Art von Exklusivität, die Sie da für sich in Anspruch nehmen, ist mir vollkommen fremd. Ich bin davon ausgegangen und gehe immer noch davon aus, dass die Sicherheit der Gegenstände wichtiger ist als die Möglichkeit einer schnelleren Deutung, wenn Sie die Originale zur Verfügung hätten.«

Fredric musterte die Wissenschaftlerin gründlich, während sie sich ihre Verärgerung von der Seele redete. Es war deutlich spürbar, dass sie ihn nicht mochte. Ob das ihn persönlich betraf oder eher seine bisherige Arbeit als Schriftexperte, konnte er nicht ergründen. Es war ja auch möglich, dass sie einen Verantwortungskomplex hatte. Das kam bei älteren Wissenschaftlern häufiger vor und konnte unter gewissen Umständen den Drang der jüngeren Mitarbeiter, zu experimentieren und neue Wege zu gehen, ungünstig beeinflussen. Aber Fredric war keiner Bevormundung durch konservative Rituale in sterilen Laboratorien unterstellt.

»Ich glaube«, sagte er, »dass das Zusammenspiel zwischen Patina, Form und Muster bei so einzigartigen Fundstücken wie diesen eine große Rolle spielt. Es ist durchaus *möglich,* dass Fotografien ausgereicht hätten. Das weiß ich leider noch nicht. Sie sprachen also von morgen früh?«

»Ja«, antwortete Cecilie Lund-Høegh, die sich inzwischen mithilfe einer Tasse Tee beruhigt hatte. »Sobald die Gepäckausgabe am Bahnhof öffnet. Ich werde das Paket persönlich abholen.«

»Hervorragend«, sagte Fredric. »Sind Sie übrigens diejenige, die alle zehn Altersbestimmungen in der C14-Abteilung geleitet hat?«

»Alle«, bekräftigte die Wissenschaftlerin, »ich bin persönlich in allen Stadien der Untersuchungen dabei gewesen. Das Alter der Fundstücke ist mit hundertprozentiger Sicherheit bestimmt worden. Darum brauchen *Sie* sich also keine Sorgen zu machen.«

»Um was für Materialien handelt es sich eigentlich dabei?«

»Knochen und Holz. Die besondere Zusammensetzung der Moorerde hat jede Form von Zersetzung verhindert.«

»Wird das Labor der NTH auch die Leichen selbst datieren?«

»Natürlich.« Die ältere Dame reckte den Hals. »Wir haben eines von Europas besten C14-Labors.« Sie stand auf. »Sie bekommen morgen früh die Fundstücke von mir. Und wehe, wenn Sie nicht gut darauf aufpassen!«

Sie marschierte davon, und Fredric blieb mit einer nachdenklichen Falte auf der Stirn sitzen. Frau Dr. Lund-Høegh litt tatsächlich an einem beträchtlichen Verantwortungskomplex. Wozu sie eigentlich gar keinen Grund hatte, denn die Gegenstände lagen ja in letzter Instanz in der Verantwortung der Archäologen.

Die Wissenschaftlerin passte nicht ins Bild. Als Radiologin war sie sicher hervorragend. Schon ihr *Blick* genügte, damit sich die Atome in jedem denkbaren Material aus ihrer Bahn lösten und vor ihr offenbarten. Kein Wunder, dass der junge Havsten, der mit ihr zusammenarbeitete, traurig aussah. Fredric trank den letzten Rest Tee aus und nahm Kurs auf die Kaminstube. Er hatte gesehen, dass Professor Hornfeldt die Treppe heruntergekommen und dort hineingegangen war.

Hornfeldt saß da und nippte an einem kleinen Aperitif. Er schaute mit entrücktem Blick über den Savalen. Als er Fredric bemerkte, lächelte er.

»Sind Sie mit dem Tag zufrieden?« Fredric setzte sich auf das Sofa neben den Professor.

»Na ja, was soll man schon sagen? Das kommt auf die Erwartungen an. Wir haben nichts mehr gefunden, das von Interesse gewesen wäre, obwohl wir ein ziemlich großes Gebiet um die Stelle herum, wo die Leichen gefunden wurden, aufgegraben haben. Wir hoffen zumindest, die Köpfe noch zu finden. Mir wäre es am liebsten gewesen, wenn das Moor voller altertümlicher Funde gewesen wäre, aber mein Gott, wir haben ja gerade erst angefangen.« Der Professor kratzte sich an einem Mückenstich.

Fredric nickte langsam. Auch er warf einen langen Blick weit über den Savalen. Er glitt in Buchten hinein und an Halbinseln entlang wieder hinaus und verharrte an einer windzerzausten Krüppelkiefer ganz außen auf einer Landzunge.

»Trotzdem«, sagte er, »wäre es doch eigentlich ein erstaunlicher Zufall, wenn alles, was es zu finden gibt, ausgerechnet dort läge, wo der Bagger gegraben hat. Haben Sie es schon weiter entlang der Richtung des Grabens versucht?«

Der Professor schüttelte den Kopf und sah Fredric fragend an.

»Versuchen Sie es doch morgen mal *dort*«, sagte dieser, wobei sein Blick immer noch an den krummen Zweigen der Krüppelkiefer festhing.

»Gibt es da irgendetwas, das Sie *wissen,* Drum?« Professor Hornfeldt nahm plötzlich eine starre Haltung an.

»Ich habe nicht im Moor gegraben, bevor Sie gekommen sind, falls Sie das glauben«, lächelte Fredric. »Ich neige nur dazu, kryptische Visionen zu formulieren, in Erwartung der wirklichen Erkenntnisse. Ich werde die Fundstücke morgen bekommen, wenn ich mich auf Frau Dr. Cecilie Lund-Høegh verlassen kann.«

»Das können Sie auf jeden Fall«, versicherte Hornfeldt. »Wenn sie sich ein seltenes Mal auf die Tanzfläche führen lässt, dann wird nicht aus der Reihe getanzt. Ihre nächsten Angehörigen sind Panzerschiffe.« Er leerte sein Glas.

»Was werden Sie mit den Leichen machen?«

»Die haben wir heute vorsichtig aus der Erde gehoben und in Plastiksäcke gelegt. Aus den Säcken haben wir die Luft herausgepumpt und sie anschließend verschweißt, sodass die Leichen jetzt in einem fast vollständigen Vakuum liegen. In der Baracke, die wir dort hinaufgebracht haben, steht ein generatorbetriebener Gefrierschrank. So sind sie also sicher untergebracht.«

»Wie schätzen Sie den Zustand der Leichen ein? Zum Beispiel im Verhältnis zum Grauballemann?«

»Hervorragend. Es ist nur verdammt schade, dass wir die Köpfe nicht haben.« Der Professor klopfte erregt mit den Fingern auf die Tischplatte.

»Die werden schon noch auftauchen«, beruhigte Fredric ihn. »Haben Sie schon genauer erforscht, wie die Köpfe von den Körpern getrennt worden sein könnten? Ich meine, war das ein kräftiger Hieb oder ein langsamer Schlachtprozess mit schlechtem Werkzeug?«

»Interessant, dass Sie danach fragen.« Die Augen des Professors begannen zu leuchten. »Ich habe gerade diese Frage selbst untersucht. Es kommt mir so vor, als ob die Köpfe mit sehr schlechten Werkzeugen abgetrennt worden seien. Ein Nackenwirbel ist regelrecht *gebrochen.* Also kann bei dieser Guillotinierung kein besonders gutes Werkzeug eingesetzt worden sein.«

»Noch eine andere Sache«, sagte Fredric, »die mir weiterhelfen könnte, wenn ich mit der Deutung dieser Zeichen oder Schrift beginne: Haben Sie sich schon ein Bild davon gemacht, mit was für einem Menschentyp wir es hier zu tun haben? Ich denke dabei an den Körperbau und die Größe.«

Der Professor saß lange da, ohne etwas zu sagen, als ob er gründlich über die Frage nachdächte. Dann sagte er: »Der Grauballemann war einen Meter neunundsechzig groß, der

Lindowmann eins siebenundsechzig. Unsere beiden Leichen sind wohl etwas größer. Tor Meissner hat so um die eins siebzig geschätzt. Außerdem haben wir das Geschlecht der Leichen noch nicht mit letzter Gewissheit bestimmt. Die Bauchregion und der Unterleib sind mit Erdschollen bedeckt, die wir nur mit einer Spezialausrüstung entfernen können. Über den Körperbau insgesamt können wir also noch nicht viel sagen.«

»Kleidungsreste?«

Der Professor schüttelte den Kopf.

»Also nackt«, stellte Fredric fest, »aber mit gewissen rituellen Gegenständen oder Besitztümern ausgestattet.«

Beide blickten schweigend über den See. Ganz weit im Süden konnten sie ein Ruderboot sehen, das sich fast unmerklich nach Norden bewegte. Fischer, die eine Schleppangel nach den wenigen Saiblingen ausgeworfen hatten, die es nach der Wasserregulierung hier noch gab. Auch der Savalen war dem Ausbau zur Gewinnung von Wasserkraft nicht entgangen.

Nach einiger Zeit ergriff der Professor wieder das Wort. Er skizzierte Fredric die weiteren Pläne für die Ausgrabungen und sagte, dass der Staat einen Teil des Rødalen enteignen würde, egal, ob bei dieser Grabungsperiode noch mehr gefunden würde oder nicht. Die Enteignung wäre im Interesse der Archäologen, sodass sie graben konnten, wo sie wollten, ohne von eigensinnigen Grundbesitzern schikaniert zu werden. Die Schafe konnten ja weiterhin frei weiden.

Julia Hornfeldt kam hereingeschwebt. Sie grüßte Fredric freundlich und blieb vor ihrem Vater stehen.

»Hast du Fredric davon erzählt?«

»Nein, wovon denn?«, wunderte sich ihr Vater.

»Ach, Mensch, du hast doch versprochen, ihm das zu sagen. Dass ich bei der Deutung seine Assistentin sein soll, damit ich ein paar von seinen Tricks lerne.«

Fredric spürte, wie er erbleichte. Wenn es irgendetwas gab,

worauf er *überhaupt* keinen Wert legte, dann war das die Anwesenheit anderer, während er arbeitete. Das war eine Frage der Konzentration. Starke, *sehr* starke Konzentration, ohne jede Störung war die unbedingte Voraussetzung für jeden Versuch, ungedeuteten Zeichen ihre Botschaft zu entringen. Eine Julia Hornfeldt, die im Zimmer herumtänzelte, lief zwangsläufig auf ein Fiasko bei seiner Arbeit hinaus. Da würde er kapitulieren müssen, vollständig und bedingungslos. Er fühlte sich steif wie eine Moorleiche, während er dasaß und kein Wort herausbrachte. Er starrte den Fußboden an.

»Ich bin sicher, dass das für Drum in Ordnung ist«, sagte Hornfeldt und räusperte sich. »Er wird bestimmt assoziationsbegabte Damen wie dich bei seiner schwierigen Aufgabe gebrauchen können.«

Fredric war davon überzeugt, dass in der Stimme des Professors weder Ironie noch Spaß lag. Das, was er sagte, meinte er todernst.

Er kam mühsam auf die Beine, brachte aber immer noch kein Wort heraus. Danach ging er entschlossen ans Fenster und zerdrückte eine Fliege, die auf dem Fenstersims lag und schon lange tot war. Ohne den Professor oder seine Tochter anzusehen, verließ er die Kaminstube. Er hoffte, dass diese Demonstration genauso viel ausdrückte, wie es der ausführlichste verbale Protest gekonnt hätte.

Sie waren beim Dessert angekommen, das aus Moltebeeren des Vorjahres mit Sahne bestand. Stephen und Fredric saßen am hintersten Tisch im Speisesaal. Das mehrgängige Essen war der Höhepunkt des Abends, und beide lobten die Qualität der Gebirgsküche, obwohl der Koch wohl kaum Anspruch auf irgendeine Bocuse-Auszeichnung zu erheben schien. Das Essen war frisch, einfach und mit etwas Raffinesse gut zubereitet.

»Ich habe so gründlich nachgedacht, dass mein Kopf Risse bekommen hat«, sagte Stephen. »Ich kann dein Rätsel nicht lösen. Das Grabtuch von Turin sagt mir absolut nichts. Ich kann mir das Loch da oben einfach nicht als Grab Jesu vorstellen. Die einzige Parallele, die ich sehen kann, ist die, dass es dort oben Asche und Kohle gibt und dass dieses berühmte Grabtuch zu seiner Zeit auch einem Feuer ausgesetzt war. Es soll wohl an den Rändern verkohlt sein.«

Fredric lachte leise vor sich hin und genoss die Moltebeeren.

»Gar nicht so übel«, sagte er nur. »Du bist auf der richtigen Spur. Aber mehr sage ich nicht dazu.«

»Auf der Spur? Hmm. Na dann.« Stephen schöpfte neue Hoffnung.

Eigentlich hatte Fredric Stephen den Vorschlag unterbreiten wollen, im Wintergarten eine Partie Schach zu spielen, aber Stephen murmelte etwas davon, dass er den größten Teil des Abends dafür verwenden müsse, wichtige Telefonate nach England zu führen. Deshalb suchte Fredric seinen Stammplatz unter dem Feigenbaum auf, wo er ungestört sitzen und seine Gedanken auf den Rand einer Lokalzeitung kritzeln konnte, die auf dem Tisch lag.

1. Tarald Thomsen war sehr abergläubisch und besaß eine Puppe, der er magische Kräfte zuschrieb.
2. Tarald Thomsen war seit einigen Wochen tot.
3. Der Jäger Hugar besaß eine Puppe, die eine einfachere Kopie von Thomsens Exemplar darstellte. War auch Hugar abergläubisch?
4. Der Jäger Hugar war tot, wahrscheinlich ermordet.
5. Thomsens Puppe wurde aus der »Kasserolle« gestohlen.
6. Hugars Puppe wurde in zerstörtem Zustand in den Storbekktjern geworfen.
7. Zwei, möglicherweise sogar drei Mordversuche waren auf ihn, Fredric Drum, verübt worden.

8. Zwei davon waren verdeckt unternommen worden, der dritte ganz offen, wenn man Julia Hornfeldt für unschuldig hielt.
9. Lilleif Havsten wollte das Rødalen zu touristischen Zwecken ausbeuten, was besonders nach den Ausgrabungen unrealistisch zu sein schien.
10. Parelius Hegtun sah in Havstens Plänen eine Bedrohung für sein Hotel, falls sie realisiert würden.
11. Vor drei Jahren verschwanden drei Belgier im Rødalen, ohne eine Spur zu hinterlassen.
12. Die Carbon-14-Datierungen und der Zustand der Moorleichen beweisen, dass es sich um echte Funde aus der Eisenzeit handelte.
13. Das Turiner-Grabtuch-Syndrom.
14. Der verbissene Kampf der Grundbesitzer um das Rødalen, mit dem alten Stalg Stalgson und seinem Sohn an der Spitze.
15. Fredric Drums Rolle als Experte wurde von gewissen Personen unterschätzt und sabotiert.

Er hatte alle fünfzehn Punkte im Kopf und wusste, dass die Lösung erkennbar und die Logik durchschaubar werden würde, wenn es ihm gelang, sie in die richtige Verbindung zueinander zu bringen. Aber noch waren die Gleichungen unvollständig: Gewisse Konstanten fehlten noch. Wenn er diese fand, würde die Verbindung gelingen.

Er gähnte und unterdrückte ein Niesen. Die Blätter des Feigenbaumes vibrierten jedes Mal leicht, wenn jemand durch die Eingangstür ging. Der Betrieb im Hotel hatte deutlich zugenommen, seit die Ausgrabungen begonnen hatten. Es gab viele Besucher, die daran interessiert waren. Er sah, wie Julia Hornfeldt mit leichtem Schritt die Treppe zur Bar hinunterlief.

Er hatte vor, sich an diesem Abend früh zurückzuziehen.

Wenn er die Gegenstände aus Trondheim morgen früh bekam, war es wichtig, gut ausgeruht zu sein. Er ging auf die Telefonzelle zu und gab Stephen ein Zeichen, dass er jetzt schlafen gehen würde. Die Rezeptionistin gab ihm unaufgefordert seinen Schlüssel. Sie konnte sich an seine Zimmernummer erinnern.

Als er die Tür zu seinem Zimmer öffnete, spürte er, wie drückend warm es war, und verfluchte das Zimmermädchen dafür, immer das Fenster zu schließen. Fredric wollte in frischer Luft schlafen. Frische Luft mit einer Spur von Kiefernnadelaroma. Was konnte gesünder sein? Auf dem Weg zum Fenster, das er sofort öffnen wollte, zog er sich schon halb das Hemd aus.

Es war wirklich verdammt schade, dass es ihm nicht mehr gelungen war, mit dem alten Jäger zu sprechen, bevor der umgebracht worden war. War er denn *wirklich* ermordet worden? Es bestand natürlich auch die Möglichkeit, dass er auf höchst natürliche Weise gestorben war und dass er sich einfach so sehr über die Nutzlosigkeit seines Jagdamuletts aufgeregt hatte, wenn es um den Schutz des Rødalen gegen unerwünschte Eindringlinge ging, dass er die Puppe vor Wut von sich geschleudert hatte und dann mit einem Herzanfall zusammengebrochen war, als er sich Brennholz für seinen Ofen holen wollte. Falls es so gewesen wäre, würden auf jeden Fall einige dunkle Wolken von einem auch so schon recht chaotischen Himmel verschwinden.

Fredric ergriff den unteren Rand des Fensterrahmens, um das Fenster so weit wie möglich zu öffnen. Es war ein schweres Schwingfenster von der modernen Art, das in Norwegen unter dem Namen »Hausfrauen-Modell« bekannt war. Er hatte es noch nicht einmal zur Hälfte gekippt, als er spürte, dass sich etwas löste und das Fenster mit seinem ganzen Gewicht auf ihn herunterfiel. Er sank auf die Knie und versuchte, den

Kopf zur Seite zu biegen, um nicht vom Fensterrahmen eingeklemmt zu werden.

Da erahnte er einen Schatten hinter sich.

Alles ging sehr schnell, und Fredric handelte aus seiner wehrlosen Position heraus völlig instinktiv. Er konnte nicht viel machen, aber er trat heftig nach hinten gegen den Schatten aus. Er spürte, dass er etwas traf, dass ein Gegenstand von etwas fortgeschlagen wurde, das vielleicht eine Hand war. Dieses Ding flog unter das Bett und zersprang dort mit einem klirrenden Geräusch. Dann hörte er ein Stöhnen und jemanden *»Scheiße«* flüstern. Danach warf sich der Schatten mit all seinem Gewicht auf ihn und das Fenster, und er fühlte einen ungeheuren Druck auf seinen Kopf, der gegen das Fensterbrett gepresst wurde.

Er trat noch mehrmals nach hinten aus und spürte, wie er traf, aber es nützte nichts. Die Person drückte mit all ihrer Kraft, und Fredric merkte, wie sich sein Mund öffnete, und er piepste wie eine Maus. Das waren seine Wangen, aus denen die Luft entwich. In einer Sekunde zerbricht meine Schädeldecke wie eine Eierschale, dachte er verzweifelt und versuchte, seinen Unterkörper unter dem Gegner hervorzuwinden. Nichts half, der Druck nahm einfach immer weiter zu.

Es fühlte sich so an, als ob seine Augen aus dem Kopf zu springen drohten. Sie waren weit geöffnet, aber er sah nur rote Punkte, die wild herumtobten und immer größer wurden. Er spürte, wie Gallenflüssigkeit in seinem Hals emporstieg, und plötzlich ging ein Zucken durch seinen Körper, das das Abendessen zusammen mit Magensäure und Schleim durch seine Nase und seinen Mund schießen ließ. Dieser Brei blieb auf dem Fensterbrett unter seinem zusammengedrückten Gesicht liegen. Die Schmerzen waren unerträglich, und er hatte keine Kraft mehr, nach hinten zu treten. Das Platzen seines Kopfes stand jetzt unmittelbar bevor!

Fredric Drum befand sich plötzlich im Zentrum einer Explosion. Ein markerschütterndes Getöse ertönte, und ein Feuermeer zerfetzte den roten Nebel vor seinen Augen. Ein stechender Schmerz schnitt bis in die Fingerspitzen durch seinen Körper. Danach wurde alles schwarz und leer.

Der Chorgesang wurde lauter und lauter.

»So recht. Ihr Engel jauchzt und singet, dass es uns heut so schön gelinget! Auf denn, wir stimmen mit euch ein, uns kann es so wie euch erfreu'n. Kyrieleis! Kyrieleis!« Das waren ein Knabenchor und Trompeten, Pauken und Posaunen, Sopran- und Altstimmen, tiefe Bässe und sanfte Violinen. Die Musik erhob sich und sank wieder, wurde immer stärker und drohte seine Trommelfelle zu zersprengen.

Fredric öffnete die Augen, und das Gebrüll in seinem Kopf verstummte. Stattdessen spürte er einen gewaltigen, klopfenden Schmerz an den Schläfen. Er starrte an seinem Körper hinunter, der einfach nicht sein eigener sein konnte.

Er lag in einer unglaublich verdrehten Stellung, halb auf den Knien, halb mit dem Bauch gegen die Heizung gedrückt. Sein Kinn war in den Spalt zwischen der Heizung und der Wand gedrückt. Es gelang ihm nicht, sich zu bewegen, es war auch völlig unmöglich, dass er sich bewegte: Er war in einem Kranz von messerscharfen Glasscherben eingeschlossen, wobei ihm ein Fensterrahmen über die Schultern und den Rücken hing. Sein Kopf war durch drei Glasschichten gedrückt worden, und er fühlte, wie die Glaszacken sich in seinen Hals einschnitten. Aber er lebte, ja tatsächlich lebte der gute alte Drum mit seinem gepanzerten, dicken Schädel noch!

Er lauschte, hörte aber kein Geräusch hinter sich. Die Person war wohl in dem Glauben, dass das Vernichtungswerk vollendet war, verschwunden.

Er wagte es, den einen Arm zu bewegen, vorsichtig. Jede Bewegung war riskant. Seine Kehle und die Halsschlagadern konnten bei der kleinsten Unvorsichtigkeit durchtrennt werden, wenn sie nicht schon ... Fredric gelang ein verzerrter Blick an seiner einen Seite hinunter. Sein linker Arm war rot vor Blut. Auf dem Boden unter ihm hatte sich schon eine Pfütze gebildet. Und es tropfte und tropfte: große, schnelle Tropfen von einer Wunde am Hals.

Viel Blut, sehr viel Blut, dachte er, und merkte, dass er unglaublich schlapp war. Bald bist du leer, Fredric! Er versuchte zu rufen, aber das war unmöglich. Daraus wurde nur ein Gurgeln gegen die Wand. Und die kleine Bewegung seines Halses führte dazu, dass die Glasmesser sich in neues Fleisch einschnitten. Er ballte vor Verzweiflung seine linke Hand. Das war so ungefähr der einzige Körperteil, den er zu bewegen wagte. Hilfe, er musste Hilfe bekommen, und zwar ziemlich schnell! Wie sollte er Leute herbeirufen? Ein dunkler Nebel begann, sich über seine Augen zu legen, und er wusste, dass es nicht mehr lange dauern würde, bis er das Bewusstsein verlor. Für immer.

Er tastete mit der beweglichen Hand auf dem Fußboden herum. Er bekam eine größere Glasscherbe zu fassen. Was sollte er damit? Er wollte sie gerade wieder fallen lassen, als ihm plötzlich eine verrückte Idee kam.

Der Heizkörper!

Er klopfte probeweise mit dem Glasstück auf die Heizung. Der Klang war hart und scharf. Und er wusste: Dieses Geräusch konnte überall im ganzen Hotel, wo es Heizkörper gab, gehört werden. Das Rohrsystem, das sämtliche Heizungen verband, würde den Klang weiterleiten.

Er begann, in einem bestimmten Rhythmus zu klopfen, schnell und genau. Erst drei kurze, dann drei lange, dann drei kurze. SOS. Er wiederholte die Serie mehrmals. Danach eine kleine Pause und dann: zwei Klopfer, kleine Pause, ein

Klopfer, kleine Pause und dann vier Klopfer. Er wohnte im Zimmer zweihundertvierzehn. Jemand musste das doch hören und begreifen!

Er klopfte und klopfte, wiederholte SOS und seine Zimmernummer und wurde immer schlapper. Er konnte kaum noch seinen Arm bewegen, und die Scherbe glitt ihm mehrmals aus den Fingern. Der Nebel vor seinen Augen wurde immer dichter, und das Brausen in seinem Kopf nahm wieder zu. Drei schnelle Klopfer, drei lange ...

Er konnte nicht mehr, die Scherbe blieb auf dem Boden liegen, und er versank in einem roten Nebel von Übelkeit. Violinen, Pauken und Posaunen. Und ein Chor von zehntausend Stimmen: »Ich will dich mit Fleiß bewahren, ich will dir leben hier, dir will ich abfahren, mit dir will ich endlich schweben voller Freud ohne Zeit dort im andern Leben.«

10 *Ein Kreis kann ein Kopf sein, ein Taxifahrer singt, und der fahle Sommermond spiegelt sich im Vesltjern*

Es war weiß und verströmte einen beißenden Geruch. Fredric Drum lag mit weit offenen Augen da und starrte nach oben.

Irgendwo tickte so etwas wie eine Uhr.

Er blinzelte dreimal und fühlte, wie sich ein Niesreiz entwickelte. Er nieste, ergo lebte er.

Er versuchte zu erspüren, ob sein Körper noch da war. Er rollte die Zehen zusammen, ballte die Fäuste, atmete tief ein. Alles funktionierte, wie es zu erwarten war. Er empfand keine Schmerzen, fühlte sich auf angenehme Weise entspannt, hatte aber einen ungeheuren Durst. Etwas Steifes und Strammes drückte von allen Seiten gegen seinen Hals. Ein Verband.

Aha, er war also im Krankenhaus gelandet.

Weiße Decke und weiße Wände. Er lag in einem monströsen Bett und konnte am Fußende jede Menge Hebel erkennen. Blanker Nickel und schwarzes Plastik. Neben seinem Bett stand ein Furcht einflößendes Stativ. Daran hingen diverse Schläuche und Messinstrumente sowie eine halb leere Plastikflasche mit Blut, soweit er sehen konnte. Erleichtert stellte er fest, dass keiner seiner Körperteile an irgendeine Apparatur angeschlossen war. Er fühlte sich unverschämt gesund, wie er da lag, abgesehen von einem leichten Rauschen im Kopf und diesem unerträglichen Durst. Der klinischen Säuberung seines Nachttischchens war offenbar auch jegliches Wasserglas zum Opfer gefallen.

Eine Uhr, die über der Tür tickte und voranschritt, zeigte Viertel vor drei.

Er versuchte nachzudenken: Es war kaum später als elf Uhr gewesen, als er sein Hotelzimmer aufgeschlossen hatte. Es war also nicht länger als knappe vier Stunden her, dass dieser Albtraum begonnen hatte. Er konnte sich daran erinnern, dass irgendein Drecksack ein gelockertes Fenster über seinen Kopf gedrückt und dass er selbst geblutet hatte. Was war passiert? Wer hatte ihn gefunden und hierher gebracht?

Er stemmte sich auf die Ellbogen und verdrehte den Kopf. Dabei spürte er, wie es rechts unter dem Kinn schmerzte und pochte. Dort war der Verband am dicksten. Sein Kopf wirkte unversehrt. Er war an manchen Stellen empfindlich, und es gab einen Ansatz zu einer kleinen Beule an der linken Schläfe. Ein solider Schädel. Mein Gott, was für einen soliden Schädel er hatte!

Er entdeckte eine Rufanlage an der Wand und drückte auf den Knopf. Eine Lampe über der Tür leuchtete rot auf.

Nach einiger Zeit hörte er, wie sich draußen auf dem Korridor schlurfende Schritte näherten. Die Tür ging auf, und eine rundliche, bebrillte Krankenschwester erschien. Sie lächelte nicht.

»Ja?«, sagte sie und blieb zwei Meter vor dem technischen Wunder von einem Bett stehen, in dem er lag.

»Ich hätte gern Wasser.« Fredric war heiser, und er versuchte, seinen Hals freizubekommen. »Ich hätte also gern Wasser«, wiederholte er, »am liebsten einen ganzen Gebirgsbach.«

Die Krankenschwester drehte sich um und verschwand. Es dauerte sehr lange, bis sie wieder auftauchte. Mit einem Glas. Das war zu einem Viertel voll. Er warf ihr einen gekränkten

Blick zu und leckte noch die letzten Tropfen aus dem Glas. Dabei fiel ihm auf, dass sie drei nette kleine Kinne übereinander hatte.

»Das nützt nichts«, sagte er, »wenn es sein muss, kann ich gehen und selbst welches holen. Ich bin ja schließlich kein Krüppel.«

»Sie dürfen das Bett nicht verlassen«, sagte sie streng. »Sie haben viel Blut verloren. Aber Wasser können Sie bekommen.«

»Einen ganzen Krug!«, rief er ihr nach.

Schließlich bekam er den Krug und trank sechs Glas Wasser. Dann bat er sie, ihm zu erzählen, wo er war und was passiert war.

Er befand sich in einem Krankenhaus ungefähr zwanzig Kilometer vom Savalen entfernt. In der Nähe der architektonisch missratenen Ortschaft, soviel er verstand. Er war in einem Privatauto ins Krankenhaus transportiert worden. Zwei Männer und eine Frau hatten ihn begleitet. Sie waren zum Savalen zurückgefahren, nachdem der Arzt sie mit der Versicherung beruhigt hatte, dass Fredric nicht in Lebensgefahr sei. Sie würden morgen früh zurückkommen. Er war nicht ernsthaft verletzt. Nur ein hässlicher Schnitt am Hals, der zu dem Blutverlust geführt hatte. Er hatte eine Transfusion von einem Liter Blut bekommen und brauchte jetzt Ruhe. Der Schnitt am Hals war mit sieben Stichen genäht worden. Der diensthabende Arzt hatte gesagt, dass er zwei Tage ruhig liegen solle, damit sein Körper nach dem Schockzustand, der mit einem größeren Blutverlust immer einherging, wieder zur Normalität zurückkehren konnte. Er brauche sich überhaupt keine Sorgen zu machen, und Wasser könne er so viel trinken, wie er wolle.

All das teilte sie ihm langsam und umständlich mit. Dann schloss sie die Tür hinter sich.

So war das also. Sieben Stiche am Hals. Ein hübsches kleines Abzeichen. Schockzustand? Er merkte keinen Schockzustand. Der musste rein körperlich sein, womöglich würde seine gesamte Muskulatur nicht funktionieren. Er legte sich auf sein Kissen zurück, tastete an den Seiten des Bettes entlang und fühlte dort mehrere Hebel.

Er konnte es sich nicht verkneifen, an einem von ihnen zu ziehen. Ein schwaches Summen war zu hören, das Fußende des Bettes hob sich, während das Kopfende dramatisch nach unten sank. Die Bettdecke rutschte ihm über den Kopf, und er arbeitete fieberhaft an dem Hebel, um das Bett wieder in die normale Position zu bringen. Endlich fand er die richtige Einstellung, und bald lag er wieder angenehm horizontal.

Er schloss seine Augen und fühlte sich ruhig und müde. Bald war er weit weg.

Er wurde früh geweckt. Er musste seine Temperatur messen und sich waschen. Danach bekam er Frühstück und Besuch vom Arzt. Dieser meinte, dass es besser wäre, wenn er ein paar Tage das Bett hütete, und Fredric fand keinen Grund, dagegen zu protestieren. Er spürte, dass er ziemlich schlapp und kraftlos war. Er konnte die Bettruhe zu intensivem Nachdenken nutzen. Hier war er jedenfalls in Sicherheit.

Als der Arzt gerade gegangen war, klopfte es an der Tür, und zwei beunruhigt dreinblickende Personen kamen herein: Stephen Pratt und der Hotelbesitzer Parelius Hegtun. Fredric musste bei diesem Anblick lächeln. Es sah so aus, als ob sie erwartet hätten, den Leibhaftigen hier im Zimmer vorzufinden.

»Das kann einfach nicht sein«, murmelte Hegtun, »mit meinen Fenstern hat es vorher noch nie Probleme gegeben. Sie haben sich ja bös geschnitten, aber wie ich gehört habe, werden die Verletzungen wohl keine dauerhaften Folgen haben.« Er bemühte sich vergeblich darum, seinen Blick auf Fredric zu richten.

Stephen gab seinem Freund einen aufmunternden Klapps, und als Fredric um eine ausführliche Erklärung der Umstände bat, wie er hierher gekommen war, berichtete der Engländer, dass der junge Arzt aus Tromsø, Tor Meissner, schon fast eingeschlafen war, als er Klopfgeräusche aus der Heizung gehört hatte. Er hatte den Notruf SOS sofort verstanden, hielt ihn aber zunächst für einen Scherz. Als das Klopfen immer schwächer und unregelmäßiger wurde, zog er sich an, um der Sache sicherheitshalber doch lieber auf den Grund zu gehen. Die Zimmernummer hatte er sich gemerkt. Als er an die Tür von Fredrics Zimmer kam, hörte er schwache Gurgellaute, aber bekam keine Antwort, als er anklopfte. Die Tür war abgeschlossen. Er rannte in die Rezeption hinunter und holte die Nachtwache, die einen Reserveschlüssel hatte. Sie hatten Fredric in einer riesigen Blutlache gefunden. Sein Kopf hing in der Fensterscheibe fest. Schnell riefen sie Hilfe herbei, bekamen Fredric aus seiner Position heraus, und Tor Meissner stoppte den Blutverlust. In höchstem Tempo hatten sie ihn ins Krankenhaus gebracht, und hier war er also jetzt.

»Mein Zimmer war abgeschlossen?«, fragte Fredric.

Stephen nickte. »Der Schlüssel steckte von innen. Du hast wohl abgeschlossen, als du schlafen gehen wolltest. Lebensgefährliche Fenster, was?«

»Ich begreife das einfach nicht«, sagte Hegtun und schüttelte den Kopf. »Als ich mir das Elend angeschaut habe, sah es so aus, als ob die Befestigungen auf beiden Seiten des Fensters gelöst worden und vier große Schrauben herausgefallen wären. Sie haben doch wohl nicht selbst an dem Fenster herummanipuliert?«

»Nein, warum hätte ich das tun sollen?« Fredric lachte. »Altersabnutzung«, sagte er. »Diese Fenster sind jedenfalls ziemlich schwer. Ich bin regelrecht niedergeschlagen worden und kann mich an nichts erinnern, bevor ich plötzlich feststeckte und aus dem Hals blutete.«

Hegtuns Blick hatte sich wieder normalisiert, und er sah aus, als ob es ihm wirklich leidtäte und er sehr erschrocken wäre. Er bot Fredric an, gratis im Hotel zu wohnen, und versprach, alle Fenster persönlich zu überprüfen. Stephen begann, Fredric die Angelausflüge auszumalen, die auf sie beide warteten, wenn er erst einmal wieder das Bett verlassen konnte. In spätestens zwei Tagen, meinte der Engländer, würde Fredric die Fliegenrute wieder mit großer Eleganz schwingen. Sie redeten über alles Mögliche, und Stephen versprach, im Laufe des Nachmittags noch einmal im Krankenhaus vorbeizuschauen. Hegtun hatte nämlich vorgeschlagen, dass er einen Ausflug zu der alten Grubenstadt Røros machen könnte. Julia Hornfeldt wollte mitkommen. Von ihr sollte er übrigens die herzlichsten Grüße übermitteln. Unmittelbar bevor sie gingen, kam Stephen ganz dicht an Fredrics Bett und sagte leise: *»I've got some bad thoughts.* Ich mag das überhaupt nicht. Das Grabtuch von Turin. Mir sind gewisse Assoziationen gekommen, auf die ich lieber verzichtet hätte. Wir reden später noch mal darüber.«

Fredric nickte fast unmerklich.

Er blieb tief in Gedanken versunken liegen und versuchte, sich an so viel wie möglich von den dramatischen Minuten, bevor er das Bewusstsein verloren hatte, zu erinnern. Jemand hatte sich Zutritt zu seinem Zimmer verschafft. Entweder mit einem Schlüssel oder mit einem Dietrich. Er hatte gesehen, wie der Schatten von hinten gekommen war, und er hatte nach ihm getreten. Dabei hatte er eine Hand getroffen, die irgendetwas verloren hatte. Danach hatte der Schatten versucht, ihn zu töten, indem er das Fenster gegen seinen

Kopf gedrückt hatte. Als das zersprang und Fredric das Bewusstsein verloren hatte, musste der Betreffende geglaubt haben, dass ihm sein Vorhaben geglückt sei. Danach war er aus dem Fenster gesprungen. Aus dem ersten Stock war das nicht sehr tief. Und das hatte bestimmt niemand gesehen.

Der Schatten.

Fredric war sich nicht sicher. Aber ihm waren gewisse Einzelheiten aufgefallen. An der Stimme, die hinter ihm »Scheiße« geflüstert hatte, war irgendetwas Bekanntes gewesen. Aber da war etwas, das überhaupt nicht zusammenpasste.

Während er so dalag und über alles nachdachte, klopfte es plötzlich wieder an seiner Tür. Und diesmal wurde er überrascht: Herein marschierte eine resolute Dame, Frau Dr. Cecilie Lund-Høegh. In ihren Armen hielt sie ein großes braunes Paket sowie, allergrößtes Wunder überhaupt, einen großen Strauß rote Nelken.

»Für die vom Pech verfolgte Nervensäge«, sagte sie und brachte sogar ein kleines Lächeln hervor, als sie die Blumen auf das Fußende des Bettes warf. »Die Krankenschwestern werden ja wohl eine Vase dafür finden.«

Fredric war es kaum möglich, sich zu bedanken, so gerührt war er. Aber dann richtete sich seine Aufmerksamkeit schnell auf das braune Paket, das Frau Dr. Lund-Høegh vorsichtig auf sein Nachttischchen gelegt hatte.

»Nun gut«, sagte sie, »dann brauchen Sie sich jedenfalls nicht zu langweilen. Wenn Sie das Paket geöffnet und sich versichert haben, dass der Inhalt Ihren Wünschen entspricht, werde ich direkt ins Rødalen fahren. Jetzt bin ich mal damit an der Reihe, mir diese kopflosen Fossilien da oben anzusehen.«

Fredric setzte sich in seinem Bett auf und griff nach dem Paket. Es war sorgfältig verpackt. Deshalb dauerte es eine

Weile, bis er zum eigentlichen Inhalt vorgestoßen war. Endlich hielt er eine graue Plastikdose in den Händen, deren Deckel er vorsichtig öffnete. In Baumwolle eingewickelt, lagen drei merkwürdige Gegenstände darin: Eine große, bräunliche Tafel aus Knochen, rechteckig, etwa zwanzig Zentimeter lang und zehn Zentimeter breit. Die längeren Seiten waren grob gezackt, und auf der einen Seite konnte er Reihen von Zeichen und Bordüren erkennen. Dann war da noch ein axtähnlicher Gegenstand mit Holzschaft, ziemlich abgenutzt, aber auch hier konnte man Bordüren und Zeichen erkennen. Schließlich noch ein kleiner hölzerner Becher, etwas größer als ein Eierbecher, in den entlang des Randes Muster eingeritzt waren. Alle drei schienen den Aufenthalt im Moor gut überstanden zu haben, und man konnte eindeutig erkennen, dass sie alt waren. Sehr alt.

Frau Dr. Cecilie Lund-Høegh nickte. Es war ihr anzumerken, wie erleichtert sie darüber war, dass die Kleinode sicher angekommen waren. Sie sah Fredric mit scharfem Blick an und sagte: »Jetzt können wir beide zufrieden sein. Wenn Sie mit Ihren Beurteilungen fertig sind, können Sie den Schatz Professor Hornfeldt überlassen. Ja, denn Ihnen ist doch wohl klar, dass es sich bei dem, was da vor Ihnen auf der Bettdecke liegt, um einen *Schatz* handelt?«

Fredric versicherte ihr, dass er sich darüber absolut im Klaren sei. Aber er konnte seine Augen kaum von der Tafel mit ihren zierlichen Zeichenreihen wenden. Er spürte, wie sein Herz vor Spannung heftig pochte. Das war vielleicht eine Herausforderung! Konnte er es schaffen? Welche Botschaft verbarg sich in den Zeichen dieser schönen Knochentafel? Welche Kultur stand dahinter? Er murmelte noch einen Dank für die Blumen und die Mühe, die sie sich gemacht hatte. Dann verschwand Frau Dr. Lund-Høegh und schloss die Tür hinter sich.

Er nahm den kleinen Becher und studierte ihn sorgfältig. Er musste aus einer Wurzel geschnitzt worden sein. Fredric konnte die Holzfasern auf der etwas unebenen Oberfläche sehen. Der Becher war an einer Seite leicht beschädigt, hatte aber einen stabilen Stand, wenn Fredric ihn auf das Nachttischchen stellte. Er sah, dass vor Kurzem etwas Holz von der Unterseite abgekratzt worden war, bestimmt zur C14-Datierung. Die Farben des Holzes an der Stelle, wo etwas abgekratzt worden war, waren genau so, wie es bei einem alten Gegenstand zu erwarten war. Wenn er neu gewesen wäre, wären die Farben anders gewesen. Die einzige Verzierung auf dem Becher war eine geschnitzte Bordüre. Dabei handelte es sich um ein einfaches Zickzackmuster mit Punkten dazwischen. Eine zeitlose Dekoration, die schwer zu definieren war.

Der axtartige Gegenstand war eher ungewöhnlich: ein abgenutzter Holzschaft, der in ein Knochenstück mit rauer, eingekerbter Schneide gesteckt worden war. Das war wohl kaum ein Gebrauchsgegenstand, diente eher als Schmuck oder für religiöse Zeremonien. Auch hier konnte er Anzeichen dafür erkennen, dass man C14-Proben genommen hatte. Auf der flachen Seite des Axtknochens gab es etwas, das an Zeichen und Zierbänder erinnerte. Das Muster kam ihm nicht bekannt vor.

Der dritte und letzte Gegenstand schien der aus seiner Sicht interessanteste zu sein. Hier gab es mehrere Reihen mit Zeichen, die durchaus an eine Art Schrift erinnerten. Darüber hinaus Flecken, Punkte und Kreise, die in einem bestimmten Muster angeordnet zu sein schienen. Zweierlei konnte er sofort feststellen: Es handelte sich weder um Runen noch um symbolische Zeichen, die samischer oder nordsibirischer Ornamentik ähnelten. Das, was er vor sich sah, schien vollkommen eigenständig zu sein. Die Tafel musste aus dem

Beckenknochen eines größeren Tiers, möglicherweise eines Elchs, stammen.

Nun ja, alter Drum, daran musst du dir jetzt aber wirklich die Zähne ausbeißen, dachte er. Und plötzlich war er heilfroh, dass er sich an diesem Ort befand. Jetzt konnte ihn keine Julia Hornfeldt stören. Hier hatte er die Ruhe, die er brauchte.

Er klingelte einen Pfleger herbei und erkundigte sich, ob es wohl möglich sei, ihm Stift und Papier zu besorgen. Bald hatte er alles, was er brauchte, außer den Nachschlagewerken, die sich im Savalen-Fjellhotel befanden. Er musste versuchen, vorläufig ohne sie auszukommen.

Als das warme Abendessen serviert wurde, war sein ganzes Bett übersät mit Papieren und Notizen. Er aß, fast ohne zu registrieren, was er sich in den Mund schob. Fredric Drum hielt sich tief in einer Symbolwelt auf, in der er fremde Gedanken und eigenartige Visionen hervorlocken konnte. Er konstruierte Zusammenhänge und beschwor logische Muster herauf, die nach und nach verworfen oder beiseitegelegt wurden. Er machte assoziative Sprünge zu verschiedenen Kulturen der Vergangenheit und probierte Bildähnlichkeiten und syntaktische Grundregeln aus. Er sortierte gewisse Dinge aus, setzte andere in besondere Reihen, murmelte und redete mit sich selbst, konzentriert und geistesabwesend zugleich.

An den Kreisen kam ihm irgendetwas bekannt vor. Bei diesen Kreisformen musste er ansetzen: Es konnte sich plötzlich zeigen, dass sie ein Gesicht hatten. Welches Gesicht?

Er arbeitete intensiv, aber plötzlich blieb er mit dem Stift im Mund sitzen und starrte in den Raum. Lange saß er so da, sehr lange. Vor ihm lag das Papier, auf dem er sich zuletzt Notizen gemacht hatte. Es war voller kreisförmiger Zeichen, die aus verschiedenen Ursprachen stammten. Dann fluchte er kräftig, ergriff ein neues Blatt und begann, rasend schnell zu schreiben.

Endlich beruhigte er sich wieder und studierte das Resultat. Es konnte kein Zweifel bestehen. Die Kreise hatten ein Gesicht bekommen. Ein Gesicht, das ihn mit hasserfülltem Blick höhnisch angrinste.

Erneut wich ihm das Blut aus dem Körper, und er sank auf sein Kissen zurück, während es ihm vor den Augen flimmerte. Die Wahrheit wurde ihm mit unheimlicher Klarheit deutlich, plötzlich erkannte er den Zusammenhang. Er war in ein teuflisches Spiel verwickelt worden, in ein Spiel, bei dem er selbst der wichtigste Spieler war. Rasend vor Zorn ergriff er die Knochentafel und schleuderte sie mit aller Kraft gegen die Wand. Sie zersprang in mehrere Teile und blieb auf dem Fußboden liegen wie die Reste eines Hundeknochens.

Er warf seine Decke beiseite und setzte sich mit vom Bett herabbaumelnden Beinen auf. Hier wollte er keine Sekunde länger bleiben. Jetzt würde er die schwarzen, unmöglichen Gedanken ans Tageslicht bringen. Er hätte so etwas nicht für möglich gehalten.

Vorsichtig ließ er sich auf den Boden hinab. Er stand sicher, fühlte sich aber etwas schwindlig. Dann ging er an den Schrank, holte seine Kleider heraus und zog sie an. Die Hose und das Hemd waren voller Blutflecken, aber das machte ihm nicht besonders viel aus. Dann sammelte er die Knochenstücke zusammen und legte sie gemeinsam mit den anderen Dingen und seinen Notizen in die Dose. Schließlich stand er eine Zeit lang vor dem Spiegel und versuchte, die Stärke in seinem eigenen Blick zu ergründen. Mit ihm war nicht zu scherzen. Der Verband am Hals störte ihn, aber er ließ ihn an seinem Platz. Dann verließ er schnell den Raum.

Niemand versuchte, ihn aufzuhalten, und bald stand er vor dem Krankenhaus. Er sah sich verwirrt um. Wo war die

Straße, die ins Zentrum führte? Er wählte aufs Geratewohl eine Richtung und kam an etwas vorbei, das eine größere Schule sein musste. Er war auf dem richtigen Weg. Bald erkannte er das merkwürdige Rostgebäude, das Rathaus, das die anderen Kastenhäuser überragte.

Ein Taxi. Er musste ein Taxi finden.

Nach einigen Erkundigungen und missbilligenden Blicken auf seine blutgetränkte Kleidung und seinen Hals erreichte er den Bahnhof. Dort entdeckte er zu seiner Erleichterung zwei freie Taxis.

Der Taxifahrer war klein und dick und hatte offenbar einen Hüftschaden. Aber er war freundlich und gut gelaunt und summte und sang, während er zum Savalen hochfuhr. Fredric empfand einen starken Mitteilungsdrang.

»Die Windschutzscheibe«, sagte er, »die Windschutzscheibe meines Autos ist von hochgeschleuderten Steinen getroffen worden. Jetzt sehen Sie mal, wie ich mich an den Scherben geschnitten habe. Mit sieben Stichen bin ich genäht worden, das Blut ist nur so geströmt, wie Sie sich wohl denken können, wenn Sie meine Kleider sehen. Ist hier oben viel Verkehr?« Fredric schwatzte vor sich hin, und der Fahrer antwortete mit Witzen und einheimischem Humor.

»Ich habe gehört, dass sie da hinten im Rødalen die Pest wieder ausgraben«, sagte er. »Wir kriegen den Geruch bis unten im Dorf mit. Jetzt wird das Rødalen wohl mal in Schwung kommen.«

»Aha, glauben Sie? Wie meinen Sie das denn?« Fredric wurde neugierig.

»Na ja, Sie wissen ja, wenn der Staat ein Gebiet enteignet, dann können die Dinge in Gang kommen. Diese engstirnigen Grundbesitzer haben ja kaum jemanden in das schöne Tal reinlassen wollen. Ja, ich bin selbst noch nicht dort drinnen gewesen, denn ich bin nicht gut zu Fuß, aber ich habe gehört, dass andere erzählt haben, wie einzigartig schön dieses Tal ist.«

»Einzigartig«, stimmte Fredric zu. Er hatte plötzlich etwas begriffen, das ihm bisher nicht klar gewesen war. *Wenn* es so war, wie er glaubte, dann würde das letzte Puzzleteilchen an seinen Platz finden, das Bild wäre komplett. Der Landeskonservator, Herr Grinden, konnte ihm vielleicht die endgültige Antwort geben. Er hoffte von ganzem Herzen, dass dieser sich im Hotel aufhielt, wenn er ankam.

Der Toyota stand nicht im Hof. Stephen und Julia waren also auf ihrem Ausflug nach Røros. Er bezahlte und dankte dem Taxifahrer für die angenehme Fahrt.

Der Landeskonservator Mathias Grinden war wirklich da, wie er an der Rezeption erfuhr. Parelius Hegtun erschrak sehr, als er Fredric in seinen blutigen Kleidern und mit dem Verband um den Hals erblickte.

»Bin entlassen worden«, lächelte Fredric freundlich.

»Nein«, sagte Hegtun und kämpfte verzweifelt mit seinen divergierenden Blickrichtungen. »Nein«, wiederholte er, »die haben gerade vom Krankenhaus angerufen. Sie sind *abgehauen.*«

»Stimmt.« Fredric war äußerst gut gelaunt. »Habe mich selbst entlassen. Die Papiere habe ich hier.« Er zeigte auf die Plastikdose, die er unter dem Arm trug, bekam den Schlüssel für ein neues Zimmer sowie den alten, damit er seine Sachen hinübertragen konnte. Dann verschwand er schnell die Treppe hinauf.

Sein neues Zimmer lag auf dem gleichen Gang wie das alte, schräg gegenüber. Er schloss die Tür des alten Zimmers auf und sah, dass der Fensterrahmen gegen die Heizung gelehnt war. Die Glasscherben waren entfernt worden, aber ein großer, hässlicher, rostbrauner Fleck zeichnete sich auf dem Teppich unter dem Fenster ab. Sein Blut. Fredric Drum schauderte.

Er blieb einige Sekunden stehen und dachte nach. Dann kniete er sich hin und sah unter das Bett. Genau. Dort lag sie. Eine Injektionsspritze mit zerbrochenem Glas und abgeknickter Spitze. Diesmal von der allgemein üblichen Art. Dieser Teufel hatte wohl seine Spezialspritzen schon aufgebraucht, dachte er bitter und sammelte die Einzelteile der Spritze vorsichtig ein. Er holte die Plastiktüte mit der anderen Spritze hervor und legte die Teile der neuen dazu. Drei Spritzen, jetzt hatte er drei Spritzen, inklusive der, die sich in Oslo in einem Labor befand. Wenn das so weiterging, konnte er sie bald en gros verkaufen.

Er brauchte nicht lange, um seine Sachen in das andere Zimmer zu bringen. Als er damit fertig war, entfernte er den Verband von seinem Hals und klebte ein großes Pflaster über die Wunde, die gut zuzuwachsen schien. Danach sprang er unter die Dusche.

Mathias Grinden kam zum Tisch unter dem Feigenbaum im Wintergarten. Er sah Fredric fragend an.

»Wollten Sie mit mir sprechen?«

Fredric nickte zur Bestätigung und zeigte auf einen Stuhl. Der Landeskonservator setzte sich, schüttelte aber mit Bestimmtheit den Kopf, als Fredric ihm ein Glas Wein anbot. Er hatte sich eine ganze Flasche vom besten Wein des Hotels bestellt, einen 1975er Château Kirwan. Jeder Schluck, den er trank, gab ihm Kraft und Ruhe, und er genoss jeden einzelnen vollmundigen Tropfen. Honig, Mandeln und Waldpilze – das Bouquet war kräftig und aufregend.

»Ich habe ein paar sehr wichtige Fragen, auf die ich eine Antwort suche«, begann Fredric. »Es kann so wirken, als ob sie weit von dem Gebiet entfernt seien, mit dem ich mich im Zusammenhang mit diesen Funden beschäftige, aber wie Sie möglicherweise bald erfahren werden, sind die Fragen sehr relevant. Erstens: Wissen Sie, wie groß das Gebiet ist, das der Staat da drinnen im Rødalen enteignen will?«

Grinden sah Fredric immer noch erstaunt an, aber dann teilte er ihm mit, dass er das sehr genau wisse. Er sei nämlich selbst bei dem Ortstermin mit dabei gewesen und habe seine Empfehlungen ausgesprochen. Um es kurz zu machen, es ging tatsächlich mehr oder weniger um das gesamte Rødalen.

»Aber warum denn das gesamte Tal?« Fredric schnupperte gründlich an dem Bouquet des Weines.

»Nun«, erklärte Grinden, »erstens ist auf diese Weise der Umgang mit den Grundbesitzern einfacher. Eine Aufteilung hätte nur zu späteren Auseinandersetzungen und Gezänk geführt. Der Staat hat damit eine gewisse Erfahrung aus früheren Fällen. Zum Beispiel an Orten, an denen von Naturparks oder -schutzgebieten die Rede war. Und zweitens will der Staat andere Nutzungen neben den rein archäologischen ermöglichen. Nutzungen, die hier oben dringend benötigte Arbeitsplätze schaffen könnten.«

»Wie zum Beispiel?« Fredric blickte ihn scharf an.

»Tourismus«, antwortete Mathias Grinden.

Fredric hob sein Weinglas und drehte es, wobei er die Farben genau betrachtete. Er hatte die Antwort auf seine wichtige Frage bekommen, und es war genau so, wie er befürchtet hatte. Er dankte Grinden für die Informationen und sagte, dass er ein paar Telefonate führen müsse.

Zuerst rief er bei dem chemischen Labor an, bei dem die erste Spritze zur Untersuchung abgegeben worden war. Er erfuhr, dass die Analyse des Spritzeninhaltes beendet war: Es handelte sich um ein ziemlich seltenes organisches Gift mit dem Namen Druamin. Eine intramuskuläre Injektion von ein paar Tropfen dieses Giftes in den menschlichen Körper würde im Laufe weniger Sekunden zur Lähmung der Atmungsorgane und damit zum Tode führen. Nach einer

Stunde würde sich das Gift im Körper aufgelöst haben und wäre dann nur noch schwer nachweisbar. Das Gift wurde hier in Norwegen in seltenen Fällen zu wissenschaftlichen Zwecken benutzt.

Fredric bat darum, die Spritze und einen Untersuchungsbericht über den Inhalt an die Kriminalpolizei zu schicken.

Dann rief er Tob an.

Sein Freund hatte innerhalb der letzten vierundzwanzig Stunden eine Menge erreicht. Fredric notierte sich eine Reihe von Informationen auf einem Zettel und lächelte kalt. Eine regelrechte kleine Lawine war im Begriff, sich in Bewegung zu setzen.

Danach setzte er sich wieder allein mit seinem Wein unter den Feigenbaum und wartete. Es konnte nicht mehr lange dauern, bis Stephen und Julia von ihrem Ausflug zurückkamen. Im Augenblick konnte er nicht viel tun. Die Archäologen und der Rest des Teams waren im Rødalen. Er hatte einen Plan ausgeheckt, für dessen Ausführung er Stephens Hilfe brauchte.

Es war fast sechs Uhr, als der Toyota auf den Platz vor dem Hotel fuhr. Jetzt kam es darauf an, alles vorzubereiten, bevor die ganze Wissenschaftlermeute zurückkam. Fredric winkte seinem Freund zu, als dieser an die Rezeption kam.

Stephen und Julia lächelten über das ganze Gesicht, als sie sich seinem Tisch näherten.

»*Go right to Birmingham 'n' tell the King!*«, rief der Engländer aus. »Wir waren oben im Krankenhaus und haben dort erfahren, dass du abgehauen bist. *Well-well,* du siehst ja nicht besonders krank aus.«

Julia errötete, als sie Fredric umarmte.

»Der vom Unglück verfolgte Pilger«, sagte sie. »Wenn ich gewusst hätte, dass du nachts Indianer jagst und dir Fenster auf deinen Kopf fallen lässt, wäre ich vielleicht nicht so interessiert daran gewesen, dich zu treffen. Aber bei der Gelegenheit vor einigen Wochen in Oslo konnte ich mich nicht beherrschen: Ich musste einfach sehen, wie du in natura aussiehst, ich hatte nicht die Geduld zu warten, bis wir uns hier begegnen würden. Und jetzt werden wir wohl bald mit der spannenden Deutung der Zeichen anfangen?«

Fredric räusperte sich verlegen. Er nickte langsam und trank die letzten Tropfen aus seinem Weinglas. Dann murmelte er, dass er Hunger habe und zu Abend essen wolle, bevor der Speisesaal voller lärmender und eifriger Moorgräber sei. Er zwinkerte Stephen diskret zu, der seinen Hinweis verstand.

Eine Viertelstunde später saßen Stephen und er ganz hinten im Speisesaal und aßen ein saftiges Beefsteak. Sie waren allein. Stephen erzählte, welche Gedanken ihm zum Grabtuch von Turin gekommen waren. Fredric lauschte voller Aufmerksamkeit. Die Theorien, die er zu hören bekam, waren nicht besonders schön. Und Fredric wusste, dass es sich nicht nur um Theorien handelte: Sie entsprachen der Wahrheit.

»Bestell dir einen doppelten oder dreifachen Whisky«, sagte Fredric. Sie waren mit dem Essen fertig. »Jetzt sollst du die ganze Geschichte erfahren, und die muss man möglichst mit etwas hinunterspülen können.«

Stephen runzelte die Stirn und nickte. Der Whisky wurde ihnen an den Tisch gebracht.

In der nächsten halben Stunde erzählte Fredric ausführlich von allem, was von der Fahrt auf der Fähre bis zu seinem letzten Telefongespräch mit Torbjørn Tinderdal passiert war. Als er fertig war, saß der schlaksige Engländer mit einem leeren Whiskyglas da, das unter dem Druck von Stephens Hand zu zerspringen drohte.

»Okay«, sagte Fredric, »nun weißt du alles. Jetzt müssen wir etwas tun, um den Wahnsinn zu beenden. Ich habe einen Plan.«

Dann skizzierte er seinem Freund eifrig sein Vorhaben. Sie standen von ihrem Tisch auf und gingen schnell in Fredrics Zimmer, von wo aus sie den Parkplatz vor dem Hotel im Auge behielten. Fredrics neues Zimmer bot Ausblick auf den Hoteleingang.

Während sie warteten, gingen sie die Einzelheiten des Planes durch. Stephen hatte eine Reihe von Einwänden. Er meinte, dass er zu riskant sei, dass sie lieber gleich die Polizei rufen und ihr den Rest überlassen sollten. Aber Fredric bestand darauf: Er hatte selbst von Anfang an im Zentrum dieses Dramas gestanden und hatte die Absicht, alles bis ins letzte Detail zu erfahren, sonst würde er sterben vor Neugier. Die Polizei würde schon rechtzeitig kommen, und dann würden *sie* beiseitegeschoben werden.

Stephen sah seinen Freund forschend an. Er konnte Fredrics Tatendrang verstehen. Aber die Sache war trotzdem gefährlich. Er versprach, sich genau an Fredrics Anweisungen zu halten.

Da kamen die Autos. Der Arbeitstag im Rødalen war vorbei. Die beiden verfolgten mit Spannung, wer da unten ausstieg und ins Hotel ging. Hornfeldt war der Letzte, und er sah ausgelaugt und erschöpft aus. Stephen und Fredric nickten einander zu. Sie warteten fünf Minuten, dann gingen sie an die Rezeption hinunter. Die Wissenschaftler waren in ihren Zimmern und duschten sich vor dem Abendessen den Schweiß des Tages und die Moorerde ab. Stephen reichte Fredric den Autoschlüssel. »Viel Glück«, sagte er, lächelte und gab ihm einen freundschaftlichen Schubs.

Fredric hielt mit dem Toyota an der Gardviksalm. Er ging zum Wohngebäude hinauf und klopfte an der Tür. Als er hörte, wie der Elchhund zu bellen begann, zog er sich zehn Meter auf den Hof zurück. Die Tür wurde geöffnet, aber der wütende Hund an einer strammen Leine gehalten. Sein Gekläff wurde zu heiseren Kehllauten gedämpft.

»Stalg Stalgson!«, rief Fredric. »Wenn Sie diesen lebensgefährlichen Köter irgendwo gut festbinden, werden Sie die besten Nachrichten des ganzen Jahres von mir bekommen!«

Im Haus war ein gewaltiges Rumoren zu hören, und es dauerte eine Weile, bis der riesige Greis auf den Hof herauskam. Diesmal sah er gar nicht so Furcht einflößend aus, fand Fredric.

»Was willste denn schon wieder?« Der Alte blieb stehen und blinzelte zu Fredric hinüber.

»Stalg Stalgson«, wiederholte Fredric, »ich komme mit einer guten Nachricht für Sie. Das Rødalen wird jetzt doch nicht enteignet. Und deshalb wird auch keine Straße gebaut!« Er sprach langsam und artikulierte jedes Wort laut und deutlich, damit er sicher sein konnte, dass Stalgson ihn verstand.

»Hä!? Was sagst du da? Wer bist du?« Die Augen des Alten waren klar und scharf.

Fredric stellte sich vor und wiederholte, was er gesagt hatte. Dass der Staat nicht länger am Rødalen interessiert sei. Die Ausgrabungen würden bald aufhören, und von einer Straße konnte auch keine Rede mehr sein.

Der Alte verstand ihn. Es ging ein regelrechtes Erschauern durch den großen Körper, und Fredric konnte unter Haarbüscheln und Warzen ein Lächeln erahnen. Plötzlich zeigte Stalgson auf eine Bank vor der Hauswand der Alm. Sie gingen hin und setzten sich, und bald war eine Art Gespräch in Gang gekommen. Fredric musste sich extrem konzentrieren, um Stalgsons eigenartigen Dialekt zu verstehen, aber es ging einigermaßen. Es gelang ihm, dem Alten, ohne zu viel zu sagen, zu erklären, dass sich die Ausgrabungen nun als doch nicht so interessant erwiesen hätten, wie man anfangs angenommen hatte. Die Hände des alten Mannes bebten. Was er zu hören bekam, erregte ihn sehr. Seine riesigen Pranken legten sich auf Fredrics Schultern, und er wollte immer wieder, dass dieser ihm versichern solle, dass es sich nicht um leichtfertiges Gerede handelte. Schließlich beruhigte er sich, und Fredric konnte eine glänzende Träne die Wange des Alten hinunterkullern sehen. *So* viel bedeutete das Rødalen also für ihn, und Fredric konnte das gut verstehen.

»Ich finde es so traurig, dass der Hugar jetzt sterben musste. Er hat das Rødalen auch so geliebt. Er wollte nicht, dass hier so viele Leute herkommen. Deshalb ist sein Herz stehen geblieben.«

»Genau«, antwortete Fredric. »Das mit Hugar ist wirklich traurig.«

Nach einer Sache hätte er Stalgson wirklich noch gerne gefragt. Schließlich brachte er das Thema zur Sprache. Es ging um die Schranke an der Abzweigung ins Tal. Er wollte wissen, ob Stalg Stalgson die Mautquittungen aus früheren Jahren irgendwo aufbewahrte. Es gab da etwas, was er sehr gerne nachsehen wollte.

Stalgson nickte langsam. Ja, *das* war kein Problem. Er hatte alle Quittungen gesammelt. Sie lagen in einem verschlossenen Schrank.

Fredric fragte, ob er alle Quittungen der letzten vier Jahre sehen könne, und der Alte schlurfte wieder ins Haus und war lange verschwunden. Schließlich kam er mit einem Stapel Quittungen zurück, und das waren gar nicht so besonders viele, wie Fredric sah. Höchstens zweihundert. Ein weiterer Hinweis darauf, wie entlegen dieses schöne Tal war.

Er holte einen Zettel aus der Tasche, auf dem er einige Autokennzeichen notiert hatte. Dann ging er den Quittungsstapel schnell durch. Er pfiff, als er eine Übereinstimmung fand.

Und dort noch eine. Er schrieb sich die Daten und die Namen auf. Jetzt konnte kein Zweifel mehr bestehen. Eine bestimmte Person war hier jedes Jahr zu einer speziellen Zeit etliche Male hergekommen. Genau wie er vermutet hatte.

»Heben Sie sie gut auf, Stalgson«, sagte er und erhob sich, »es kann sein, dass die Behörden sich die später noch einmal anschauen wollen. Aber das Rødalen ist sicher, das sage ich Ihnen noch einmal.« Er verabschiedete sich von dem Alten, nachdem dieser ihm einen kräftigen Schluck aus einem Flachmann aufgenötigt hatte, den er aus seiner Tasche gezogen hatte. Das war knallharter Stoff mit einem herben, heftigen Nachgeschmack.

Er fuhr ins Rødalen. Es war fast neun Uhr abends, und die Sonne legte einen goldenen Schimmer über die östlichen Birkenhänge. Es war warm und mild, der Himmel fast wolkenlos. Wieder einmal war er von der großartigen Natur überwältigt. Auf gewisse Weise konnte er sich vorstellen, wie die Begegnung mit dem Tal für andere aussehen mochte, die sich nicht dafür interessierten, die Flossenschläge der Forellen an der Wasseroberfläche und die Molteblüten zu zählen, sondern lieber Kronen und leicht verdienten Reichtum. Aber kein normaler Mensch konnte mit seinen Ferienanlagen das übertreffen, was in diesem Tal ohnehin schon vorhanden war.

Er stellte seinen Toyota auf dem üblichen Platz ab und holte die Gummistiefel und einige weitere Ausrüstungsgegenstände heraus, die er brauchen würde. Es würde ihn schon sehr wundern, wenn er hier im Verlauf dieses Abends allein bleiben würde.

Er ging ruhig und leichten Schritts ins Tal hinein. Dabei nahm er sich an jedem Weiher viel Zeit. Der Vogelgesang und die Schafglöckchen flossen zu einer schönen Komposition zusammen und lockten Töne hervor, die an anderen Orten selten zu hören waren. Selbst wenn man die ganze Welt einbezog, dachte Fredric, so musste das hier doch ein einzigartiger Ort sein.

Er blieb stehen und sah über den Vesltjern. Der Weiher lag still da und führte ihn mit seinen Forellen in Versuchung. Ein fahler Sommermond spiegelte sich in der Wasseroberfläche, und eine Ente mit sieben kleinen Daunenbällchen im Schlepptau schwamm ruhig an einem Ufer entlang. Er dachte mit Wehmut an den alten Jäger Hugar und an all die Naturerlebnisse, die er in sich getragen hatte, bis er zusammenbrach.

Endlich kam er an die Ausgrabungsstelle. Dort war es zu großen Veränderungen gekommen, seit er zuletzt da gewesen war, das sah er sofort. Große Teile des Moores waren umgegraben worden. Einige Abschnitte und kleinere Felder waren mit Schnüren markiert, die zwischen ins Moor gesteckten Pfählen gespannt waren. Zwei Traktoranhänger standen mit Planen überzogen da, und in der kleinen Baracke hörte er einen Motor brummen. Überall waren Spuren von Gummistiefeln zu erkennen.

Fredric ging zu der Stelle, an der die Leichen gefunden worden waren. Er sah, dass der Graben um einige Meter verlängert worden war. Eine Plane deckte den hintersten Teil ab. Er nickte vor sich hin. Professor Hornfeldt hatte seinen Rat befolgt. Und wohl kaum ohne Resultat. Allein das war schon etwas, das alle Beteiligten zum Nachdenken hätte anregen müssen.

Er blieb stehen und sah sich um. Dabei betrachtete er das Gelände an der Fundstelle genau. Das Moor wurde zum Teich hinunter immer nasser und nasser und hatte immer mehr braune Schlammlöcher, je näher man dem Weiher kam. Direkt unterhalb stand eine dichte Gruppe von knorrigen Birken. Auf der entgegengesetzten Seite des Moores gab es einen kleinen Hügel mit Steinen und Felskuppen. Er hatte das richtig in Erinnerung gehabt und grinste grimmig zur Rødalshøa hinauf.

In der nächsten halben Stunde hatte Fredric Drum viel zu tun. Zunächst ging er über das Moor, so dicht wie möglich an den Weiher heran. Hier war der Boden sehr sumpfig, und er sank an manchen Stellen tief ein. An anderen Stellen schwankte der Torfboden bedenklich, und er musste jeden Schritt vorsichtig setzen, um nicht in ein Loch zu fallen und im Schlamm stecken zu bleiben. Ziemlich weit draußen fand er eine perfekte Stelle. Dann fing er an, Moos zu sammeln, grobes, feuchtes Sumpfmoos. Anschließend transportierte er einen Armvoll kleiner Pfähle und Stöcke an den ausgewählten Ort. Sowie eine größere Menge Steine. Danach holte er seine Fischerhose und seinen Anorak hervor, die er aus dem Auto mitgebracht hatte.

Die Hose und den Anorak stopfte er mit dem Moos aus und versteifte sie mit den Pfählen. Die Figur setzte er auf einen Stein, als ob sie sich vorbeugte, um etwas auf dem Boden genau zu studieren. Zum Schluss setzte er seinen Fischerhut obendrauf, wobei eine zusammengepresste Mooskugel den Kopf darstellen sollte. Er mühte sich lange damit ab, bis das Ganze einigermaßen natürlich aussah. Die Figur wandte der Birkengruppe den Rücken zu, die Vorderseite war zum Weiher gerichtet.

Er ging wieder zur Ausgrabungsstätte hinauf und betrachtete das Resultat seiner Arbeit von dort aus. Es sah ganz brauchbar aus. Das war Fredric Drum, der da unten saß, ganz still, auf der Suche nach irgendetwas. Dann ging er zu dem Birkenwäldchen hinunter. Das war viel näher dran, vielleicht dreißig Meter von der Figur entfernt, schätzte er. Doch, Rücken und Nacken wirkten glaubwürdig. Besser konnte er es nicht machen.

Dann befestigte er eine dünne Angelleine am Kopf und dem einen Arm der Figur. Er rollte die Leine vorsichtig quer über das Moor aus, bis zu dem kleinen Hügel auf der gegenüberliegenden Seite. Dort kroch er hinter eine Bodenwelle und zog vorsichtig an der Angelleine. Die Figur drüben auf dem Moor bewegte sich! Es sah wunderbar echt aus, und die Leine war jetzt fast unsichtbar. Später, wenn es dämmrig wurde, wäre sie überhaupt nicht mehr zu erkennen. Fredric lachte still vor sich hin.

Er drehte oben auf dem Hügel eine kleine Runde und zuckte furchtbar zusammen, als er ein Schneehuhnmännchen aufschreckte. Weiter hinten lag noch ein Weiher mit einem Birkenwald, der auf beiden Seiten fast ganz bis zum Wasser hinunterreichte. Dort, dachte er und nickte, dort werden Stephen und ich uns noch einen Versuch gönnen.

Es war halb elf. Er sollte jetzt besser seine Position einnehmen. Er kroch hinter die Bodenwelle zurück und achtete sorgfältig darauf, dass er nicht zu sehen war, weder von der Ausgrabungsstätte aus noch vom Birkenwäldchen. Wenn Stephen seine Trümpfe überzeugend ausspielte, würde es wohl kaum lange dauern, bis jemand hier auftauchte.

Er zog den Kristallstern aus der Tasche, hielt ihn vor sein rechtes Auge und ließ das schwache Abendlicht hindurchscheinen. Unfassbar! Es funkelte rot, als ob dort drinnen eine kleine Sonne strahlte. Wo bekam der Stern das Licht und die kräftige Farbe her? Fredric drehte ihn in verschiedene Winkel, aber er gab nur die eine Farbe ab. Rote Photonen trafen seine Netzhaut, und er fühlte sich ganz berauscht. *Was* wollte der Kristall ihm erzählen?

Schon ein paar Mal hatte er gedacht, dass er wohl kaum noch am Leben wäre, wenn er nicht diesen Kristall gehabt hätte, den er immer bei sich trug. Das konnte wie der reinste metaphysische Quatsch wirken, aber Fredric war für unkonventionelle und grenzüberschreitende Gedanken offen. Einmal, sagte er zu sich selbst, werde ich ihn zu einem Physiker mitnehmen. Vielleicht wirkten die jeweiligen Winkel, die die fünf Zacken zueinander bildeten, irgendwie zusammen und transformierten Kräfte auf die gleiche Weise wie der Rubinstab in einem Laser? Was wusste er schon?

Er bewegte sich unruhig in eine andere Stellung und sah angestrengt zu der Ausgrabungsstätte hinauf. Die Baracke lag wie ein dunkler Schatten da, aber er sah keine Bewegung. Er lauschte. Kein Laut war zu hören, nicht einmal ein vereinzeltes Anschlagen eines Schafsglöckchens.

Er tröstete sich damit, dass es für den Ausgang der gesamten Angelegenheit eigentlich keine große Rolle spielte, wenn sein heutiger Plan ins Wasser fiel. Die Beweise, die er hatte, waren eindeutig und zwingend. Es ging jetzt nur noch darum, dass er den starken Wunsch hatte, an der letzten und entscheidenden Konfrontation teilzunehmen. Für Fredric Drum war das Gefühl der *Rache* nichts Unbekanntes. Die Situationen, denen er in den letzten Wochen ausgesetzt gewesen war, waren schließlich keine Kleinigkeiten. Nur eine Person fehlte an seiner Seite: der Jäger Hugar.

Er war gerade dabei, einen seiner Füße zu massieren, als er plötzlich eine Bewegung etwas links von der dichten Birkengruppe bemerkte. Er kniff die Augen zusammen und sah angestrengt hinüber. Da sah er es: Zwei Schatten schlichen vorsichtig zwischen den Birken hindurch, hinter den Rücken der Moosfigur da draußen auf dem Moor.

11

Das Moor schließt sich, ein kleiner Jäger sitzt auf einem Moospolster, und Fredric Drum hält eine leise, aber kraftvolle Rede

Fredric ergriff die unsichtbare Angelschnur und zog vorsichtig daran. Die Figur bewegte den Kopf und den einen Arm. Das sah erschreckend lebendig aus. Gleichzeitig behielt Fredric gespannt die Schatten zwischen den Bäumen im Auge. Der eine schlich vor dem anderen her und war schon fast bei den letzten Birken angekommen. Dort blieb er hinter einem knorrigen Stamm stehen und starrte hinüber zu der Figur draußen auf dem Moor.

Es vergingen mehrere Minuten, ohne dass etwas geschah. Fredric verstand nicht, warum sie zögerten. Jetzt hatten sie die Gelegenheit. Raus mit dem Blasrohr und der mörderischen Spritze! Auf diese Entfernung war es unmöglich, das Ziel zu verfehlen.

Dann trat plötzlich, ganz unerwartet, die vordere Person aus dem Wäldchen, fuchtelte wild mit den Armen und rief: »Möge Bareks dunkler Strahl deinen Geist auch nach dem Tode lähmen, Fredric Drum!«

Fredric zog heftig an der Schnur und begriff, dass nicht alles nach seinem Plan verlief: Sie hatten wahrscheinlich keine Giftspritzen mehr übrig und verließen sich jetzt auf reine physische Überlegenheit! Die Gedanken zuckten blitzartig durch seinen Kopf. Natürlich! Sie hatten ja auch in seinem Hotelzimmer das Blasrohr nicht benutzt. Wie konnte er das nur übersehen haben! Zu einer Schusswaffe hatten sie wahrscheinlich keinen Zugang, oder sie wagten nicht, eine zu benutzen.

Jetzt ging alles ganz schnell. Die erste Person stimmte ein wildes Geheul an und stürmte über das Moor auf die Moosfigur zu, die andere kniete sich zwischen den Birken hin, und Fredric riss so fest an der Angelschnur, dass die Moosfigur umkippte. Verwirrt stand er auf und beobachtete, wie passierte, was passieren musste: Edvard Havsten versackte in einem Schlammloch und steckte bis zum Bauch im Morast. Der Gestürzte stieß einen durchdringenden Schrei aus.

»Joma, Vanu und Halin, helft mir, ich ertrinke!«

Fredric machte sich auf den Weg zu dem Halunken, der da draußen festsaß, während er die ganze Zeit den Mann zwischen den Birken im Auge behielt. Dieser kniete immer noch, und Fredric konnte ihn schluchzen hören. Was für ein wahnwitziges Schauspiel! Was für ein absurdes Drama! Der Sohn war dabei, im Schlamm zu ertrinken, während der Vater keinen Versuch machte, ihm zu Hilfe zu kommen! Aber, dachte Fredric, es wäre genauso verrückt, wenn es in dem wahnwitzigen Spiel, in das er verwickelt worden war, die geringste Spur von Logik gäbe.

Er ging mit vorsichtigen Schritten auf den Moospolstern über das Moor und mied die gefährlichen Stellen. Fünf Meter von dem jungen Radiologen entfernt blieb er stehen und rief: »Liegen Sie ruhig, verdammt noch mal! Sonst verschwinden Sie im Laufe der nächsten Minuten. Sie sinken nicht tiefer, wenn Sie völlig stillhalten, verstehen Sie?«

Edvard Havsten ruderte verzweifelt mit den Armen, und das Weiße seiner Augen trat vor Angst hervor, als er Fredric erblickte. Er war schon bis zu den Achselhöhlen eingesunken und hatte kaum eine Chance, wenn er nicht ziemlich schnell Hilfe bekam.

Lass ihn bis zu seinem verdunkelten Geist einsinken, dachte Fredric, besann sich dann aber. Stattdessen ging er zum Moos-Fredric und riss die Pfähle heraus, mit denen er verstärkt worden war. Zwei von ihnen warf er Havsten zu, der sie gierig ergriff. Den dritten behielt er selbst.

Wie nah konnte er herankommen? Das Schwein war ungefähr an der schlimmsten Stelle im Moor versunken. Es würde nicht leicht sein. Er nahm die Rettungsaktion mit großer Unlust in Angriff. Die ganze Zeit behielt er das Wäldchen im Blick, falls dem Vater irgendeine Sauerei einfallen würde.

Er legte sich in dem nassen Schlamm auf den Bauch. Der Morast war angenehm warm, stellte er fest. Vorsichtig robbte er vorwärts, Meter für Meter. Ständig überprüfte er, ob er einigermaßen festen Boden unter sich hatte. An einigen Stellen schwankte der Grund bedrohlich unter ihm, und das Moor gab bei jeder seiner Bewegungen tiefe Seufzer von sich.

Havsten lag jetzt vorbildlich ruhig da draußen und war nicht nennenswert tiefer eingesunken. Seine beiden Arme waren frei, und seine Augen rollten. Fredric hörte, dass er merkwürdige Namen und Regeln vor sich hin stöhnte.

Er wagte sich nicht weiter hinaus. Irgendeine feste Grundlage musste er haben, bevor er Havstens Gewicht auf sich nehmen konnte. Er schob den Pfahl so weit wie möglich nach vorn auf Havsten zu, und dieser konnte ihn gerade so eben mit einer Hand erreichen. Jetzt begann ein ungeheures Gezerre, und Fredric merkte, dass er weiter hinausgezogen wurde, anstatt dass es ihm gelungen wäre, Havsten hochzubringen.

»Hör auf, verdammt noch mal! Lass das sein, hörst du! Sonst lasse ich los, und du kannst da liegen bleiben. Hör mir zu! Streck dich auf dem Bauch nach vorn, so weit du irgend kannst. Versuch, in eine möglichst waagerechte Stellung zu kommen. Es spielt keine Rolle, wenn du dabei ein paar Kilo Morast schluckst. Wenn du da rauswillst, musst du die unangenehmen Aspekte ignorieren!« Fredric hatte selbst den Mund voller Schlamm und nieste zweimal kräftig.

Er schlängelte sich einige Zentimeter rückwärts und hakte seine Stiefelspitze in ein relativ festes Mooskissen ein.

Dann zog er langsam mit aller Kraft. Die Person da draußen richtete sich mehr und mehr in eine waagerechte Stellung aus. Der saugende Griff des Moors löste sich allmählich mit einem schlürfenden, scheußlichen Geräusch. Bald bewegte sich Edvard Havsten mit Armen und Beinen rudernd auf Fredric zu; wie ein verschlammtes Reptil fräste er sich durch den braunschwarzen Morast vorwärts.

Fredric zog sich abwartend zurück und stand auf. Dabei wischte er sich die schlimmsten Schlammklumpen ab, spuckte und räusperte sich. Der Mann zwischen den Bäumen lag immer noch schluchzend und jammernd in derselben Stellung. Fredric sah mit schrägem Blick auf das Ungeheuer hinab, das sich jetzt auf alle viere erhob und auf ihn zu krabbelte. Plötzlich warf sich Edvard Havsten mit einem gewaltigen Satz und einer Kraft, die Fredric nicht für möglich gehalten hätte, vornüber und riss ihn dabei um. Havstens schwerer Körper drückte ihn ins Moor hinab, und er wand sich verzweifelt zur Seite. Blind vor Schlamm in seinen Augen, verfluchte Fredric sich, dass er den anderen nicht dort draußen liegen gelassen hatte. Jetzt musste er noch einen Kampf ausfechten.

Es gelang ihm, ein Knie in Havstens Leistengegend zu bewegen. Er drückte mit aller Kraft zu. Havsten heulte auf wie ein Wahnsinniger, und Fredric glitt durch den glitschigen Schlamm davon. Dann fühlte er, dass ihn etwas mit Wucht am Kinn traf. Sein Kopf wurde nach hinten geschleudert, und an seinem Hals zerriss etwas. Jetzt sind alle sieben Stiche hinüber, dachte er benommen und teilte einen Tritt aus, der den anderen unter der Kniescheibe traf. Havsten sank in sich zusammen, und Fredric atmete erleichtert durch.

Er griff sich an den Hals. Das Pflaster hatte sich gelöst, und ein Blutstrom lief über seine Brust hinab. Er fluchte so laut, dass es von den Hügeln widerhallte. Es flimmerte vor seinen Augen. Gerade als Edvard Havsten aufs Neue zum Angriff überging, hörte Fredric von oben bei der Baracke Stimmen, und er sah mehrere Menschen kommen.

Havsten hielt mitten im Sprung inne und blieb ratlos stehen. Falls in seinem Schädel noch ein Rest von Vernunft vorhanden war, dann musste er wohl begreifen, dass ihm hier eine Übermacht entgegentrat, dachte Fredric und setzte sich einfach hin. Er hatte keine Kraft mehr, aufrecht zu stehen.

Träge registrierte er, dass Edvard Havsten einen großen Sprung machte, einen fürchterlichen Schrei ausstieß, der die Hänge bis zur Rødalshøa hinaufrollte, und schließlich im schlimmsten Schlammloch landete. Eine Zeit lang planschte und rumorte es gewaltig dort draußen, dann hörte er einen tiefen Seufzer, und das Moor schloss sich wieder und lag ganz still da. Edvard Havsten war verschwunden.

Fredric lag auf einer Bank in der Baracke. Tor Meissner reinigte seine Halswunde und legte eine feste Kompresse auf. Um ihn herum standen Stephen Pratt, Julia Hornfeldt, die Studenten Grepstad und Ferner sowie Cecilie Lund-Høegh. Es waren blasse, bekümmerte Gesichter, und es wurde nicht viel gesagt.

Als Meissner fertig war, setzte Fredric sich auf, lächelte vorsichtig und sagte: »Hier gibt es wohl nicht zufällig eine Flasche Rotwein, oder? Ich hätte gern etwas von dem Schlamm neutralisiert, den ich geschluckt habe.«

»Damn it, Julia«, Stephen stieß sie leicht an, *»das* war es, was wir vergessen haben, Fredrics wundersame Stärkungstropfen.«

Ein leichtes, befreiendes Gelächter breitete sich aus, und

plötzlich redeten alle durcheinander. Kaskaden von Fragen ergossen sich über Fredric, aber er hielt die Hände abwehrend vor sich und schüttelte den Kopf.

»Später«, sagte er, »später. Die Geschichte ist zu kompliziert, als dass wir sie hier oben anfangen könnten. Wir warten besser, bis wir wieder unten im Hotel sind.«

Plötzlich fiel ihm etwas ein, und er sprang von der Bank hoch.

»Wo ist der Senior?«, fragte er. »Wohin ist Lilleif Havsten verschwunden?«

Die anderen schüttelten den Kopf, sie hatten keine Spur von Havsten, dem Älteren, gesehen. Fredric lief hinaus, und die anderen folgten ihm. Bald waren sie unten im Wäldchen, und dort lag ein zusammengekrümmtes Bündel auf dem Boden. Ein dünnes Wimmern war zu hören. Der Körper des Mannes zuckte und bebte wie von Krämpfen geschüttelt. Fredric stieß das elende Geschöpf mit einer Stiefelspitze an.

»Steh auf, Havsten!«, sagte er grob.

»Miria, Joma und Halin, verschont mich!«, kam in jammervollen Tönen zurück. »Ich ha-abe die ganze Zeit N-nein gesagt, i-ich wu-wusste, dass es nicht gut gehen würde. Schick mich zu Mi-miria, Joma und Ha-alin nach Hause!« Lilleif Havsten machte keine Anstalten, sich zu erheben.

Tor Meissner und John Ferner beugten sich hinab zu ihm und zogen ihn hoch. Er hing wie ein nasser Sack zwischen ihnen, mit verschmiertem und verzerrtem Gesicht, und wollte nicht aus eigener Kraft stehen bleiben. Sie ließen ihn los, und er sank wieder wie ein knochenloses Bündel in sich zusammen.

»Verdammt!«, sagte John Ferner. »Den hier müssen wir wohl zu den Autos runtertragen.«

»Ich habe eine bessere Idee«, erwiderte Fredric. »Die Baracke hat doch ein solides Vorhängeschloss, oder? Wir schließen ihn bis morgen früh da drinnen ein, dann kann ihn die Polizei dort abholen. Das wäre die richtige Medizin für ihn: Eine Nacht in einem Raum mit zwei kopflosen Leichen verbringen zu müssen. Eine bessere Strafe kann ich mir für ein abergläubisches Ungeheuer wie ihn eigentlich nicht vorstellen.«

Der Vorschlag wurde angenommen, aber daraufhin kam sofort Leben in Havstens Gestalt. Er rappelte sich auf und faltete die Hände vor dem Gesicht.

»Nein-n-nein! I-ich werde gehen. Hört ihr, ich werde zu-zusammen mit euch gehen. Nicht bei den Bel-belgiern, nein-nein!« Ihm liefen die Tränen in Strömen aus den Augen.

»Meine Güte, das ist ja furchtbar!« Tor Meissner sprach leise mit Fredric, der nickte.

»Viel schlimmer könnte es nicht sein«, sagte Cecilie Lund-Høegh, die direkt daneben stand.

Stephen hakte sich bei Fredric ein. Er konnte sehen, dass sein Freund große Mühe hatte, sich auf den Beinen zu halten. Julia eilte hinzu und nahm Fredrics anderen Arm.

»Danke«, krächzte er mit brüchiger Stimme.

Gerade, als sich die Gruppe in Bewegung setzte, erblickte Fredric etwas Gelbes, das auf einem Mooskissen glänzte. Erstaunt blieb er stehen und sah: Das war die Puppe, die ursprüngliche Puppe, die er gefunden hatte, als sie im Oslofjord trieb. Er löste sich von Julias Arm, beugte sich hinab, hob die Puppe auf und steckte sie sich unter das Hemd. »Barek«, murmelte er und ergriff wieder Julias Arm.

Dann begann der Marsch zurück zu den Autos.

Es war Viertel nach eins in der Nacht, und im Savalen-Fjellhotel herrschte ein totales Chaos. Die Autos mit der seltsamen Gesellschaft aus dem Rødalen fuhren auf den Parkplatz, und Fredric bemerkte zwei Polizeiautos, die dicht am Eingang abgestellt waren. Hegtun hatte also getan, was Stephen verlangt hatte, und die Polizei gerufen.

Fredric hatte sich während der Fahrt wieder einigermaßen erholt, aber er war völlig mit Schlamm und Blut verkrustet. Hornfeldt kam ihnen entgegengelaufen, als sie aus den Wagen stiegen, wobei sein weißes Haar in alle Richtungen abstand.

»Um Himmels willen, Fredric, ist das wirklich wahr, ist das wirklich wahr, sind Sie ganz sicher?«

»Tut mir leid, Professor«, sagte er, »das ist eine lange und schwarze Geschichte, die da jetzt aufgerollt werden wird. Geben Sie mir eine halbe Stunde, vielleicht auch eine Dreiviertelstunde, damit ich duschen und mich etwas erholen kann. In der Zwischenzeit können Sie ja alle Wissenschaftler im Konferenzsaal zusammenrufen. Und seien Sie so nett und lassen Sie eine gute Flasche Rotwein auf mein Zimmer bringen. Ich habe schon wieder eine Menge Blut verloren, wissen Sie.«

Stephen und Julia begleiteten ihn bis zur Tür seines Zimmers. Bevor Fredric aufschloss, standen alle drei noch eine Weile davor und sahen sich an. Dann zwinkerte Stephen, danach Fredric und schließlich auch noch Julia zweimal. Danach lächelten die drei sich an, und Fredric schlüpfte in sein Zimmer. Er wusste: Aus einem guten Freund waren plötzlich zwei geworden.

Das warme Wasser der Dusche ließ seinen Körper völlig entspannen, die Muskelverkrampfungen lösten sich, die belastenden Erlebnisse der letzten Tage glitten langsam von ihm ab und wurden durch eine matte Gleichgültigkeit ersetzt. Es war vorbei. Jetzt war es überstanden.

Er goss sich ein halbes Glas des Weins ein, den man ihm aufs Zimmer gebracht hatte. Er wagte nicht, mehr als ein paar Schlucke davon zu trinken, weil er befürchtete, dann einzuschlafen.

Es klopfte an der Tür, und eine ihm unbekannte Person

kam herein. Das war der örtliche Polizist. Er war höflich und verstand, dass Fredric eine schwere Zeit hinter sich hatte. Deshalb bat er nur darum, dass Fredric sich für einen ausführlichen offiziellen Bericht zur Verfügung stellen solle, wenn er sich wieder ausgeruht fühle. Auf die Frage, ob Fredric meine, dass sie Lilleif Havsten sofort festnehmen sollten, nickte Fredric mit Nachdruck und fügte hinzu: »Der Mann ist geisteskrank und vielleicht auch selbstmordgefährdet. Es sollte ständig jemand bei ihm bleiben. Jemand, der ihn nicht weiter reizt, sondern ihn beruhigt. Sonst besteht die Gefahr, dass Havsten sich in seiner eigenen wahnwitzigen Dunkelheit verschließt und später mit niemandem mehr kommunizieren kann.«

Der Polizist ging wieder, und Fredric nippte an seinem Glas. Die Wunde am Hals schmerzte und pochte. Nach dem Ziehen der Fäden würde eine hässliche Narbe zurückbleiben. Das bereitete ihm keine großen Sorgen. Schlimmer war im Augenblick die Erklärung, die er Professor Hornfeldt und den anderen Wissenschaftlern versprochen hatte. Womit sollte er beginnen? Was sollte er sagen?

Er sah auf die Uhr. Sie saßen schon da und warteten.

Als Fredric einige Minuten nach zwei in den Konferenzsaal kam, war dieser randvoll. Wo kamen die alle plötzlich her? Waren hier im Hotel so viele Gäste gewesen? Journalisten, das waren Journalisten und Fotografen. Er verfluchte sie alle miteinander. Jetzt würde der Pilger in voller Größe in den Zeitungen wiederauferstehen.

Als er sich an den vordersten Tisch setzte, wurde es bedrückend still im Saal. Er suchte die Blicke von Stephen und Julia, die ihm aufmunternd zulächelten. Dann räusperte er sich und hielt eine leise, aber kraftvolle Rede. Sie dauerte fast eine Stunde.

12 *Er verrät Bareks Geheimnis und genießt in guter Gesellschaft eine Flasche Château La Lagune unter dem Feigenbaum*

»Barek«, sagte Fredric und setzte die Puppe mitten auf den Tisch, »ist genauso alt wie die Eskimokultur selbst. Er ist seit Jahrhunderten als Jagdamulett verwendet worden. Man hat ihm große Kraft zugetraut. Aber bekanntlich kann Aberglaube ja wirklich Kräfte freisetzen, und diese Puppe ist nicht mystischer als jede andere auch.«

Sie saßen um einen Tisch unter dem Feigenbaum im Wintergarten des Hotels. Stephen, Tob, Julia und Fredric. Vor zwei Tagen waren die Wissenschaftler abgereist. Im Savalen-Fjellhotel war wieder Ruhe eingekehrt. Tob war für das Wochenende aus Oslo heraufgekommen. Er platzte vor Neugier, was hier eigentlich passiert war, und Julia war zu Stephens großer Freude länger geblieben.

An diesem Abend saßen sie als lustige Gesellschaft um den Tisch. Parelius Hegtun, der Hotelbesitzer, tischte seinen besten Wein auf, wobei er vor Freude darüber strahlte, dass sein Blick sich endgültig normalisiert zu haben schien. Es war wohl der Stress gewesen, immer diesen Lilleif Havsten mit seinen düsteren Prophezeiungen und wilden Projekten im Genick zu haben, der dazu geführt hatte, dass sich sein Nacken verspannt und seine Augen durcheinandergebracht hatte. Davon war er fest überzeugt.

»Als ich die Puppe zum ersten Mal sah, war ich erschrocken über ihre Ähnlichkeit mit der kleinen Kindermumie, die in den Siebzigern auf Grönland gefunden wurde«, fuhr Fredric fort. »Aber dafür gibt es wohl eine natürliche Erklärung. Ich habe nämlich ein langes und interessantes Telefongespräch mit dem Direktor von Grönlands Landesmuseum geführt, Herrn Preben Jebsen. Er hat mir Folgendes erzählt: Das Grab, in dem diese Kindermumie gefunden wurde, ist wohl schon früher mehrfach von den Eskimos selbst geöffnet worden. Der Anblick der Kindermumie hat die Eskimos offenbar an dieses Jagdamulett, Barek, erinnert, und unbewusst haben die Jäger angefangen, die Mumie zu kopieren, wenn sie neue Puppen herstellten. Ihnen wurde vielleicht im Laufe der Zeit eine noch größere Kraft beigemessen, je mehr sie ein Kindergesicht bekamen. Die Ähnlichkeit ist auf jeden Fall frappierend. Jebsen hat erzählt, dass er Puppenamulette gesehen habe, die mindestens dreihundert Jahre alt waren und dieser Kindermumie unglaublich ähnlich sahen.«

»Aber, Fredric«, unterbrach Julia ihn, »wie ist es ihnen *gelungen,* eine Puppe so herzurichten? Sie wirkt so echt, als ob es sich wirklich um eine eingetrocknete Mumie handelte, abgesehen von der Größe ...« Sie befühlte die Puppe vorsichtig mit einem Finger.

»Die Eskimos beherrschen vielfältige Künste.« Fredric wurde jetzt ganz ernst. »Und wenn es um gewisse Konservierungsmethoden geht, bei denen Räuchertechniken eingesetzt werden ...« Er hielt inne. »Nun ja«, fuhr er fort und räusperte sich. »Jebsen hat mir gesagt, dass solche Puppen in alten Zeiten aus diversen Tierknochen zusammengesetzt und mit Lehm ausgestopft wurden. Danach wurden sie mit der Haut von Seehundblasen überzogen und dann mehrere Tage kalt geräuchert. Auf diese Art schrumpften sie ein, wurden gedörrt und haltbar. Schließlich wurden sie in Fellstücke gekleidet, in eine Tracht genau wie diejenige, die die Eskimos selbst trugen. Das Resultat dieser Arbeitsweise könnt ihr hier sehen.«

Alle starrten voller Bewunderung die Puppe an, die gegen Fredrics Weinflasche gelehnt dasaß, worin sich ein Château La Lagune 1982 befand.

»Und Bareks brennender Tigerblick?«, wollte Tob wissen.

»Grönländischer Nuummit. Ein seltener Halbedelstein. Wenn man ihn poliert, glänzt er ganz phantastisch«, antwortete Fredric.

»Ich bin auf die Fortsetzung gespannt«, sagte Tob eifrig und putzte die runden Gläser seiner Brille.

»Barek ist«, sagte Fredric, »wie ihr vielleicht schon erfasst habt, der Name der Jägerpuppen, sie heißen alle Barek. *Diese* hier hat wahrscheinlich dem Jäger Hugar gehört. Ich sage ›wahrscheinlich‹, denn wir wissen es nicht mit hundertprozentiger Sicherheit, aber alles deutet darauf hin, dass Hugar derjenige war, der sie von Grönland mitgebracht hat. Lilleif Havstens Aussage unterstützt diese Vermutung. Hugar hat mehr als vierzig Jahre als Fischer und Jäger auf Grönland gearbeitet. Er jagte entweder allein oder zusammen mit Inuit, Eskimos. Im Laufe dieser Jahre hat er wohl viel von der Kultur und den mythischen Vorstellungen dieses Gletscherlandes in sich aufgenommen. Deshalb wäre es kein Wunder, wenn er allmählich auch den Glauben an die Glück bringende Kraft des Puppenamuletts übernommen hätte.«

Parelius Hegtun kam in den Wintergarten herunter, wobei er munter vor sich hin pfiff. Er balancierte vier Glas Aquavit und eine reichliche Auswahl an Schinken und Salami sowie Knäckebrot auf einem Tablett. »Das geht aufs Haus«, sagte er und suchte sich auch einen Platz am Tisch.

»Der Jäger Hugar war wohl auch auf gewisse Weise abergläubisch«, fuhr Fredric fort, »aber später tauchten dann hier oben andere Personen auf, die nicht nur abergläubisch waren, sondern regelrecht besessen von Schwarzer Magie und alten Kulten. Wann ist Tarald Thomsen zum ersten Mal in Ihrem Hotel erschienen, Hegtun?«

»Laut der Eintragung im Gästebuch ungefähr einen Monat nachdem Lilleif Havsten hierher kam, also vor fast vier Jahren.«

»Genau«, sagte Fredric, »das stimmt mit dem Datum der alten Mautquittungen von der Schranke an der Straße ins Rødalen überein. Tob war derjenige, dem es gelungen ist, die Kennzeichen der Autos herauszufinden, die Tarald Thomsen in den letzten vier Jahren hatte. Eins davon war ein Jeep mit starkem Vierradantrieb, gut geeignet, um größere Gegenstände in unwegsames Gelände zu transportieren. Darauf werde ich später zurückkommen. Es lohnt sich jedenfalls, sich eine wichtige Tatsache zu merken: Schon damals, vor vier Jahren, wusste Tarald Thomsen, dass er an einer unheilbaren Krebserkrankung litt. Das erklärt vielleicht einen *Teil* seines offensichtlich völligen Mangels an menschlichem Mitgefühl und seine vollständige Selbstauslieferung an mystische Kräfte und einen starken Aberglauben.« Fredric machte eine kleine Pause und füllte sein Glas mit Wein.

»Als ich zum ersten Mal oben in seiner Hütte mit Hugar sprach, wirkte er scheu und misstrauisch, aber nicht direkt unfreundlich, bis ich die Puppe zur Sprache brachte. Da wurde er wütend und warf mich zur Tür hinaus, wobei er mir nachrief, ich sei ein Verbrecher! Bereits damals bekam ich eine vage Ahnung davon, was geschehen war: Schon vor mir hatte sich jemand für die Puppe interessiert, und zwar so sehr, dass die Puppe gestohlen oder dem alten Jäger mit Gewalt entrissen wurde. Der arme Hugar! Er glaubte an Barek als ein gutes Jagdamulett, und in seiner Verzweiflung über den Verlust versuchte er, eine neue Puppe zusammenzubasteln. Die wurde zwar nicht so schön wie die ursprüngliche, aber er trug sie bis zu seinem Tod mit sich herum. Bei der Gelegenheit wurde sie voller Verachtung von seiner Brust gerissen, zerbrochen und in den Storbekktjern geworfen. Aber wer hat Hugar dann *diese* Puppe gestohlen?« Fredric wies mit dem Kopf auf die Puppe, die auf dem Tisch saß. »Zweifellos eine Person, die auch auf Grönland gewesen war, die mystische Kraft der Puppe kannte und selbst vor Aberglauben strotzte. Mit anderen Worten: Tarald Thomsen. Wir wissen jedenfalls, dass Lilleif Havsten die Puppe zum ersten Mal vor fast vier Jahren sah und sie ihm damals erklärt wurde, das hat er selbst in den Polizeiverhören gesagt. Die Puppe hatte eine Kraft, die Thomsen dabei helfen sollte, seine tödliche Krankheit zu überwinden, und nicht zuletzt: Sie sollte ein Glücksbringer für ein absurdes Projekt sein, das von verzweifelten und verfinsterten Hirnen ausgeheckt worden war.«

Die Spannung rund um den Tisch stieg. Für Tob war das meiste neu, aber auch Julia und Parelius Hegtun hatten noch nicht alle Einzelheiten im Zusammenhang mit der Tragödie im Rødalen erfasst. Der Einzige, der alles wusste, war Stephen, aber der verstand kein Norwegisch. Also saß er nur da und verfolgte den Gesichtsausdruck der anderen, während Fredric erzählte, wobei der Engländer den norwegischen Aquavit und den Schinken genoss.

»Jetzt müssen wir noch ein paar weitere Jahre in der Zeit zurückgehen«, fuhr Fredric fort. »Wir befinden uns in Hokksund. Hier wird ein unschuldiger, kleiner okkultistischer Klub gegründet. Drei Ehepaare haben in einer ansonsten langweiligen und grauen Welt ein gemeinsames Interesse entdeckt: Sie kommen mehrmals in der Woche zusammen und diskutieren über unerklärliche Phänomene, den Aberglauben alter Kulturen. Alles von Elfen bis hin zu den Rätseln der modernen Physik wird aufgegriffen. Allmählich entwickelt sich dieser Klub zu einer Art heimlicher Bruderschaft mit mystischen Treffen und phantasievollen Ritualen. Immer noch ziemlich unschuldig. So lange, bis eine neue Person in den Klub aufgenommen wird: Tarald Thomsen. Thomsen kommt aus Grönland und ist randvoll mit Geschichten über die Mythen der Inuitkultur. Seine Suggestionskraft, seine Fähigkeit, die anderen zu leiten, führt dazu, dass diese relativ harmlose Bruderschaft sich allmählich zu einer Bande von Fanatikern entwickelt. Ein Ehepaar findet, das Ganze gehe zu weit, und gibt seine Mitgliedschaft auf. So bleiben also zwei Ehepaare: Lilleif Havsten und seine Frau Erna sowie die Sønbacks. Letztere spielen eine sehr passive Rolle, glauben aber voll und ganz an die neuen ›Götter‹ und an die ›Kräfte‹, denen der Klub sich mehr und mehr widmet. Und außerdem war da natürlich noch Tarald Thomsen. Auch Havstens Sohn Edvard wurde allmählich mit hineingezogen und in seinem jungen und recht traurigen Gemüt ziemlich gründlich beeinflusst. Abgesehen davon, dass Thomsen sich in eine merkwürdige Geschichte mit minderjährigen Mädchen hineinmanövrierte und angezeigt wurde, ist in dieser Bruderschaft nichts passiert, was als kriminell zu bezeichnen wäre, wenn wir Erna Havstens Aussagen bei der Polizei Glauben schenken wollen. Aber dann kommt es zur Katastrophe: Lilleif Havsten geht in Konkurs.«

»Das war ja kein Wunder«, schnaubte Parelius Hegtun verächtlich. »Er hat sich kaum noch um die Arbeit in seinem Restaurant gekümmert. Er träumte sich in eine Nebelwelt, in der große Kräfte und geheimnisvolle Götter unterwegs waren. Wenn ich geahnt hätte, wie weit es mit ihm schon gekommen war, hätte ich ihm niemals diesen Erholungsaufenthalt hier oben bei mir angeboten. Ihr habt ja keine Ahnung, wie sehr er mir mit all seinen kranken Ideen die Ohren vollgequatscht und mich gequält hat! Gegen das, was *er* auf die

Beine stellen wollte, hatte mein Hotel in seinen Augen überhaupt keinen Wert.«

»Genau«, sagte Fredric. »Der Konkurs führte dazu, dass Havsten und sein Sohn sich noch mehr in sich selbst zurückzogen. Und als seine Frau von all diesem Quatsch genug bekam und ihn verließ, schwor er, dass er es ihr zeigen würde: Er würde ein mächtiger Mann werden, ein großes Vermögen erwerben. Dabei sollten ihm sein Sohn und Tarald Thomsen helfen sowie eine vierte Person, die allmählich immer wichtiger werden sollte, als die Dinge voranschritten.«

»Schade«, seufzte Julia, »schade, dass *der* Mistkerl davongekommen ist!«

»Das war ganz knapp«, sagte Fredric. »Als die Polizei zum Flughafen Fornebu kam, war sein Flugzeug eine Stunde vorher abgeflogen.«

Es gab eine kleine Pause, bevor Fredric fortfuhr: »Wie dem auch sei. Vor vier Jahren kam Lilleif Havsten also zum ersten Mal hierherauf, voller Bitterkeit und Pessimismus. Sein Restaurant war in Konkurs gegangen, aber jemand hatte ihm finanzielle Unterstützung versprochen, falls er ein lukratives Projekt in der Hotel- oder Restaurantbranche aufspüren könne. Es war nicht so, wie Sie glaubten, Hegtun, dass Lilleif Havsten ein Reservekonto irgendwo hatte, von dem er seinen Aufenthalt hier bezahlte. Lilleif Havsten bekam eine regelmäßige Unterstützung von dieser vierten Person, die hinter dem Ganzen stand und Havsten unter Druck setzte. So weit, so gut. Bis Lilleif Havsten das Rødalen entdeckte. Kannst du dich noch erinnern, was du als Allererstes gesagt hast, als du das Rødalen gesehen hast?« Fredric wandte sich auf Englisch an Stephen.

»*Well, not exactly.* Irgendetwas über das Auftauchen der Forellen?« Stephen versuchte, sich zu erinnern.

»Nein«, sagte Fredric, »das Erste, was du gesagt hast, war so ungefähr, dass der Tourismusmanager, der dieses Tal kauft, stinkreich werden könnte. Und genau *das* hat auch Lilleif Havsten gedacht, als er das Rødalen erblickte, im Spätsommer vor vier Jahren. Erregt informierte er seine Kontaktperson, bei der alle Sicherungen durchbrannten, als Havsten ihr das Rødalen-Projekt unterbreitete. Er bekam Handlungsfreiheit und ökonomische Unterstützung, um sich mit allen Mitteln das Nutzungsrecht für das Tal zu sichern. Die Chancen hätten eigentlich gut gestanden, wenn da nicht die sehr eigensinnigen Grundbesitzer gewesen wären. Grundbesitzer, für die eines felsenfesten Bestand hatte: Kein Quadratzentimeter des Rødalen war zu verkaufen. Für keinen Preis auf der Welt! Jemand anders hätte unter solchen Umständen sofort aufgegeben, kapituliert, jegliches Projekt begraben, in dem das Rødalen eine Rolle spielte. Aber nicht Lilleif Havsten. Havsten hatte seine Götter und seine besonderen Kräfte, die er um Hilfe bitten konnte. Und sein Sohn Edvard ermutigte ihn. Edvard hatte ein wissenschaftliches Studium gewählt, bei dem Strahlen eine zentrale Rolle spielten. Die Radiologie. Strahlungskräfte waren auch eines der wesentlichen Elemente in ihrer verquasten Philosophie.

Tarald Thomsen, Lilleif Havsten und sein Sohn schmiedeten so manche Pläne, um die Grundbesitzer kleinzukriegen. Aber es gelang ihnen nicht. Womöglich hätten die drei irgendwann doch noch aufgegeben, wenn nicht etwas Neues hinzugekommen wäre. Tarald Thomsen war derjenige, der der Angelegenheit diese Vitaminspritze verpasste. Er hatte ein unglaubliches Kleinod beschafft: die stärkste Kraft in der Mythologie der Inuit, die Jägerpuppe Barek. Wahrscheinlich ist Tarald Thomsen dem Jäger Hugar begegnet und hat ihm bei der Gelegenheit, wie bereits erwähnt, die Puppe geraubt. Und jetzt setzten sich diese drei zusammen und kochten einen wahrhaft grotesken Plan aus, um die Grundbesitzer auszubooten.« Fredric feuchtete seinen Hals mit ein paar guten Tropfen Château La Lagune an.

»Der Staat. Es galt, den Staat auf den Plan zu rufen. Und an dieser Stelle muss ich gestehen, dass Sie, Hegtun, und ich lange blind gewesen sind: Wir dachten, dass das Rødalen, wenn der Staat seine Besitzer enteignen sollte, mindestens so geschützt bliebe, wie wenn diese ihre Rechte behielten. Aber es zeigte sich, dass das Gegenteil der Fall war. Der Staat würde im Falle einer Übernahme daran interessiert sein, das Tal auf mehrere Arten auszubeuten. Zum Beispiel würde es zu einem der attraktivsten Tourismusziele des Landes entwickelt werden, mit Hotels, alpinen Skipisten und allem Drum und Dran. Man würde Arbeitsplätze schaffen. Diese Möglichkeit fiel mir gar nicht ein, bis ein Taxifahrer zufällig darüber sprach, und als ich den Landeskonservator Mathias Grinden danach fragte, war auf einmal alles glasklar. Das unbegreifliche Motiv, das hinter den abscheulichen Taten steckte, trat plötzlich deutlich hervor.«

»Wenn ihnen der Coup geglückt wäre, wäre die ganze Bande im Laufe der Jahre unglaublich reich geworden«, murmelte der Hotelier, »und ich wäre pleitegegangen. Havsten hat bis zum Schluss versucht, mich in den Wahnsinn mit hineinzuziehen.«

»Es ist schwer zu sagen, wie sie auf die Idee gekommen sind«, fuhr Fredric fort. »Vielleicht entstand sie dadurch, dass Edvard Havsten in der C14-Abteilung der NTH in Trondheim arbeitete und daher einiges über die Bedeutung archäologischer Funde wusste. Die Idee kann aber auch auf Tarald Thomsens Kenntnisse über gewisse Prozesse zurückgehen, die die Eskimos zur Konservierung von Nahrungsmitteln verwenden, kombiniert mit seiner eigenen kranken Phantasie. Oder es *kann* das Wissen des vierten Mannes über bestimmte unheimliche Rituale in einer ganz anderen, fernen Kultur dahinterstecken. Lilleif Havstens Geständnis ist an diesem Punkt unklar. Aber vielleicht ist das für uns ja auch nicht so wichtig. Die Staatsanwaltschaft wird sich dagegen wahrscheinlich sehr dafür interessieren, wodurch oder durch wen dieser abscheuliche Plan entstanden ist. Eines wissen wir sicher: Tarald Thomsen war der Haupttäter, der auf kaltblütige und unmenschliche Weise drei belgische Wanderer umgebracht und ihre Leichen so präpariert hat, dass man sie für echte Moorleichen halten konnte. Echt in dem Sinne, dass es lange dauern würde, bis die Wissenschaftler begriffen, dass es sich um ein ungeheuerliches Verbrechen handelte. Früher oder später wäre die Wahrheit herausgekommen, mithilfe der Untersuchung des Mageninhaltes und der C14-Methode. Die C14-Datierung hätte natürlich von Edvard Havsten sabotiert werden können, der im entscheidenden Laboratorium arbeitete, aber irgendwann wäre das makabre Täuschungsmanöver doch durchschaut worden. Aber das Entscheidende für die Bande war, dass zunächst einige Zeit verging, genug Zeit, damit die Enteignung durch die staatlichen Behörden rechtskräftig werden konnte. Der Polizei würde es jedenfalls schwerfallen, die Täter zu finden. Außerdem war Tarald Thomsen tot.

Der Prozess, dem die drei ermordeten Belgier ausgesetzt wurden, war so grauenhaft, dass der bloße Gedanke, dass so etwas passiert war, mir zunächst vollkommen unmöglich erschien. Ich fühlte mich sehr unwohl, als er zum ersten Mal in meinem Kopf auftauchte, nachdem Stephen und ich geräucherte Forelle gegessen hatten und ich den Fehler machte, mir die Fischhäute etwas zu genau anzusehen. Ich hatte nämlich irgendwo gelesen, wie sich Jäger und Wanderer auf längeren Touren Räucheröfen gruben, wenn sie Fleisch konservieren wollten. Das Loch und die Gräben, die Stephen entdeckt hatte, gaben diesem unangenehmen Gedanken neue Nahrung.« Fredric hielt inne und starrte in die Ferne.

»Es kommt darauf an«, sagte Tob leise, »die düstersten Seiten der menschlichen Seele nicht als eine Provokation, sondern als eine Herausforderung zu betrachten.«

»Danke, Tob«, sagte Fredric. »Okay«, fuhr er fort, »ich werde diesen Teil der Geschichte in brutaler Kürze erzählen: Nachdem der Plan ausgeheckt worden war, die staatlichen Behörden für das Rødalen zu interessieren, warteten die drei auf eine gute Gelegenheit, darauf, dass passende Opfer auftauchen würden. Im nächsten Sommer, also vor drei Jahren, kamen diese Belgier ins Savalen-Fjellhotel. Wanderer. Drei Jungs im Alter zwischen zwanzig und fünfundzwanzig. Sie hatten vor, vom Savalen ins Einundalen und dann weiter nach Westen zum Dovrefjell zu gehen. Lilleif Havsten sagte Tarald Thomsen Bescheid, der sofort aus Hokksund anreiste. Irgendwo auf ihrem Weg wurden die Belgier überwältigt, getötet und in Thomsens Auto aus dieser Gegend weggebracht. Möglicherweise nach Hokksund, wo Thomsen eine ziemlich große Wohnung hatte. Wie Thomsen sie tötete, wissen wir nicht. Die Polizei glaubt Havsten, wenn er mit Nachdruck bestreitet, Einzelheiten über die Morde und den Prozess, dem die Leichen unterzogen werden sollten, zu wissen. Der vierte Mann war vielleicht mit dabei, aber das weiß man auch nicht so genau. Schade, dass Norwegen kein Auslieferungsabkommen mit dem Land hat, in dem er sich jetzt befindet.

Jetzt konnte Thomsen die Kenntnisse einsetzen, die er sich in Grönland als Wal- und Robbenfänger erworben hatte. Nachdem er die Köpfe der Leichen auf eine Weise entfernt hatte, die nicht auf den Gebrauch von modernem Werkzeug schließen ließ, wurden die Körper gegerbt. Wahrscheinlich hat er das in einem großen Bottich in seinem eigenen Keller gemacht. Das wird sich herausstellen, wenn die Polizei Thomsens Haus gründlich untersucht hat. Die Köpfe mussten natürlich entfernt werden, denn die Zähne hätten den modernen

Ursprung der Leichen sofort verraten. Der Gerbungsprozess dauerte mehrere Monate, und im nächsten Sommer wurden die Leichen wieder ins Rødalen zurücktransportiert, wo Thomsen selbst die Behandlung vollendete. Sein starker Jeep kam ihm nun zustatten. Dieser konnte mit seiner makabren Last auch die holprigsten Traktorwege befahren. Die Körper wurden geräuchert, langsam und gründlich in kaltem Rauch. Nach der Gerbung und Räucherung bekamen sie eine Farbe und eine Härte, die denen von echten altertümlichen Leichenfunden frappierend ähnlich waren. Schließlich wurden sie im Moor versenkt, in Reih und Glied genau dort, wo die Grundbesitzer einen Graben ausheben lassen wollten, damit die Fische einen neuen Bach zum Laichen bekommen sollten. Der Graben war schon abgesteckt, es war klar, dass die Leichen hier auf jeden Fall gefunden werden würden. Trotzdem dauerte es mehr als ein Jahr, bevor die Bagger wirklich kamen und mit dem Erdaushub begannen. Das passte der Bande gut in den Kram, denn in der Zwischenzeit hatten sich die Leichen gut in der Moorerde festgesetzt.«

»Aber, Fredric«, unterbrach Julia ihn, wobei sie schwer schluckte und erschüttert aussah, »hat die Polizei nicht alle Autos kontrolliert, die zu der Zeit, als die Belgier verschwanden, in dieser Gegend waren?«

»Doch, natürlich«, antwortete Fredric. »Thomsen ist auch vernommen worden, zu Hause in Hokksund, aber die Polizei sah keinen Grund, ihn für irgendetwas zu verdächtigen, denn er hatte ja einen Freund, der im Savalen-Fjellhotel wohnte und den er immer wieder mal besuchte. Bei der Gelegenheit machte er auch regelmäßig Ausflüge ins Rødalen, um zu fischen. Tarald Thomsen bezahlte die Maut und kaufte einen Angelschein, wie jeder andere auch. Der Polizei wuchsen über dem Rätsel der verschwundenen Belgier graue Haare, aber sie konnten ja nicht sicher sein, ob da wirklich etwas

Kriminelles passiert war. Der Jäger Hugar musste sich allerdings harten Verhören unterziehen, und der Klatsch blühte. Armer alter Jäger!«

»Das Turiner Grabtuch.« Fredric wandte sich auf Englisch an Stephen. »Der Verdacht, dass an meinen schwarzen Gedanken etwas dran sein könnte, führte dazu, dass ich die möglichen Erklärungen an dir austesten musste. Du hast dieses Rätsel gestellt bekommen, als wir zum letzten Mal die Räuchergrube besuchten. Und es ist dir gelungen, es zu lösen.«

»*Well*«, Stephen räusperte sich, »es hat ja eine Weile gedauert. Aber wenn ich mir bei gewissen Gelegenheiten deinen Gesichtsausdruck angesehen habe, wurde mir klar, dass du in nicht gerade angenehme Gedanken verstrickt warst. So kam ich darauf, dass die Lösung des Rätsels vielleicht einen eher makabren Hintergrund haben könnte. Und die Assoziationen entwickelten sich nach und nach. Ich habe ja viel über dieses merkwürdige Turiner Grabtuch gelesen und gespannt die Berichte der Wissenschaftler verfolgt. Das Tuch trägt den Abdruck eines Menschen. Es war lange ein Rätsel, wie dieser Abdruck zustande gekommen sein könnte. Es bestand kein Zweifel daran, dass das Tuch alt war. Aber war es wirklich Jesu Körper, der dort abgebildet war? Und wie war es dazu gekommen? Ein Forscher präsentierte schließlich eine einfache und geniale Theorie: Der Abdruck war eingebrannt worden. Indem er ein Stück Stoff in einen Backofen legte, konnte er zeigen, wie dieser Lappen auf eine Art gebräunt wurde, die so aussah, als habe er einen langen, langen Alterungsprozess durchlaufen. Im Laufe von Minuten konnte dieser Wissenschaftler also ein Stück Stoff vorweisen, das die gleichen Qualitäten hatte wie das uralte Turiner Grabtuch. Durch das Einbrennen oder Räuchern konnten Gegenstände also einen altertümlichen Charakter bekommen. Als ich dann Fredrics kryptische Äußerung mit dem Fund dieses Loches mit Asche und Kohle sowie den Gräben, die daraus wegführten, zusammenbrachte und außerdem an die eingetrockneten, verschrumpelten Moorleichen dachte, ahnte ich die Ursache von Fredrics Sorgen. *I'm sorry these bad thoughts came true.*«

Tob schüttelte den Kopf und musste noch einmal seine Brille putzen. Er war offensichtlich tief schockiert über die Geschichte, die an dem gemütlichen Tisch im Wintergarten des Savalen-Fjellhotels aufgerollt wurde. Hier halfen auch die optimistischen Weisheiten seines Freundes nicht mehr weiter, dachte Fredric grimmig.

»Jetzt«, sagte er, »sind wir auf jeden Fall fertig mit dem einen Teil der Geschichte, dem schlimmeren. Es bleibt noch zu erzählen, wie ich schon zu einem frühen Zeitpunkt in die Sache verwickelt wurde, warum ich um jeden Preis aus dem Weg geräumt werden musste. Tarald Thomsens Untaten waren bereits vollendet und die Leichen im Moor versenkt. Aber zusammen mit den Leichen auch einige andere Gegenstände, Dinge, die den Forschern zeigen sollten, dass es sich hier um spannende altertümliche Funde handelte. Es war der Versuch, wirklich genial vorzugehen, der ihnen zum Verhängnis wurde. Wie man weiß, gibt es in den Mooren im Rødalen Reste von Bäumen und alten Tierknochen, die seit tausend Jahren dort liegen. *Die* Idee muss wohl von dem jungen Radiologen gekommen sein: Sie holten sich Holz- und Knochenproben und bestimmten im C14-Labor in Trondheim ihr Alter. Die ältesten Stücke, die über tausend Jahre alt waren, wählten sie sorgfältig aus. Es handelte sich dabei um Elchknochen und eine alte Kiefernwurzel. Diese wurden dem vierten Mann überlassen, der eine ganz bestimmte Fähigkeit hatte: Rätselhafte Zeichen und Symbole zu erfinden, die aus einer alten Kultur stammen konnten. Die Gegenstände wurden jetzt geformt und mit Ornamenten und merkwürdigen Zeichen versehen. Danach wurden sie zusammen mit den Leichen in den Moorboden gelegt. Ich habe so meine Zweifel, ob irgendein Wissenschaftler hierzulande die Täuschung hätte durchschauen können. Die Gegenstände wurden schließlich C14-datiert, und ihr Alter wurde unumstößlich auf über zweitausend Jahre festgestellt! Das mussten echte Funde sein. Nur *eine* Person konnte die Fälschung enthüllen: Fredric Drum. Dank des leichtsinnigen Streiches, den der vierte Mann mir vor einigen Jahren gespielt hatte, als er mir eine kleine Holztafel mit geheimnisvollen Zeichen überlassen hatte, von der er behauptete, sie sei sehr alt. Er wollte, dass ich die Zeichen deuten solle. Der Taiwan-Chinese Yon Vuh war nicht *nur* von Geldgier und einem ausgeprägten Geschäftssinn geprägt: Er konnte auch ein Spaßvogel sein.

Ich muss gestehen«, sagte Fredric, nachdem er einen gewaltigen Schluck Wein getrunken hatte, »dass auch ich höchstwahrscheinlich getäuscht worden wäre, wenn ich nicht vor wenigen Wochen noch einmal Vuhs ›uralte‹ Holztafel zur Hand genommen und die Zeichen zu deuten versucht hätte. Ich konnte den Code entschlüsseln, und da stand: ›PEKINGENTE VIEL BESSER ALS HAMMEL-KOHL-EINTOPF‹. Ein unschuldiges und lustiges Späßchen aus Vuhs Perspektive. Ihr müsst bedenken, dass er mir die erwähnte Tafel schon vor mehreren Jahren gegeben hatte, bevor dieses ganze Drama geplant war und vor allem bevor ich als Dechiffrierungsexperte so richtig bekannt geworden war. Als Frau Dr. Cecilie Lund-Høegh mir endlich im Krankenhaus die Gegenstände brachte, brauchte ich nicht lange, bis ich bestimmte Zeichen wiedererkannte. Da gab es deutliche Gemeinsamkeiten. Erst dann begriff ich, warum es so wichtig gewesen war, mich aus dem Weg zu räumen.«

»Der werte Yon Vuh war also derjenige gewesen, der Lilleif Havstens in Konkurs gegangenes Restaurant übernommen hatte und der dabei war, sich in großem Tempo sein eigenes kleines Restaurantimperium aufzubauen. Aber Yon Vuh war geldgierig, er hatte hohe Ziele, sehr hohe, und deshalb schreckte er nicht davor zurück, auch unorthodoxe Methoden anzuwenden. Havsten und die anderen waren nützliche Idioten, die mit ihrem verkorksten Aberglauben dazu manipuliert werden konnten, die unglaublichsten Handlungen auszuführen. Als Lilleif Havsten vom Rødalen und den phantastischen Möglichkeiten, die dort lagen, erzählte, unterstützte Yon Vuh alle Versuche, sich einen Zugriff auf dieses Tal zu verschaffen. Das ungeheuerliche Vorhaben von Tarald Thomsen und Havsten fand den Beifall des Taiwanesen. Alles schien ganz nach Plan zu verlaufen. Bis Lilleif Havsten die Namen der Forscher vortrug, die an den Ausgrabungen am Savalen teilnehmen sollten. Als Yon Vuh hörte, dass *ich* dabei sein würde, schlug er Alarm. Er erinnerte sich plötzlich an die schicksalhafte Tafel, die er mir vor mehreren Jahren überlassen hatte. Den Streich. Er wusste, dass ich daraufhin in der Lage sein würde, die Fälschung zu enttarnen. Es war zu spät, um die Gegenstände zu vernichten. Sie befanden sich schon in Trondheim unter Cecilie Lund-Høeghs strenger Bewachung. Nicht einmal Edvard Havsten hatte Zugang dazu. Und selbst *wenn* es ihm zu diesem Zeitpunkt gelungen wäre, die Gegenstände zu zerstören, dann hätte das keine Rolle mehr gespielt, denn sie waren bereits von mehreren Archäologen fotografiert und abgezeichnet worden. Früher oder später hätte ich diese Fotografien ja doch noch zu sehen bekommen. Deshalb musste ich erledigt werden. So schnell wie möglich.«

»Du bist ja ganz schön tief in die Sache reingezogen worden. Und da habe ich dich noch beschuldigt, wilde Indianer zu jagen! Ich hoffe, du verzeihst mir.« Julia seufzte und ergriff Stephens Hand.

»Schon verziehen, Julia«, lächelte Fredric. »Um es kurz zusammenzufassen«, fuhr er fort, »der erste Versuch, mich loszuwerden, war äußerst raffiniert. Sie schickten mir eine gefälschte Einladung zu einer Weinprobe draußen auf der Hovedøya und hatten vor, eine Bootskollision zu arrangieren, bei der ich über Bord fallen sollte, nachdem man mir eine Dosis Druamin in den Körper gespritzt hätte. Wieder sollte Tarald Thomsen das ausführende Organ des Planes sein. Er konnte jederzeit an Krebs sterben. Deshalb spielte es für ihn eine geringere Rolle, wenn er etwas riskieren musste. Der junge Bursche, der das Motorboot fuhr, das übrigens Yon Vuhs Schwager gehörte, hatte einen Einbruch in Yon Vuhs Restaurant begangen und war vom Chef höchstpersönlich auf frischer Tat ertappt worden. Yon Vuh versprach, ihn nicht anzuzeigen, wenn der Junge ihm einen kleinen Gefallen täte. Der Zusammenstoß geriet heftiger als berechnet, und das Ergebnis war nicht das gewünschte. Aber Tarald Thomsen bekam einen unverdient schmerzlosen Tod. Auf der Hovedøya stand Edvard Havsten und beobachtete das Fiasko. Er sah, dass ich die Puppe, Barek höchstpersönlich, aus dem Meer fischte und damit wohlbehalten an Land schwamm.«

»Ho-ho!«, brach es aus Tob hervor. »Der Abergläubische sieht Zeichen, wo jeder andere nur einfache Steine sieht.«

»Die Puppe musste um jeden Preis zurückgebracht werden«, fuhr Fredric fort. »Sie durfte einfach nicht in den Händen des ärgsten Feindes verbleiben. Das würde ihnen Unglück bringen, davon war ihr verdunkelter Geist überzeugt. Das unbeteiligte Ehepaar Sønback wurde dazu überredet, zu versuchen, die Puppe zurückzustehlen. Man muss der Genauigkeit halber hinzufügen, dass diese beiden vollkommen unschuldig waren und keine Ahnung hatten, was oben im Rødalen vor sich ging. Aber sie betrachteten die Puppe als einen sehr bedeutenden Gegenstand, der in unwürdigen Händen gelandet war. Und da Herr Sønback früher als Zauberkünstler und Magier in den USA gearbeitet hatte, war dieser Auftrag für das Ehepaar nicht besonders schwer zu erfüllen.

Tarald Thomsen war also tot. Ein anderer musste jetzt die Aufgabe übernehmen, mich umzubringen. Die Wahl fiel ganz automatisch auf Edvard Havsten. Er ging, wie sein Vater später ausgesagt hat, mit großer Freude ans Werk. Auf dem Hintergrund seiner Arbeit im Laboratorium kannte er sich mit elektrischen Geräten und Schaltungen gut aus. Er manipulierte die Lampe in der Pension. Wieder eine Pleite, ich hatte Glück. Seine nächste Chance bekam er erst am Savalen. Jetzt kam er allmählich unter Zeitdruck. Edvard Havsten und sein Vater glaubten nämlich, dass Cecilie Lund-Høegh die Fundstücke aus Trondheim mitbringen und dass ich sie schon am ersten Abend bekommen würde. Bewaffnet mit Druamin und seinen Spezialspritzen, wachte er über jeden Schritt von mir. Als Julia und ich zu unserem kleinen Spaziergang in der Sommernacht aufbrachen, ging er aufs Ganze. Ich musste einfach augenblicklich getötet werden. Wieder ein Fehlschlag, dank meiner Neigung, bei den unpassendsten Gelegenheiten zu niesen. Na ja, das ist dann also noch mal gut gegangen, aber, Julia: Ich muss gestehen, dass du mir nach diesem Vorfall sehr suspekt erschienst, besonders, weil du vorher auch der ›Kasserolle‹ einen so ausgeklügelt rätselhaften Besuch abgestattet hattest.«

Julia lachte. »Das verzeihe ich dir, Fredric. Dann sind wir quitt!«

»Als sich zeigte, dass sich die schicksalhaften Gegenstände immer noch in Trondheim befanden, bekamen die beiden noch eine Verschnaufpause. Aber da tauchte ein anderes Problem auf: der Jäger Hugar. Mein Interesse am Jäger Hugar war besorgniserregend. Es war besser, ihn auch aus dem Weg zu räumen. Die Methode, die Lilleif Havsten gestanden hat, war so einfach wie immer: Edvards Spezialspritze, Druamin und ein Blasrohr. Außerdem waren sich Lilleif und Edvard Havsten auch nicht ganz sicher, ob Hugar nicht doch einige der düsteren Taten mitbekommen hatte, die von Thomsen im Tal begangen worden waren. Der Blick des Jägers war scharf, und er bewegte sich lautlos. Hugar musste sterben. Aber mich haben sie nicht erwischt. Dank meines soliden Schädels habe ich sogar den Versuch eines Fenstermassakers überlebt. Ich hatte recht, als ich dachte, ich hätte Edvard Havsten als den Schatten hinter mir erkannt.

Jawoll, meine lieben Freunde unter dem Feigenbaum in Savalens ausgezeichnetem Fjellhotel!« Fredric lehnte sich in seinem Stuhl zurück und kratzte sich an dem Pflaster, das über der Wunde an seinem Hals klebte. »Und dann folgt noch der letzte Akt der makabren und kranken Untaten der Bruderschaft: Nachdem ich aus dem Krankenhaus abgehauen war, haben Stephen und ich einen Schlachtplan entworfen. Ich würde zur Ausgrabung gehen und eine Falle errichten. Ich wollte die Freude haben, den Anblick des vollkommenen Untergangs dieser beiden Teufel zu genießen. In der Zwischenzeit erzählte Stephen mit lauter Stimme, während Lilleif Havsten zuhörte, dass ich zur Fundstelle gegangen sei, um etwas sehr Wichtiges zu untersuchen. Sofort darauf nahmen Vater und Sohn ihren Wagen und verschwanden. Sie wussten, dass dies ihre allerletzte Chance war. Als sie außer Sichtweite waren, setzte Stephen Professor Hornfeldt und die anderen schnell ins Bild. Die Polizei wurde benachrichtigt, und Stephen und einige andere folgten Edvard und Lilleif Havsten in ausreichendem Abstand. Na ja, das wäre zwar beinahe schiefgegangen, aber am Schluss war dann doch Edvard Havsten derjenige, der im Moor versank. Er ist wohl erst gestern geborgen worden. Von mir aus hätte er tausend Jahre lang dort liegen bleiben können. Wobei er zur Freude von zukünftigen Archäologen zu einer echten Moorleiche geworden wäre. Aber über solche Dinge habe ich nicht zu entscheiden. Leider.« Fredric Drum schloss seinen Bericht.

»Der Jäger Hugar«, murmelte Tob und putzte seine Brille. »Ein Skål auf den Jäger Hugar«, sagte er leise und hob das Glas. Sie tranken schweigend.

Dann zog Fredric einen kleinen Rahmen mit einem Gedicht hervor, das in schöner Handschrift geschrieben war. Er stellte das Gedicht neben die Puppe.

»Willst du es vorlesen, Julia?«, fragte er.

Julia las:

»Wo das Eis liegt blau und kalt
und der Tag harrt des Jägers Signal,
dort treibt man ein Volk mit Qual und Gewalt
hinfort von dem fruchtbaren Tal.

Wo die Mutter ihr Kind gestillt im Tod,
dort schwor der kleine Jäger den Eid,
hinfort von Hunger und Not
die Rache schritt übers Gebirge weit.

Und die Rache lockte man in des Totenreichs Saal,
während sich aus den Flüssen der Kummer ergoss,
bald bauten Fremde in dem fruchtbaren Tal,
das des Jägers Burg umschloss.«

»Wie schön«, sagte sie.

»Hugars Gedicht, das Gedicht der Inuit, das Gedicht des Rødalen. So wird es für immer sein. Es soll einen Ehrenplatz in der ›Kasserolle‹ bekommen. Zusammen mit Barek. Einverstanden, Tob?« Fredric zwinkerte seinem Freund zu.

Tob nickte und hob noch einmal das Glas.

»Go right to Birmingham 'n' tell the King!« Plötzlich kam Leben in den Engländer, der während Fredrics Bericht die meiste Zeit in seiner eigenen Welt gewesen war. »Stephen vierzig – Fredric siebzehn!«

»Warte nur«, lachte Fredric, »wir haben noch zwei Wochen Ferien vor uns. Und ich kann immer besser mit der Angel umgehen!«

Inhalt